花火精装版
第十三辑

U0132940

最爱我的那个

天使

睡着了

主编／花火工作室

湖南少年儿童出版社
HUNAN JUVENILE & CHILDREN'S PUBLISHING HOUSE

图书在版编目（ＣＩＰ）数据

最爱我的那个天使睡着了／花火工作室主编．—长
沙：湖南少年儿童出版社，2011.5
（花火精装版；13）
ISBN 978-7-5358-6260-0

Ⅰ．①最… Ⅱ．①花… Ⅲ．①短篇小说－作品集－中
国－当代 Ⅳ．① I247.7

中国版本图书馆 CIP 数据核字 (2011) 第 014107 号

总　策　划：邹立勋
责任编辑：周　霞　　刘艳彬
创意策划：杜莉萍　　向婷婷
特约编辑：缪　丹　　郭玲玲
　　　　　　易　君　　李萌慧
视觉创意：尚　洁　　黄　梅
封面摄影：夜　合
出 版 人：胡　坚
出版发行：湖南少年儿童出版社
地　　址：湖南省长沙市晚报大道 89 号
邮　　编：410016
电　　话：0731-82196340　82196334（销售部）　　82196313（总编室）
传　　真：0731-82199308（销售部）　　82196330（综合管理部）
经　　销：新华书店
常年法律顾问：北京市长安律师事务所长沙分所　张晓军律师
印　　刷：长沙市湘诚印刷有限公司
开　　本：880mm×1230mm　1/32
印　　张：6.5
版　　次：2011 年 6 月第 1 版
印　　次：2011 年 6 月第 1 次印刷
定　　价：9.80 元

目录 | CONTENTS
花火精装版 | 第十三辑

女人我最大,噢耶!

各位亲爱的花粉们,对于上期我们呕心沥血改版后的花 TV 满意否?——不用回答,反正我也不在意你们的意见(大家不要在意!)。反正调姐貌似是挺喜欢的,昨日还笑呵呵地拍着我的小窄肩,说:"以后咱们每期改版一次吧,让花粉们每期都有新鲜感,呵呵呵……"

调姐,你想弄死我吗?虽然我经常不小心在互动里说出你的一些见不得人的事,你也不用这样心狠手辣吧!俗话说,冤有头,债有主……(好像不是这句!)

噢,是人在做,天在看,你这样做晚上会睡得安心吗!

(调调:安心极了!)

(小锅:……)

大家不要理那个疯疯癫癫的女人,接下来就让本节目唯一的主持人——我,带着大家一起收看十分精彩的花 TV 吧——

花TV

■图/新野

【花新闻】

对于习惯了生活在大塘村的编辑们来说，进城 SHOPPING 是件很隆重的事，调姐每次进城前都要沐浴净身（锅崽：是要去拜菩萨吗？！），锅崽则会翻出压箱底的好衣裳打扮得跟个火鸡一样，每次进城前都会在公司里嚷嚷上好几天（锅崽：咦？原来老娘这么乡霸？！）

当大 BOSS 笑眯眯地在公司大会上问我们明年想去哪里旅游时，编辑部里那群癫狂的女人瞬间像打了鸡血般热血上涌。"香港！""不！去日本！""姐要去

给姐留点！

雪人

韩国！！"……于是，大 BOSS 的笑脸瞬间垮了："嗯！我们明年去靖港！"

众编辑："……"

【注：靖港是长沙郊外的一个小镇！】

于是，全公司的女人便将满腔的 SHOPPING 热情转移了方向！

****

这些天，公司里一直有传言说，有个从香港、韩国和日本飞了一圈的女人将要来我们公司参观！还要带着她花重金采购的化妆品来兜售！于是从一个月前开始，公司里的女人打招呼的方式就变成了："来了吗？""还没呢！"（朵爷：哦……是在说大姨妈吗？）

某个正好眠的中午，一个戴着 DIOR 墨镜的妙龄女子拎着两个黑色麻布袋鬼鬼祟祟地走进了一片寂静的编辑部！（锅崽：是要演鬼片吗？）

瞬间，前一秒还趴在桌上挺尸的众人如被泼了狗血般复活了！（花粉：果然是鬼片！）

众编辑握着她手上的麻布袋热泪盈眶："宝贝，你终于来了！！"

"这款安娜苏明星娃娃头香水我想要很久了，姐要了！"小锅抱着一袋子香水不肯撒手。

"哇！这支碧欧泉的保湿霜效果超级好耶！我要两瓶，两瓶……"碧眼猫尖叫着把东西放进了自己口袋。

"兰蔻、迪奥、雅诗兰黛……哦！它们怎么能如此便宜！"某美编仰天落泪，从位置底下拖了个麻布袋出来……

不要怀疑！这些号称世界顶级品牌护肤品的玩意儿此刻正摆在狸崽身后的地板上，而编辑部的这群女人们用着买大白菜一样的口气挑挑拣拣。

而戴着 DIOR 墨镜，刚从香港、韩国、日本采购回来的摊主面对着这群疯狂的女人，看着手上越来越多的红票子笑得好生欢畅！

地摊被里三层外三层的人围了个水泄不通，当花火组的雪人姐姐从隔壁的隔壁的办公室奔过来的时候，拼了老命也没能挤进去，只能在外围叫嚣着："给姐留点！"

雪人姐姐使出十八般武艺，终于挤进去一个脑袋，挥舞着双手："那支雅诗兰黛的睫毛膏！老板拿给我看下……"不知道谁的屁股扭了下，雪人姐姐立马又被挤出去了……

一向自称为"淑女"的雪人终于怒了！朝天一声怒吼："姐不买了！"黯然离去……

"咦？这支睫毛膏不错哟！老板，我要了！"天哪！居然是蓝朵朵这个伪娘们！朵爷，请问你是要买这支睫毛膏回去搽胸毛吗？

看着编辑部里不顾形象地趴在地上的众人，只有调姐淡定地坐在电脑前："护肤品什么的都是浮云，姐只用大宝！大宝啊，天天见！"

——每天要敷 N 张面膜的小狸隔着面膜报道

小锅：这群女人真可怕呀！

小狸：当时两眼放光的人群中难道没有你的身影吗？你有资格说别人吗？

小锅：我错了！

小狸：算了，看你态度还算不错！

小锅：可是……那支唇彩真的很便宜啊，网上要 X 百咧！这里只要几十块钱！

小狸：……（这货没救了！）

2. 团购是团什么麻线？

蓝朵朵说我们都是文化人，虽然我们的编辑部在鸟不拉屎的大塘村，但这丝毫不能影响我们追赶潮流的决心。在团购还没有火起来的时候，编辑部的各位同人就已经每天对着电脑团起来了，紧接着 CCTV 以及各地方电视台、报纸对团购现象进行了大幅度的报道，唉，真没想到我们编辑部的动向会对国内媒体产生这么大的影响（花粉：你想多了……）。隔壁组的 XX 编辑自曝，她男人也被我们公司浓厚的文化氛围……感染了，昨天她在饭店团了一桌饭，跟她男人一起吃完后，牙还没剔完呢（注：此编辑是牙套妹，剔牙有点难度，请大家谅解……再注：如果你们猜测此牙套妹是蓝朵朵的话，那你们就 OUT 啦，蓝朵朵的牙套早就取了，况且戴牙套也是一种"huai 欣"的象征。所以，就算大 BOSS 不在了，牙套在编辑部还是不可能会绝迹的！花粉：……），她男人很淡定地说，妞，回去再给我定一份，我要请别人吃饭。当此编辑告诉我们，团购让我们这些每天在贫困线上挣扎的人终于能请客吃饭的时候，编辑部的人都哭了……什么？你们还不知道团购是团什么麻线？我写完这则新闻后，这本精装版起码还要过几个月才会上市，过了几个月的时间，你们竟然还不知道？求求你，赶紧去百度吧……

——刚团了双匡威鞋回来的劳模调调报道

小锅：啧啧，又是消费，大家能不能搞点励志的新闻报道啊？

调调：能花钱才知道挣钱嘛，做一个过得滋润的穷人，也是一件很励志的事情呀。

小锅：呃，好吧……

【花剧场】

导演：才貌双全的小锅

主演：小狮，小狸

（场景：小锅家聚餐）

小狸　　小狮

一行十几个人在小锅家里吃饭，小锅在厨房里开心地做"挥着锅铲的女孩"，剩下的那些没良心的小崽子都在客厅里，打牌的打牌，看电视的看电视，劈叉的劈叉……

直到酒足饭饱之后，小狸才发现小狮也来了……心想：完了，刚才只顾着埋头吃饭，竟然没看到小狮也在其中……不知道刚才剔牙的时候，有没有被他看见？

小狸越想越觉得丢人，抱着刚买的书就要走……

此时，小狮急了，低下头刷刷刷写了几个字，递给小狸。

小狸脸红心跳地接过来，上面只有四个大字——留久一点！

这……这是他的表白吗？小狸的心开始小鹿乱撞起来……低下头在字条上回复了几句话，扔了回去……

于是，客厅里出现了一个诡异的现象：小狸和小狮在你来我往地传小字条，其余的人还在不亦乐乎地打牌、看电视、劈叉……小锅继续在厨房里做"挥着抹布的女孩"……

最后人陆陆续续地快走光了，只剩下瘫痪在沙发上装尸体的小锅和还在传字条的两个人。

眼看时间越来越晚，小狸心一横：不然晚上就把事情定了吧……直接问又丢不起这个脸，只好使出"欲擒故纵"这招，在字条上写：我该走了……

小狮回复的还是：留久一点……

小狸壮着胆子问：为什么？

小狮不好意思地回复：因为……我想看完你手中的《花火精装版》，如果你急着走，这本书晚上借给我吧，明天还你！

小狸：就这样？

小狮：嗯！这本书好好看哦……对了，有件事我忘了告诉你，你牙缝里有片菜叶……书我带走了，再见！！

小狸：呜呜呜……欧八，卡机嘛（韩语：哥，别走）……

小锅：Zzz……（睡着了！）

（画外音：全新《花火精装版》，精彩久一点，亲近久一点……）

调调：坑谁呢这是，这个破烂玩意儿能叫广告吗？

小锅：怎么不叫……那个 XX 口香糖能拍，我们就拍不得？

调调：这情节也太生活化了吧……

小锅：调姐，这你就不懂了，广告来源于生活，才能亲近大众嘛！

调调：貌似也有点道理！

小锅：当然！

【花言巧语】

那群小崽子自从知道花 TV 加了这样一个人性化的栏目之后，顿时觉得走红的机会又会来了，在微博上写的东西越来越无耻，越来越放开……

有一次，凌晨三四点的样子，小锅睡得正香，忽然接到一个神秘电话："快起来看我刚写的微博，好好笑啊，哈哈哈……"是个陌生号码，神秘人士忘记留下姓名了，如果让我知道是哪个鬼崽子，看我不砍了他……

那个，调姐啊，小狸啊……你们怎么还不去开通微博啊，快点去开通呀！看看那群小崽子们玩得多起劲，没有你们在好无聊哦——

【朵爷】：你们猜不到我到底加了多少组织……香樟路潮流协会、大塘村青年演员团、史上最不堪入耳外号中心、情侣去死拆弹小组、进军上流社会候选队、一辈子买不起房贫民窟、忘了爱粉丝团、桂圆帮香樟路分舵等。而这些组织的成员永远是三人：我、丐小亥、小锅……我们活得好辛苦！

小锅：还有香樟路之恋剧组啊……你忘了吗？

朵爷：那是青年演员团旗下的啦！

小锅：那还有装B小分队呀！

朵爷：……

【丐小亥】：又有一批新人要来了……办公室每年扩充一次，似乎都不够！看着坐在会议室等待来上班的同事，再看看整个办公室，我好想问他们：呃，坐在门缝里，可以吗？公司这次招进来的人，有常见的女子，有不常见的汉子，不晓得有没有罕见的才子。看着一批批的新人进来，我也终于明了自己成为了某些写手口中的"老编辑"。在这个更新换代极为迅速的文艺圈……我表示有压力！又有一盆盆的鲜肉要端上来给喜新厌旧的花粉们享用了，你们准备好了吗？你们不嫌撑得慌吗？

朵爷：我把位子让给他们好吗？可以吗？！

丐小亥：朵爷！惊动您了！小的该死！朵爷千岁！

调调：把演戏的人都给我赶出去！

小锅：喳！

【雪人（花火A组）】：大BOSS领着一大群人浩浩荡荡地去南岳修炼了……作为留守儿童的我，硬逼着小狮帮我许个愿：愿我早点嫁出去！并且威胁他："如果我嫁不出去，我妈就会逼我辞职，我辞职了你就找不到人做《花火》，就算找到人做《花火》也找不到像我这么美丽的，纵使找到像我这样美丽的也找不到像我如此懂你的……"于是他点点头答应了。

调调：我也会在和佛祖详谈的时候跟他提一下这件事的……

小锅：雪人姐姐一把年纪了，也该嫁出去了！

调调：哎呀，忘记帮朵爷求了！

朵爷：我谢谢你们全家！

【猫懒懒（蜜糖组）】：中午和调调去吃饭，调调在吞食了N多食物之后抹抹嘴说："姐还要喝碗粥。"我额前滑过一滴汗，提醒她："调姐，请矜持。"不料调调义正词严地说："我不就吃了一盆菜一碗饭两碗粥一碗汤吗？！"我……我以为已经被吓够，不料在回来的路上调姐自言自语"刚才好像没吃什么……"我……

小狸：调姐的胃好强大啊！

小锅：她有本事把食堂大师傅也吃了！

小狸：这……口味也太重了吧！

小锅：呵呵呵，食堂大师傅好像把她封杀了……

小狸：……

【鸭鸭（市场部）】：今天我起了个大早，去公司楼下吃了碗米粉，就灰溜溜地

又走了，然后和豌豆蒙走了好远好远的路去逛街，到了逛街的地点，突然没了兴致，又灰溜溜地坐上一趟公交车回家了。所以现在，我穿着舒适无比的家居服坐在电脑前面上网。其实起因是——公司附近那片电路全坏了，今天没电，大 BOSS 大手一挥："放假！"

小锅：那天早上，我和朵爷还是打车来上班的呢，结果竟然放假……

调调：喊……你们俩每天都是打车来的呀！

小锅：呜呜……因为早上起晚了。

调调：猜都猜到了。

【夏七夕】：十二点了，出去吃夜宵，我最爱的鸭头，我想念了一天一夜的煎饺，我每晚宠幸的烧烤，我来啦！周一算什么？我不想过周一，我讨厌周一，我痛恨周一，不过我想我那群可爱的同事此刻会比我更仇视周一，因为至少我可以吃烧烤，他们只能披头散发地憋在电脑前或者床上……

小锅：呜呜，我就是那个披头散发地憋在电脑前或者床上的人……

调调：周一什么的都是浮云……

小狸：周一是什么东西？我只当它从来没有过！

小锅：……

【结束语】

本期花 TV 就为大家播送到这儿了……多谢大家一直以来大力的支持，我谢谢你们全家。如果有什么好或者不好的建议，请大家找支笔写到调查表上；如果实在意见很多的话，我建议你们直接写信过来……呵呵，各位花粉们，咱们下期见！

拖稿什么的，
最给力了！

文／芙暖

2010 年 X 月 X 日（例行拖稿日）星期 X　果然拖稿的日子天气总是很诡异

签名：我死了。我真的死了。这次是真的。狸崽你老实告诉我，下个星期一

还可以交稿子吗？

　　这是一个风和日丽的星期天早晨，我兴冲冲地拉开窗帘……打开电脑，QQ
上线隐身，兴奋至极地点住桌面上那个黄色的图标——PPS 网络电视开始了！（狸
崽：你 TND，写稿子好吗？）

　　其实我也不想这样呀，我也是一个奉公守纪的好写手呀，我更是一个自律的
撰稿人呀（狸崽：你放 P！），我从前也是从来都不拖稿的呀。但是，我深深地
谨记着一条定律：不拖稿的写手不是一个完整的写手！

　　当我第 N 次假装死了之后，QQ 上果然再也没有一只诡异的编辑头像在跳动。

　　星期日晚上十点，收到一条来自地狱的 QQ 信息：星期一交稿子！

　　抽搐良久之后，胆战心惊地决定回复一条：咦，不是星期二交吗？要不我星
期三再交吧！

　　一分钟过去了，两分钟，三分钟，四分钟……十分钟……半个小时……QQ
如死一般沉寂，咦，不会是……难道是被我气死了吗？

　　星期一，骇人的头像再次跳动：交稿！

　　继续装死。

　　星期二，头像继续跳跳跳：交不交！交不交！有本事你就别交！

　　颤抖了一下，还是装死。

星期三，没有动静。

星期四，果然爆发了：星期四了！该交稿子了！！

天啊，绝不能出现……

星期五：稿子放鸽子就算了！小编部落格呢！给姐滚出来！

战战兢兢地回复：我在。

咆哮狸：稿子哪里去了？（芙暖：果然部落格什么的都是幻觉……）

战战兢兢地回复：没写完。

淡定狸：还没写完哪……慢慢写啊……呵呵呵……是啊，离 2012 还早着呢，你总会在那之前写完的吧……你说呢，是不是呀……

倒地痛哭：我错了！我真的错了！我立刻去写！

再后来拖着拖着稿，我就觉得自身境界得到了一定的升华（狸崽：你去 SI！）……面对再 BT 的编辑，我也能撑住了。比如动不动就威胁我的血腥女王蓝朵朵，她说如果不交稿她就吊死在公司门口然后把自己剁成一块一块的，放在小盒子里寄给我。第二次又说她要寄用头发和大肠搓成的绳子……第三次，还真不知道她要寄什么给我呢。

果然，富有牺牲精神的编辑们总是在用生命来约稿，感人肺腑！作为一个有良知的写手，我终于决定打开 WORD，开始写稿了。这次是真的！！

首页‖日志‖相册‖作品‖收藏‖关于我

我的路途看不见你的苍老

文/小熊洛拉

2010 年 X 月 X 日 星期四 天气：最适合眺物思人的绵绵细雨。

签名：欲与何人说。

那天，我在拥挤的公交站牌前，看他弯着身子骑一辆相对于他来说太小的车子，就在我犹豫着要不要喊他一声的时候，他已经追随着车潮消失在我的视线之外了。

说实话，我已经忘记了他的名字，但那并不重要。

那时候，我正陷在一段半死不活的爱情里，因为我的不甘和纠缠，已经把自己的生活搞得一团糟。

在混乱不堪、弥漫着烟味、灯光昏暗的网吧里，我一眼便看见他的侧脸，那张秀气的年轻的侧脸，他极高也极瘦，像根竹竿儿撑在那把椅子上，灯光打在他的脸上，带着一种极朦胧的味道，那一刻我想，我要和他约会。

后来的那个冬天，下了自习的晚上，我们两个便站在广场上哈着气看那些老年人跳了一圈又一圈的舞，还一起站在小区外面说了很久的话，他给我讲班级里的趣事儿，还有他家里的一些事儿，他一直说，我便一直听，他说话的时候，习惯做一些夸张的动作和表情，像个十足的小孩。

大考前，我喊他陪我骑车出去，沿着河道一直骑，然后便遇上我喜欢的人Z。他是晓得Z的，竟然也同Z一起打过篮球，那时候，他带着一股小孩子的骄傲幼稚跟我说，"我打篮球比他好哦。"但我的心早已远远地飞出去了。

他是体育生，从不上晚自习，但他每天会在我晚自习结束之后骑车到广场上等我，那天我和同学站在校门口说话，便看到Z，Z停在我身边颇自信地问，"你在等我吗？"我笑了一下，然后他说，"去打台球吗？"我便去了，两个人打了一个多小时，我怎么也不进球，只是一直看着Z，我的电话一直在响，我知道是他打来的，但我狠心地没有接。

我一直知道，我的那段爱情是一定会死去的，但我始终没舍得松手。

他在广场上等了我一个小时，一个人骑车回家了，夜里，他发短信来，问我到家了吗，他还说，真有点担心了，现在想起来，我忍不住有点儿心酸，我回短信给他说，分手吧。

就这样。

似乎都谈不上是一场爱情，开始和结局都那么匆忙，后来他还说，对不起，因为没能将我从那段痛苦的爱恋中带出来。

后来的一天夜里，我想起他，心里忽然很难受，难受得无法入眠，我便坐起身，长久地注视着窗外，如果我们一直在一起会怎样呢，那时候我忽然很想知道。

而他一定不会知道，在很久以后，他会以这样的姿势出现在我的文字中，就像他一定不会知道，在很久以前，我在某一刻的确是动了心的。♂

最爱我的那个天使睡着了

●文／微凉

《蜗居》里宋思明用一个奈良美智的梦游娃娃收买了海藻最初的心。当他说"看到这个玩偶就想到你"的时候，海藻脸上满是惊喜和感动。那一刻，闭上眼睛的不再是睡梦中的天使，而是海藻对小贝的爱情。

现实里多的是海藻这样的女孩，因为单纯而复杂，因为善良而残忍，因为心怀浪漫而欲望膨胀。

现实里也多的是宋思明这样的男人，有钱有权有年纪，还有一颗如少男般怀春的心。

于是二者一拍即合，小贝立刻出局。

出局的小贝失望、痛苦、纠结、郁闷，甚至变得暴戾和扭曲。当他掐住海藻脖子的那一刻，爱他的天使，也闭上了眼睛。

因为爱，所以给予。因为爱，所以不准讨价还价。海藻借钱，小贝你胆敢拒绝，不踢你，踢谁？

小贝的错，错在没钱，也错在没那点经多见广的年纪。毕竟，他还太年轻。

因为年轻，所以喜欢一个人喜欢得太用力，喜欢得忘记这世上不止她一个，喜欢得不懂运用亲友战术，喜欢得没有退路，不留余地。

就像年轻时的我们，喜欢一个人，就去踩她的白球鞋，拽她的马尾辫，往她的屉子里扔蚂蚱，在她的课本上画小人儿……

想用所有恶劣的手段掩饰内心的喜欢，想用所有顽劣的行为吸引她的注意，想用迂回而执着的方式攻进她的内心……

却不知道会慢慢地，变成一个真被厌恶的人。

直到毕业纪念册上她用钢笔写下："希望一辈子都不要见到你！"而后面，是一连串的感叹号，力道大得划破了纸页。

那一刻，最爱我的天使睡着了。

它不再关照我，不再疼惜我。她以沉默的观望给予了我在成长中必须经历的错误和挫折——就好像刚学走路的小孩，在摔倒的那一刻，身后的妈妈并没有冲过去扶起他，而是选择闭上了眼睛。

没有跌倒，就不懂得站起来——老掉牙的话同样适用于爱情——没有失恋，就不懂如何爱一个人。

电视剧的结尾，海藻站在茫茫人海，看见小贝和新女朋友相拥着经过。

那一刻，谁是赢家，傻子都知道。

每一个人都有一个天使。只是这个天使有点淘气，有点懒惰。它偶尔会闭上眼睛打个小盹，但所幸，它不会睡得太久。◎

宅女周旺旺的美好时代

■ 文／蒹葭苍苍　■ 图／peaceful

ZHAINU ZHOU WANG WANG DE
MEIHAO SHIDAI

【作者感悟】：写完周旺旺的故事后，我心里很欢乐，为周旺旺感到欢乐。我喜欢这样的结局，每一个女孩都应该迎来她的美好时代。不管是什么性格的女孩，羞涩也好，奔放也好，宅女也好，剩女也好，都有美好和幸福的权利。因为是女孩们让这个世界变得如此美丽动人。

1. 宅女什么的，最前途未卜了

　　周旺旺的名字，对照着她眼下的人生来说，差不多就是一个活生生的讽刺。

　　父母给她取这么一个大俗大雅的名字，自然是希望她人生旺旺福气旺旺运道旺旺一切都旺旺。而眼下的她呢？爱情衰衰工作衰衰运气衰衰，就差没有年老色衰了。如果非要顽强地说还有什么是旺旺的话，就只剩下旺旺仙贝和旺旺雪饼了，她最爱吃的两样零食。

　　快下班了，闺密 Q 她："旺旺，我亲爱的甘道夫升职了，要在南滨路酒吧庆祝，下班我们来接你好不好？""不去，泡吧什么的，最讨厌了。再说，我要加班呢。你们玩得开心啊。"

　　事实上呢，周旺旺按时下班，搭轻轨回家，在小区菜市场买了青菜和凉拌鸡肉，吃过晚饭，一边吃着旺旺仙贝，一边在线看《热带雨林的爆笑生活》，看着看着，觉得困了，洗个热水澡，爬到床上，看了几页《我的 30 分老妈》，迷糊着就睡了过去。典型的周旺旺式夜生活。

　　周末的上午，大学同学 call 她："旺旺，有同学烧烤会，在天心湖公园，一起去吧。""哦，我倒是很想去，可是我要去参加朋友的婚礼。"

　　事实上呢，周旺旺在床上赖了半天，慢悠悠地爬起来，洗漱，打扫，一个人逛街逛超市，最后在 KFC 吃了一对烤翅一杯土豆泥和一截玉米，回到家逛了半天的"天涯"，困了就窝在沙发里睡了一个天昏地暗的午觉。典型的周旺旺式周末生活。

　　某天，周旺旺清晨起来刷牙，发现嘴巴里又多了一处溃疡，继而又发现便秘仍在继续，脸上因便秘滋生的色斑，有颜色加深的迹象。

　　小区里，孩子们正牵着大人的手，背着小书包欢喜地去上学。她揉揉眼睛，打个哈欠。这样的生活，离她千山万水。公司楼下，发传单的男孩热情地朝她露出暧昧的微笑。

　　"你想参加潜水体验吗？"

"欢迎加入瑞丽瑜伽俱乐部!"

"义工之家需要你!"

面对诸如此类的呼唤,周旺旺定是充耳不闻、目不斜视,逃也似的飞快走过。她从来没想过她要去潜水、练瑜伽、做义工,她从没尝试过她没有兴趣的一切事情也懒得去尝试。她把宅女这个概念实践得很彻底。

闺密忍无可忍时而咆哮:"周旺旺!你找借口!你逃避生活!你懒得连失恋都不想结束!你真是浑蛋哪!"

也有循循善诱的温柔时刻:"旺旺啊,小宅宅于家,大宅宅于市,你应该走出家门,放眼世界,做高级宅女,迎来宅女的美好时代!再说,君不见,黄河之水天上来,那个王八蛋早娶了别人,生出来的儿子啊,要是一只老鼠那就会打洞了。"

听到这些,周旺旺一副四季豆烹不进油盐的模样,甚是欠揍。

但她的心里,也会涌起那么一股股逆流成河的小悲伤。失恋吗?那个王八蛋吗?那都是哪年哪月发生在哪个村子里的故事?我早已不再耿耿于怀。我只是不知道该怎么做,才能做一个所谓宅于市的高级宅女,或者说,要怎么做才能迎来我的美好时代。

我的美好时代,它还会来吗?

2. 天使什么的, 最扯淡了

偶尔,周旺旺也会脱离两点一线的枯燥线路,走入某些陌生区域。那种偶尔,多发生于她迷路之时。先天方向感差,后天缺乏走动,所以迷路也算是宅女生活的一部分。

这天她回家的交通工具是公交车。家附近的公交车站旁有一家干锅鸡杂,甘道夫出差去了,闺密说今天晚上来跟她住,一起吃香喝辣。

公交车摇摇晃晃,她有点犯困,索性闭上眼睛,谁料,这一闭,就再也没有睁开——直到司机大叔喊:"小妹儿!到站了!"

迷迷瞪瞪下了车,冷风一吹,她顿时清醒——这是哪里?这不是家附近的公交车站呀!干锅鸡杂何处有?仔细看站牌——横塘站。横塘,C城的老南街。街道建筑大多是上世纪中期的。

居然到了从未到过的终点站,看来,她这一觉,睡得可真够长的。打电话给

闺密，闺密说："不急，我也没到，堵车呢。"

忽然看见身后的房子有尖尖的屋顶，镶嵌着一个十字架。隐约有风琴声和歌声，仙乐飘飘，袅袅绕绕，仿佛从云端传来。

从没进过教堂的她，不由自主走了进去。

教友们静静地坐着，听唱诗班唱歌。弹风琴的是一个年轻男人，还来不及辨别此男帅不帅，教父居然走到她身边，说："孩子，你是不是要祷告？"

"不……我只是随便看看。"周旺旺习惯性地拒绝。

"神爱世人。来吧，孩子，来向神说出你的心愿吧。"她竟然真的站了神龛前，她从未向谁祈祷过什么。然而此刻，她忍不住说出她的心声，那埋藏在内心，连闺密都无法探测的心声："我很孤单、寂寞，我想谈恋爱，我想遇到那样的一个人，他能爱我，长长久久。"

一旁的神父，听着她小声地诉说，朝她伸出手："我能替神传达他的忠告吗？"

这太神圣了！周旺旺受宠若惊，将手放在神父手心。"神说，机会总在不经意间光临。从现在起，对你遇到的任何事，你要说，行，好，而不是拒绝。"

她茫然点头。神父又说："你点头，说明你同意了，那么不能反悔，否则，会遭遇不幸。"

"什么意思？"她警惕起来，这是封建迷信吗？

"这是你对神的承诺，你遵守诺言，神自然会成全你的心愿。"这老头说得煞有介事，周旺旺被唬到了，又茫然点头。

和教友们一起出来时，门口的乞丐和流浪汉立刻围了过来，大多数人的态度，就像周旺旺遇到传单帅哥一样，无视，走人。只有那个弹风琴的男人，掏出钱包，将大约是事先准备好的零钱，一张张分给他们。

天色昏暗，依旧没有辨别出他帅不帅，不过，那动作，当然帅极了。还有那个钱包，火红火红。一旁有人赞叹："真是天使一样的人物啊。"

她心里虽然也泛起异样热忱，但还是撇撇嘴，心想，今时今日这样的社会风气，天使什么的，最扯淡了。居然，那扯淡的天使跟她上了同一辆车，不过他要在哪里下车，她就不知道了。

3. 上帝什么的，最离谱了

到干锅鸡杂店门口时，闺密说堵车仍在进行中。算了，坐在外面等等好了。

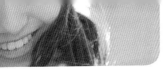

一个小女孩走过来："姐姐，买一朵玫瑰花吧。"她心想买花干什么，送给谁啊。正要起身走，心里咯噔一下，想起那个承诺，思维逆转："好吧。"

小女孩接过钱，喜滋滋地挑了一朵给她。她刚接过，七八个孩子同时从四面八方围拢过来——

"姐姐，买一朵我的吧。"

"姐姐，你真好，也买一朵我的吧。"

"姐姐——"

她手里忽然就有了一大束玫瑰，捧在手里，傻傻的。

闺密总算来了，弄清玫瑰的来龙去脉，闺密没有笑，正经地说："信则灵哪，不可跟上帝开玩笑！"

邻座一对小情人，不知怎的吵了起来，女孩气呼呼起身就往外跑，估计男孩是爱情新手，一副焦急又束手无策的模样。周旺旺叫过男孩，把花束递到他手里："去追吧。"

男孩拔腿就跑，跑了几步又折回来，往她手里塞了一样东西："我在海洋馆上班，当驯兽员助理！下周六上午有一场大型表演，这是赠票！来看哦！"出于礼貌，她说："好的，谢谢。"其实她没真的想去，海洋动物表演，那是少年儿童喜欢的吧。

继续吃香喝辣。

闺密说："不过瘾，来瓶啤酒。"啤酒上桌了，闺密启开瓶盖，倒满两杯，一杯推到周旺旺面前，一杯自举："来，干杯。"

周旺旺把酒一推："你疯了不成？从幼儿园到现在，你几时见我喝过酒？"

"你不是答应了上帝不再拒绝的吗？我是为了锻炼你啊。"闺密一本正经。

"不，上帝什么的，最离谱了。"一语未了，脚一伸，居然绊倒了闺密刚刚放在地上的酒瓶子，嘭——瓶子居然爆了！碎片飞溅，所幸没伤到皮肤，只是，吸引到全店人的注意。丢人哪！

"现世报，周旺旺，喝还是不喝？以后比喝啤酒更棘手的事多了去了，你还想继续逃吗？"闺密再次举杯，周旺旺也举起杯子，拿出"三碗不过冈"的豪情，一饮而尽。

啤酒，也没有想象的那么难喝嘛。

看来，上帝，果真是神奇的存在啊。

闺密不愧是闺密，瞬间参透周旺旺内心的风云变幻，狠狠地行使了一番"挟天子以令诸侯"的特权，挟持周旺旺帮自己剪了指甲，洗了衣服，还点播了好几

首儿歌，要周旺旺用母亲般温柔的歌声，哄自己入睡。

周旺旺在唱着《小红帽》的时候，做了一个决定：下周六，去海洋馆。

4. 帅哥什么的，最不稀罕了

周六，好风好水，宜嫁宜娶。

既然是去少年儿童喜欢的海洋馆，那么就要打扮得青春年少一点。绣着太阳花的白色娃娃衫，鲜艳俏丽的花朵半裙，平跟凉鞋，再挎上一个红色的米奇包。如果不是肤色有点暗淡的话，还真是青春逼人呢。

果真是大型海洋动物表演，门口就竖着大幅海报。

看了海象馆、海豚馆，都没有看到那个男孩，当然她不是来看他的啦，她是来跟上帝约会的。转了几圈，来到海狮馆，正遇上海狮球赛——刚刚结束。

下一场比赛，要在半个小时以后，游客纷纷离席，去别的馆参观了。周旺旺懒得走了，也走累了，就在海狮池边蹲下。她只想静静地看看，不想打搅它们的中场休息。却见一只海狮望了望她，竟推着一只彩球朝她游来，游到一半，竟顶起球朝她抛来，她接过，又朝海狮抛去。

海狮再次顶过来。

如此几个回合，海狮累了，游回去趴着。她以为它认输了，谁知另一只海狮又发起了进攻，接着其他海狮轮番朝她抛球，她手忙脚乱，哈哈大笑，裙衫都湿了，脚下一滑——

没有跌进海狮池，一双大手稳稳地扶住了她，同时，大手的主人吹一声哨子，海狮马上停止了进攻。

原来，刚才的人兽大战，是驯兽师在暗中指使！

周旺旺正要恼怒，大手的主人放开她，下巴微微一扬，眉开眼笑："我们又见面了。"

又？如此清冽的眼，疏朗的眉，英气的鼻，麦色的皮肤，周身充满活力，这么帅这么帅的男人——

"你是谁？我们认识吗？"

"那天，在横塘教堂，你最后一个进来，我正在弹琴。"

原来是那扯淡的天使。那自己的祷告，会不会也被他偷听见了？天哪……周旺旺想及此，脸红……不过，那时距离太远，又是歌声又是琴声的，他又没有顺风耳。

天使居然也会脸红，脸上黑里透红的："我很高兴。"

一个男孩举着两支"可爱多"跑过来，热情地招呼她："你真的来了呀，欢迎欢迎，我来介绍，这位是我的师傅，陈海洋，这位是……啊，美女姐姐，你叫什么名字？"

送了"可爱多"，男孩又跑开了。宽敞的海狮馆，竟只剩他们两个人。一边吃着"可爱多"，陈海洋一边主动地介绍自己的生活，他的生活和他的热情一样，令周旺旺叹为观止！

他是专职驯兽员，兼职潜水教练、救生员，每周都去教会弹风琴，有时周末也会去"宠物之家"做义工。

多么丰富美好、多姿多彩的生活啊，周旺旺眼眶居然有点湿润，很艳羡，很感动。

她也不无向往地说起，她没怎么接触过宠物，只是有一段时间，很想很想养一只宠物来做伴，她看了好多图片资料，最后决定养一只英国折耳猫。本地买不到，她就去淘宝买。空运过来的，她亲自去机场拿，结果发现，图片上是那么健康活泼的小猫，而拿在手里的，竟然是奄奄一息的病猫！送到宠物医院，几天后，医生告诉她说，尽了全力了，还是看不到希望，怕她看到难过，就把小猫送到"宠物之家"实施安乐死了。她伤心了好久。从此，再也不敢起这样的念头。

她还记得，那只猫，额上有一撮毛毛色尤其洁白，形状就像弯弯的月牙。

陈海洋看着周旺旺，很想安慰，想了半天，欲言又止，最后才说："你别难过！我很喜欢你！我对你一见钟情了！"

这样的赤裸告白，让矜持的周旺旺心惊肉跳，但是她好欢喜呀好欢喜。她又不敢表现出来，反而对闺密轻描淡写："你知道，帅哥什么的，最不稀罕了。"

再次遇到激情四射的传单帅哥们，周旺旺不等他们说完开场白，直接就从他们手里抓过传单："我去我去我去！"

ZHAOYU ZHOU WANG WANG DE
MEIHAO SHIDAI

5. 日出什么的，最美妙了

没想到瑜伽啊潜水啊这些，居然是当今的热门项目，还不能随到随学，还得

听教练安排档期，只有做义工，去了就能上岗。

周旺旺在好几个需要义工的单位之间选择，没有意外，她选了"宠物之家"。

如她所期盼，陈海洋在那里。

她跟他一起，给小狗洗澡，给小猫涂药，给兔子剪毛，度过了愉快而美好的一天。这一天中，有许多次眼神对接、眉目传情，共进午餐的时候，还有过几秒钟的深情对视。

最后临别时，陈海洋还做出了一个突破性的举动，过马路时，他握住了周旺旺的手，而周旺旺，竟在车水马龙的马路上，故意放慢了步伐。两个人还彼此心领神会，在光天化日之下，互抛媚眼，会心一笑。

这真是令人春心荡漾、热血沸腾的一天啊。

如果说选择"宠物之家"是有预谋有预感的，那么当发现潜水教练也是陈海洋时，她真的在心里感慨"上帝你真好"了。

潜水是短期培训，但是短短几天，他们的感情升温得就像太阳一样。她对闺密说："感觉有点难以置信啊。"

闺密很淡定："当一个萝卜找到了适合它的坑，它还有什么好犹豫徘徊的！"

培训的最后一个项目，就是真真正正以潜水员的身份潜入海底，畅游海底世界。

缓缓地，缓缓地，下沉，下沉，经过一段墨绿的空白地带，周旺旺第一次看到了那个只在海洋馆里隔着厚玻璃看过的世界。

陈海洋引领着她，指给她看绚烂的珊瑚丛，那么华光闪耀、旖旎招摇。他拉着她的手，带她去触摸柔软的海葵，那么柔软缠绵，宛如葵花怒放。还有鱼群，悄无声息从身边游过。没有声音，没有语言，没有阳光和空气，幽蓝广袤的海底，只有他在她身边，为她所依傍。相依为命，大概就是这样的体验吧。

感谢上帝赐予我爱情！宅女周旺旺，在内心大声呼喊。

可是，美妙的爱情旅程，才刚刚开始。

陈海洋问她："看过日出吗？"

她摇头："没有，从小到大，每当我被闹钟惊醒，阳光都已经照在我的枕头上了。"

他笑："一生一定要有一次，看看海上日出。"

那天，是周旺旺人生中起得最早的一天，五点二十分，坐着陈海洋的摩托车，他们来到海边，慢慢跑着，寻找天边最亮的点。后来，他们并肩伫立，眼前朝霞映衬着海面，波涛颜色变幻，海风徐来，青草吐露芬芳。周旺旺心想：如果今天太阳不是从我眼前的海上升起，那我隔天就换个地方等待。

当太阳在远处的小岛后映出红色光亮，再冉冉浮出海面之际，周旺旺的心，

忽然那么柔软、那么感动，她几乎热泪盈眶。

当太阳完整地挂在小岛上空，周旺旺顾不得周围来来回回晨跑的人，环抱住陈海洋的脖子，踮起脚，深情一吻。

6. 命运什么的，最神奇了

作为一个平面设计师，哪怕是郁郁不得志的设计师，周旺旺在日出这种美妙时刻，仍然保持了职业敏感。她拍了一组日出的照片，选了一张自己最喜欢的，按原始尺寸打印出来，贴在格子间的板壁上，每每一抬头，她的心便又回到海边那一幕。

真美好。

这天，一个挑剔的大牌客户，人称王总，亲自过来看样。设计部已经为这个大活忙了一周，可始终没有得到客户的认可。连老总都急了，开会发了两次脾气，弄得整个办公室都人心惶惶。不过周旺旺很淡定，这样的大活，轮不到她挑大梁，她顶多是做做边角余料的工作。满腔的热情和才华，都敌不过一群人的明争暗斗。公司大了，什么样的鸟都有。

她索性打着韬光养晦的幌子得过且过。

王总看了样，还是不满意，却又说不出具体的问题，只说没有灵魂，太雕琢，太刻意。大家心里都窝着火骂他鸡蛋里头挑骨头。周旺旺正在做一个网站LOGO，没觉察到王总竟然站在她身后，他被那张日出的照片吸引了。

欣赏半天，问："是你拍的吗？"

"嗯。"周旺旺头也不回，继续做她的。

王总却笑了，转身离去。一会儿老总过来，开了个简短的小会，会议的内容，就是把这个设计交给周旺旺独立完成。见周旺旺不瘟不火的样子，老总心里不塌实，又多问她一句："小周，你有把握吗？"

命运如此眷顾她，即使没有对上帝的承诺，她也会点头："我看行。"

周旺旺浴血奋战了两天两夜，交出了完稿，她完全颠覆了旧稿，按自己的意愿构思，整个设计的中心形象便是日出，千秋伟业，如日东升。

王总赞叹不绝："小小女子，竟能从日出中提炼出如此伟岸胸怀，实在太难得啊，人才。"

周旺旺暗笑，还不就是因为知道他喜欢那幅日出图，投其所好嘛。

因为这次设计博得王总欢心，他一下与公司签订了全年的设计合约。老总一高兴，明里暗里，指派周旺旺为设计骨干，许久不见起色的工资，也立刻涨了。

这顿时引起公司一群人的羡慕嫉妒。

周旺旺才不管这么多，人生得意须尽欢，她就趁此机会大展拳脚好了。

闺密携手她亲爱的甘道夫，在南滨路酒吧为周旺旺庆祝，周旺旺不但热烈响应，积极参加，还一通豪饮，醉卧在陈海洋怀里，

陈海洋心花怒放，揩得不少油水。但是被揩的人，似乎更加欢畅。

7. 钻王什么的，最☒☒有神了

刚开始，周旺旺想，也许是王总不太放心的缘故，所以经常过来亲自督促设计。但是奇怪的是，他后来不来办公室督促了，只是私下约周旺旺面谈。还都是在咖啡馆啊茶楼西餐厅一类的风雅场所。

周旺旺觉得不对劲，但慑于对上帝的承诺，她又不好拒绝。

一次，她笨拙地切着牛排，心里想，跟陈海洋到大排档吃水煮牛肉多甜畅啊，哪像现在这样受罪！但还是竭力做出优雅的体态，委婉地说："王总，你事务繁忙，不用亲自找我谈的，有什么问题，交代给小张就好了，我们都用QQ，很方便的。"

王总熟练地切着牛排，微笑，说："这样啊，QQ很方便吗？回去我也申请一个，听说还可以种菜偷菜呢。"

他果然申请了QQ，还虚心向周旺旺请教如何开通农场如何种菜偷菜，还要她把有农场的网友多介绍几个给他，以便相互偷菜，增加游戏乐趣。他还对周旺旺说："以后别叫我王总，听着好累，叫我王大齐，好吗？"周旺旺回复说好，心里却大呼不好，转而向经验丰富的闺密请教。

闺密眨眨眼睛："根据你的描述，我总结如下，这个姓王的准中年人，他事业有成，成熟大气，睿智健谈，且童心未泯，这分明就是钻石王老五嘛。再者，他现在正对你大献殷勤，只等你略一主动，他便会有突破之举。我认为，旺旺啊，你不如主动一下试试，看究竟会怎么样，这样才好进一步掌握情报，采取行动。"

事实证明，闺密也不是万能的，闺密出的主意也可能是馊主意。

周旺旺打电话给王大齐，说小张不在，她要亲自将打印稿交给他审阅。

王大齐闻言大喜，马上开车来接，带她去了一个家常菜馆，还很体贴地说："我看了你的QQ空间，发现你喜欢吃川菜。"

饭桌上，他捧出一个礼物要送给她，一对珍珠耳钉。他说这是深海母贝珍珠，有利于美容养颜。其实不用他说，光看那品牌，就知道价值不菲。他还称赞说她皮肤白皙，与珍珠最为相宜。的确，最近一段时间，她容光焕发，那是因为陈海洋的缘故。

他还很郑重地说："旺旺，你是我喜欢的女孩子，所以请不要拒绝，好吗？"

这下周旺旺急了，什么上帝什么承诺，再也顾不得，连忙回绝："不行不行不行……"

王大齐不退反进，握住她的手："为什么不行？"

"我，我有喜欢的人了。"她刚说完，他的手就松了下去，眼里熠熠的光彩，也随之暗淡。她于心不忍，却又无计可施，只好笨办法笨用，抬脚就走。楼梯下到一半，悲剧发生，一只鞋跟忽然断裂！惯性向前，一个趔趄，她差点滚下去。感谢扶手，让她幸免于难。她索性脱掉鞋子，赤脚快走。

沿着街道走了不到一百米，一脚踩空——扑通！什么？她居然掉进一个大坑！而且是以笔直站立的姿势掉下去的！坑里还有积水，漫过她的大腿，裙子啊裙子，全湿透了！她不禁暗自哀号："上帝啊，我稍有违背你的意志，你就立刻施以报复，未免有失风度吧！"

未及呼救，一双手伸了过来："抓紧了！"是王大齐。

她拒绝坐他的车，拒绝他送她回去。"我的裙子才一百多块，要是弄脏了你的垫子，那得上千块，这可是BMW……"王大齐不容她唠叨，捉住她的小蛮腰，强行把她塞了进去。

从王大齐车里下来，快快地走进小区，楼道前，路灯下的光影里，陈海洋怀里捧着一只蛋糕，傻傻地站着，那样子就像一棵圣诞树。

他说："今天是我的生日。"

周旺旺心里一酸，拉他的手："上来吧。"

她当然要先去浴室把自己收拾干净。脱下裙子，天哪天哪天哪——灰色的裙子上，一团暗红！从坑里爬上来后，她还躲进卫生间把裙子拧干再穿回来的，那时都还干干净净。看来，悲剧就发生在回来的路上，BMW的垫子……真是人在囧途，情何以堪。罢了。

出来时，陈海洋不见了，只见茶几上一张便条："是不是你赴他的约会和接受我的爱，都只是出于对上帝的承诺？可又是为什么，我内心真切地感受到你待我的真心？是我错了吗？"

他果真听到她的祷告了。要怎么解释呢？我赴王大齐的那些约会，是出于对承诺的敬畏，而和你在一起，是我真心的意愿啊。

但是，头昏脑涨腿抽筋，身心俱疲。上帝，我真的累了。

8. 欺骗什么的，最可恨了

周旺旺决定冷处理，先等一等吧，等大家平静下来。

她一个人晃去吃 KFC，她喜欢用手抓着鸡翅自在地啃，至于卫生啊形象啊，不在她的考虑范围之内。人生在世嘛，难道吃个鸡翅还要瞻前顾后？

当她从食物堆里抬起头来，忽然看到一个背影。咦？那么挺拔俊秀，那么亲切熟悉，陈……海洋？他正襟危坐。他对面坐着一个美女，神情激动，正翻着两片锋利的樱唇——

"豆豆是我一手带大的！我把他送到乡下，也是不得已！现在我回来了，我当然要领回去。"

陈海洋轻声说："你不是送，你是赌气抛弃，这一年多来，我一直在找豆豆，我才找到，你却又来跟我争，欢欢，你个性还是这么强……"

美女怒目圆睁："你以为我不知道吗？你要豆豆，无非是因为你新交的女朋友！你想用豆豆讨她欢心！我告诉你，我偏不让你讨她欢心！"

陈海洋无奈，只得叹气道："你不是真的喜欢豆豆，别和我争了，好吗？我求你。"

美女眉毛一挑："嗯，我不喜欢，她喜欢，她要是有本事，让她自己生啊！"

周旺旺听不下去了，丢下没啃完的鸡腿和玉米，从侧门狼狈逃窜。那眼泪啊，哗啦啦奔涌而出。

陈海洋，他结过婚，还有个叫豆豆的孩子，还在这里和前妻争夺抚养权。那个前妻，智商还真低，以为陈海洋争夺豆豆是为了讨她欢心，真好笑，她是愿意做后妈还是怎的？不过这不重要，重要的是，陈海洋，他隐瞒了已婚有子的历史。

所谓隐瞒，实际就是欺骗。

周旺旺人生中最灰暗的一天，就这样来临了。

为了帮她排解愤怒悲伤，闺密拉着她去做了一天的极限运动，坐过山车，攀岩，蹦极……当她的身体倒挂在悬崖下的几十米高空，一直紧闭双眼的她，猛地睁开了眼，万道阳光从水面齐齐迸射而来，她忽然悟了。

9. 玫瑰什么的，最有爱了

周旺旺这次去横塘的教堂，是特意去的。

没有教友，没有唱诗班，没有陈海洋。

神父坐在神龛前，用慈爱祥和的眼神，看着她慢慢走过来。她却顾不得去欣赏这幅慈祥老人图。

"神父，我要解除对上帝的承诺！"

"哦。"神父点头，又问，"你对上帝承诺过什么呀，我的孩子？"

周旺旺以极其虔诚的语气，陈述了一遍，又以极其渴求的眼神望着神父，希望神父再一次以上帝的名义，宣布承诺解除。

神父却笑了："孩子，你承诺的对象，其实不是上帝，而是你自己的心。当你真心想接纳，或者真心想拒绝，上帝，他都是支持你的。你明白吗？爱或不爱一个人，你不需要听从上帝或任何人的意志，遵循内心的指引，幸福自会光临。"

她问心："你爱谁？"

心说："我爱陈海洋。"

周旺旺走出教堂，正是傍晚，夕阳映彩，霞光漫天，她笑得很轻松很惬意，晚风吹起她的针织衫，是一种飘逸绝伦的美。

陈海洋从霞光里走来，披满金色的光辉，怀里抱着一只英国折耳小猫，毛色绮丽华美如绸缎，神态娇憨又机灵，额上一个弯弯的洁白月牙，正用一双媚态的眼睛炯炯地注视她。他说："旺旺，这是豆豆，两年前，我在'宠物之家'遇到它的时候，工作人员正要给它安乐死，可我摸到它的皮毛还是温热的，坚持留了下来，没想到，居然真的被我救活了。"

一个卖玫瑰花的小女孩跑过来，挑了一朵玫瑰，塞在陈海洋手里，笑着说："先生，送给你的女朋友吧！"

说完，她朝周旺旺慧黠一笑，跑掉了。

周围忽然跑出来七八个孩子，跟着小女孩一起，嘻嘻哈哈跑掉了。

周旺旺一手抱过猫，一手接过玫瑰，说："玫瑰什么的，最有爱了。"

【小锅点评】：宅女周旺旺终于在自己坚持不懈的努力下，搞定了对方，得到了自己的幸福。在轻松幽默的文字中，也有发人深省的道理在。只要工夫下得深，宅女也能嫁成功！呵呵呵……宅女什么的，最有爱了！

■文／管卉　■图／MOON 工作室

高三·黑色柳橙
GAOSAN · HEISE LIUCHENG

你知道吗？我已经放弃了考试……我会留下来，就算这里是地狱，我也爱和你一起待在地狱里……

【作者感悟】：每年固定的时间，电视里总会报道高考生努力备考、伏案苦读的新闻，百无聊赖的我目光无意间扫过电视画面，看到那些可怜的娃熬夜熬出来的红彤彤的眼睛，心里感慨万分，而后电视画面转到校园内湖畔随风摇摆的杨柳树，看着那些"媚骨生资"的故事，我脑海里慢慢浮现了这个故事的构思，呢……有些邪恶的构思，呵呵！

"这是一个不可多得的机会，只要是今年年终考试年级第一名，就会作为交换生到美国学习一年，所有费用由学校承担……"

开校会的时候，校长在台上喋喋不休地讲着什么交换生的事情，这件事很重要，我却有些心不在焉地看向别处。在邻班的队伍里，有个曼妙的身影像磁石一样吸引着我的目光。

从这里只可以看到她的背影，但我依然有些失神。乌黑的长发，纤细的身材，还有那只可窥见侧影的少女微鼓的花苞，都让我感到有些口干舌燥，不由得咽了下口水。

旁边的欧宇在我耳边乱叫着："我是没戏了，上次费了九牛二虎之力才考了第三，离你的第二差了将近十分呢。你还可以拼一拼，你和（三）班的闫菲只差了两分而已。修函，你有没有在听呀？修函？"

欧宇伸出手掐住我的耳朵，把我从愣神中唤了回来，我一边用手捂着耳朵，一边对他报以怨恨的目光："疼死了！"

"谁叫你把我的话当耳边风。"欧宇理直气壮地说完，把头伸了过来顺着我的目光看去，"在看什么呢？"他瞄了一眼，立刻明白了，似笑非笑地眯起眼睛，声音也变得古怪起来，"哦，你发春了。"

"胡说什么？"虽然这种玩笑男孩子之间经常会开，但被说中心思的我还是有些脸红。

"胡说？别以为我不知道你刚才在看什么，不过这也正常，闫菲真是越来越漂亮了，个子又高身材又好，你的眼光不错嘛。"他挤眉弄眼地流了一会儿口水，"不过话说回来，她可是你的劲敌呀。"

"什么劲敌不劲敌的。"我低下头，看着摊开的双手。

欧宇点点头说："机会只有一个，你不在乎就行，人家是女生，就算赢了也胜之不武。"

我好笑地看着他，不知这种论调是从哪儿来的。

欧宇见我不搭腔，突然压低声音凑过来："你和闫菲在一起有一个月了吧，亲过她吗？滋味怎么样？"

我微笑着，把手边的书拿起来拍在他的脸上。

校会结束后，学生们熙熙攘攘地往外面走，我出了大厅故意走得慢了些，身

边的欧宇就被汹涌的人流带走了。

　　侧身让过大部分的同学，我站到路边的花坛旁，看着随人流走过来的闫菲。闫菲也看到了我，她和身边的人说了几句，然后与她们分开，向我这里走了过来。经过我站的地方时她并没有停下，而是与我擦肩而过，我了然地跟在她后面，一前一后离开了大厅。

　　走了一段时间后，身边的同学开始减少，闫菲踏上一条通往湖边的小路，站在一棵柳树的下面，等没人时才回过头微笑着看向我，脸微微一红。就算她对我也有好感，还是在我面前保持着一份女孩的矜持。

　　我盯着她红润的脸和白嫩的脖子，感到心中一阵荡漾，不由得也有些紧张。在别人看来我们已经是情侣了，但我明白，我们的关系还停留在暧昧阶段，别说亲吻了，就连拉手的机会都很少。这更让我觉得她很珍贵，现在像这样的女孩已经不多了。

　　"给……给你。"我把刚才就一直握在手里的橙汁递给了她，知道她喜欢喝这个东西后，每天买一瓶已经成了我的习惯。

　　闫菲接过来打开喝了一口，满意地闭上眼睛，很享受的样子，脸上两个酒窝若隐若现，白玉般的皮肤透着一股红润，我有些看呆了。闫菲睁开眼睛笑了一下，把瓶子递给我："喝吗？"

　　用同一个瓶子喝东西可是个拉近距离的好机会，但我摇了摇手说："太甜了，我不喝这个。"

　　闫菲也不勉强，一边小口小口地喝着，一边与我聊着天："这次考试你准备得怎么样？有把握吗？"

　　我突然想起欧宇的话："她可是你的劲敌呀。"我淡淡地说："还行吧，能考什么样就什么样吧。"

　　闫菲歪着头看我，上面嫩绿的柳枝垂下来，随着风从她脸上有一下没一下地扫过，扫得我的心里痒痒的。

　　"你不想当交换生吗？"

　　"想也要了考年级第一才行，我前面不是还有个你吗？"这是事实，虽然差得不多，但每次闫菲总能比我多考几分，压在我的头上。

　　"其实你努力一下还是有可能的。"这句话不知是不是在鼓励我。

　　我伸了个懒腰说："希望越大失望越大，不管了，随缘吧，就算是你考第一也挺不错的。"

　　她点了点头，没有说话。

我突然失去了那种与她再进一步的渴望，可能是想到很快就会分离吧，不管交换生是她还是我，我们都是要分开的。

　　如果第一名既不是她也不是我，那我们就不用分开了……算了，我在想什么？这个机会千载难逢，我们都还年轻，未来会怎样谁也不知道，我们又怎能为了相守而要求对方放弃理想呢？这个道理她一定也明白吧。

　　我不太明显地摇了摇头，把刚刚生出的那个念头甩到脑后。

　　"回去吧，快要上课了。"我快快地说。

　　闫菲点点头，拿起橙汁又喝了一口，当她向我微笑时，我的心又不争气地怦怦直跳。

　　放学时，我推着脚踏车走到校门口，习惯性地站在路旁的大树下发了一会儿呆才回过神来。在这里等闫菲已经成了我的习惯，我们会一起骑着车子回家，我会绕路送她一程。从来没有约定过，但因为我几乎天天这样做，所以就成了我们两个之间没有说出的约定。

　　今天不知为什么心情有点儿低落，一想到闫菲一会儿会从校门那儿骑着车子过来就有一种莫名其妙的慌乱。我犹豫了一下，没有在校门口继续等下去，一个人先走了。

　　一路浑浑噩噩，抬头已到了自家门口，我看着那黑黢黢的破旧的木门又是一阵迟疑，心底生出一股抵触的情绪。干吗这么早回来？我暗骂自己，压抑着想转身离开的冲动，伸出手，在空中停了片刻才下定决心般推开了门。

　　门没锁，一推就开了，里面空间狭小，光线阴暗，地上乱七八糟地堆放着很多杂物，都没有下脚的地方。家具上布满灰尘，桌子上放着没洗的碗已经长了一层恶心的绿毛。

　　我把脚踏车放在外面锁好，走了进去。

　　房子很小，一进门就是一张床，床上的床单已经脏得看不出原来的样子了，上面躺着一个一身横肉的男人，动也不动地躺着，在他的脚边还放着一个已经喝干了的酒瓶子，散发出一股酒臭。

　　男人面向墙壁就这样躺着，一点儿声音都没有。睡着了吗？还是……我屏住

呼吸，轻轻地走过去打量着。

每次看到他安静得了无生气时，我就会按捺不住内心的期待，猜测甚至是希望他已经醉死在了酒精的侵蚀中。对于这种永远都醉生梦死的人，这不是最恰当的结局吗？

已经这么近了，我探过头去，看清了他的脸。那是一张被酒精侵蚀的脸，阴沉沉的，眼睛底下泛着青黑色，被胡子盖住的嘴巴半张着，散发出一阵阵的臭气。

他死了吗？

我抬起手晃了晃，男人还是没有反应，难道我的猜测终于成真了吗？一种阴暗的期待在心中骚动着。

我试探着伸出手去抓住他的肩膀，男人突然睁开了眼睛，混浊的目光闪了闪，定格在我的脸上，突然就透出那么一股凶狠憎恶的情绪。

我心一颤，后退两步："爸。"

"哦。"爸爸坐了起来，打着酒嗝，用手抓着乱糟糟的头发，又用那种阴森的目光盯住我，"你小子今天怎么这么早？"

我低着头说："今天学校没事，我就早点回来了。"

"小子，你别找借口偷懒，老子给你付的学费可不是让你用来打水漂的。"他喷着酒气，懒洋洋地说。

我正绕过他往里面走，听到这句话一愣，看了他一眼。他马上瞪起眼睛："怎么了，看什么看？小杂种。"

我不生气，只是平静地指出他的错误："学费用的是妈妈的赔偿金。"

"那不是老子的钱吗？"他骂骂咧咧地走过来，手指戳到了我的脸上，"你瞪什么眼？老子能让你上学就已经很不错了，你这种害人的东西就应该去死，还上什么学呀？"

我忍了一会儿，他却骂个没完，甚至连去世的妈妈也不放过。我快要崩溃了，终于忍不住把他的手拨开，这下可捅了马蜂窝。

他发出尖叫与怒骂，操起一旁的棍子对着我就是一通乱打，我攥着拳头，咬紧牙关站在原地。自从妈妈离开后他就是这样，像个容易引爆的炸弹，我不经意的一句话、一个眼神都能让他暴跳如雷。

我已经长大了，不能再像小时候那样钻到桌子底下躲避了。

我只能这样直直地站着，像个没有感觉的木偶，呆呆地看着房间的一角，努力忽略木棍落在皮肉上时那种钻心的疼，就像那是落在别人身上一样。

角落里，似乎有人站在那里，披着黑色的头巾，全身隐匿在黑暗中，只露出一双泛着泪光的眼睛，那眼中的悲悯与凄凉，海一般瞬间淹没了我。

"妈妈……"

我抬起手抢过木棍，用力推了他一把。爸爸狼狈地向后退了几步，一屁股坐在地上。他吃惊地看着我，几乎忘了站起来，这是我第一次反抗他，但我的勇气很快就消失了，因为他骂道："好呀，翅膀长硬了。害死了你妈之后又轮到我了是不是？索命鬼。"

我像个被放空的气球般渐渐委靡，驼着背，头低到胸前嗫嚅道："对……对不起，我不是故意的。"

"杀人犯，你害死了你亲妈，你是个杀人犯……"

胸中仿佛有一团火在燃烧，我控制不了自己，捂着耳朵冲出家门，身后那个可怕的声音还在叫嚣着，我拼命跑，只想把那样的指控远远甩到身后。

可是，就算我已经跑出很远了，却还是能听到。

"你害死了你亲妈，你是个杀人犯……"

天空下起渐渐沥沥的小雨，街上的行人很少。我终于跑不动了，但还是迈着僵硬的步子向前走，漫无目的地走，不知要走去哪里，直到那个池塘挡住了我的去路。

我看着池塘里绿得发黑的水，面无表情。

这里是妈妈的葬身之地，十年前，我因为想要一辆同学那样的脚踏车的愿望得不到满足而哭闹，在妈妈走过来时看也不看地推了她一把。那个池塘没有护栏，她就那样摔了进去。

当时的我还不太明白发生了什么，只记得妈妈被人捞上来时苍白的脸和爸爸痛苦又憎恨的眼神。

妈妈没有再醒来。

关于那天的记忆已经很混乱了，但我依然记得自己曾向妈妈伸出手去，溺水的人一般都要拼命地抓住什么，但妈妈明明可以却没有选择抓住我的手，而是任自己沉到池塘底。

她当时的表情我已经记不清了，但不知怎的潜意识中总感觉她在微笑。

从那天起，杀人犯的帽子就戴到了我的头上，随之而来的是爸爸的拳脚和辱骂。

说实话我并不在乎，这些在失去妈妈后都显得不那么重要了。

我经常来这里，这里对我来说是连接我和妈妈的纽带，看着颜色浓重的水面，我时常觉得那是一种诱惑，仿佛再往前一步就可以投入妈妈的怀抱了。

是的，那是一种诱惑。

我无数次走上前去，却总在最后一刻停住脚步。我告诉自己这里不是我的归宿，我应该可以走得更远。

"你害死了你亲妈，你是个杀人犯……"

声音突兀地从身后响起，我猛地回过头来，后面却空无一人，冷汗顺着额角缓缓地流下来。

离得这么远了竟然还能听到，看来我真的要走得更远才行。

放学时，我无精打采地走到校门口，发现那里有个熟悉的身影，我脚步顿了顿，才迎了上去。

"你昨天怎么一个人走了？害得我在这里等了老半天。"她嗔怪地看着我，眼里却透着关切的目光，"身体不舒服吗？怎么脸色这么差？"

我想说"谁规定我一定要等等你的"，但在她如水的目光的注视下，我只能小声说："有点头晕，所以先走了。"

"是感冒了吗？"她担心地问，抬起手放在我的额头上。她的个子没有我高，要做这个动作需要踮起脚，我却没有要低下头的意思。于是她就坚持着，毫不在意我的冷淡。

"还好不发烧，你要好好休息才行。"

我点点头，向外面走着，她跟在我后面打着哈欠："不知怎么了这几天特别困，今天回去不温书了，我也要早点睡才行。"她又向我笑了起来，"让我们明天都精神起来吧。"

我咽了下口水，发现头真的开始晕了，也许真的是感冒了吧。

第二天闫菲并没有精神起来，她显得很累，每时每刻都昏昏欲睡。我不知道她上课时是不是这个样子，但中午吃饭时，她差点儿一头栽到盘子里。

"你这是怎么了？为什么会困成这样？晚上没睡觉吗？"我奇怪地问。

她强打精神说："不知道呀，一到晚上就精神了，翻来覆去睡不着，一到白天却困得要命，好像三天三夜没睡觉似的，坐着都能睡过去。"

我皱了皱眉头："你这是生物钟紊乱，应该是经常熬夜，再加上压力过大造成的。我知道你一直对成绩很上心，但也要注意自己的身体，别弄出病来。"

　　闫菲用力睁着眼睛说："我知道了，但我也没怎么熬夜……"声音越来越小，她又要睡着了。我急忙摇醒她："别睡了，大白天睡什么觉？"

　　"现在是午休时间呀，你别吵，让我睡会儿吧。"她哀求着。

　　"不行，"我强硬地说，"你要把这种紊乱的生物钟调过来，就要该睡的时候睡，该醒的时候醒。"

　　她被我一通乱晃不得已又睁开眼睛，无奈地看我。

　　这时我们正坐在校园里柳树下的大石头上，几根柳条垂下来，映衬在闫菲微红的脸上，她黑色的眼睛像猫咪一样半眯着，长长的睫毛像轻盈的蝴蝶的翅膀。

　　她美得让人目眩。

　　我几乎看呆了。

　　似乎注意到我在看什么，她抬起头，向我微微笑了一下，我就好像被当场逮到的小偷，红着脸转过头去。

　　她很明白自己的魅力在哪里，也从不介意尽可能地使用它。

　　欧宇曾经说我是情圣，他说我看闫菲的眼神总是纯洁得让人感动。

　　"我看不懂你，修函，男孩子看到自己喜欢的人不是应该带点儿欲望吗？为什么我从你的眼睛里却一点儿都没发现？不光这样，里面甚至还带着一丝……悲伤。"欧宇奇怪地看着我的眼睛，仿佛看进了我的内心。

　　我垂下眼帘，避开欧宇探究的目光："什么欲望呀，你才多大就这么世俗了。"

　　"可是面对自己喜欢的人，不就是渴望接近、渴望得到吗？你那个样子，好像只是这样看着她就满足了一样。你的感情太消极太颓废了。"

　　我感到自己好像被什么东西缚住，在不停地下沉，不由自主地挣扎着："你别胡说了，我这样做也是对自己负责。我们只是高中生而已，自己的未来都无法把握，又何必再去负担别人的人生呢？"

　　欧宇看着我，好像是听懂了，又好像完全不明白我在说什么，最后他把这个根本不感兴趣的话题扔到脑后，抱着篮球冲进了操场。

　　"你在想什么？"闫菲好奇地看着我。

　　我还以为她睡了呢。我告诉她："在想欧宇说我是情圣。"

　　"情圣？"闫菲轻笑起来，她的表情有些奇怪，但肯定不是赞同的意思。

　　我饶有兴趣地看着她："怎么了？"

　　"你绝对不是情圣，要是也是伪情圣。"

"为什么？"

"以前我不知道，到现在才明白，你是这世界上最不解风情的大傻瓜。"闫菲一开始还在说笑，却越说越认真，到最后简直有些嗔怪的意味。

我有些吃惊地看着她，想要反驳却无话可说，两人愣了一会儿，闫菲突然一笑："怎么？被吓住了？我是开玩笑的。"

"哦。"我勉强地笑笑，岔开了话题。其实我们都明白，她那句话说得无比认真，绝对不是开玩笑。

也许她真的在怪我吧，我们两个停留在恋人未满的阶段，迟迟没有再进一步，这都是因为我的止步不前。她的美好让我感到胆怯，这样千疮百孔的我，真的有资格拥有她吗？

放学时，我再一次推着脚踏车在校门口等闫菲，她看到我时竟然一改往日的矜持，当着同学的面跑到我身边，牵起我的手。这样高调让我很不适应，但她似乎一点儿都没把四周的目光放在眼里，一心一意地与我并排骑着车离开。

快到她家时，我们按惯例下车走上一段，顺便聊聊天。

"感觉怎么样？清醒些了吗？"我问。

"刚才上课时还昏昏欲睡呢，现在好些了。"

"上课就想睡觉，下课就清醒，这可不像你的作风呀。"我好笑地看着她。

闫菲似乎也同意我的说法，她的脸色变得有些凝重，愣了一会儿，她说："不管怎么样，这次的考试我还会是第一的。"

说完这句话，她仿佛突然变得自信了一样，那股被掩盖的光芒又回来了。我深深地看着她，慢慢地微笑起来："我相信你。"

"对了，我中午给你的练习册呢？你看了吗？"

"什么练习册？"我诧异地问，"你中午什么东西都没给我呀。"

闫菲停住脚步，回头看着我："我明明记得给你了，你可别骗我。"

"哪有呀？你真的没给过我。"我认真地说。

"才怪，快拿出来，那上面的题我还没做完呢，你别想独吞。"她向我伸出手。

我有些着急："你一定是记错了，今天中午我们只在一起说了会儿话，你什么都没有给过我呀。你这两天怎么了？总是这样，前两天还把自己的卷子当草稿纸画了。"

见我这么说，闫菲犹豫起来，她嘀咕着自己是不会记错的，还是翻了自己的书包。然后，她张大嘴巴，从里面拿出一本练习册来。

　　我失笑道："你真的睡糊涂了。"

　　她吃惊地看看我，又看看手中的书，怔了一会儿才接受这个事实："我明明记得给你了，难道真的是做梦不成？我这段时间是怎么了？总是觉得很困，精力也集中不起来，再这样下去成绩会下滑的。"

　　我见此犹豫了一下，从书包里拿出一瓶橙汁递过去："别想了，你可能就是压力太大，记错了。"

　　闫菲看了一会儿递到面前的橙汁，才慢慢展开笑颜，她接过去说："你都好几天没给我了，我还以为以后不会再有了。"

　　我看着她手中的瓶子，突然说："也许很快就没有了。"

　　她愣了一下。

我急忙说："因为这个添加剂太多，喝多了对身体不好。"

她松了口气说："我明白你的意思，但我不喜欢喝白开水，也不喜欢喝茶，从小就喝这个，如果猛地一下子不喝的话，我会活不下去的。"

我笑道："别乱说，有那么严重吗？"

闫菲很认真地点点头："真的，就像抽烟一样。抽烟对身体不好，但你若让一个有三十多年烟龄的人一下子戒烟，非出人命不可。我也一样，如果没有橙汁喝，我会死的。"

听到死这个字，我不知为什么突然害怕起来，身体止不住地颤抖，双手变得冰冷，要费很大的劲才能控制住自己不在闫菲面前出丑。

闫菲似乎没有发现我的不对劲，她家已近在咫尺，她向我道别："明天见。"

"明天见。"

我目送她的身影远去，一种不祥的预感涌了上来，这种感觉陌生又熟悉，就像我看着妈妈在水里挣扎时一样。

我有好几次都想叫住她，但每次张了张口，都发不出声音。

第二天我们并没有见面，听说闫菲上学时不知怎么从脚踏车上摔了下来，狠狠地摔在了路边的石阶上。

整整一天，我得不到闫菲的一丝消息。外面下起了大雨，我的心就像泡在了雨水里那样冰冷。

放学后我没有回家，而是留在微机室里，那里偶尔会有（三）班的老师和同学，我希望能从他们的嘴里知道闫菲现在的情况。

前排的那个女孩是闫菲的同桌，我走过去坐在她后面的位子上，一边心不在焉地打开自己的信箱，一边偷听她和别人的聊天。

"真惨呀，怎么会发生这种事呢？"

"她最近精神很不好，我还想提醒她骑车要注意，谁知……"

我心里一紧，再听时她们已经换了别的话题。我耐心地坐着，希望能再听到自己关心的事情。

信箱里有一封陌生地址发来的信，我一边等待一边点开，屏幕上空白了一会儿，显示正在下载照片。我又把注意力放到那两个女孩的聊天上，等再看屏幕时，那上面赫然是一张闫菲的照片。

照片上的她静静地躺在地上，旁边是歪倒在花坛里的脚踏车，鲜血从她的脑后流出来，淌了足有一米多远，触目惊心。

我惨叫一声向后面摔去。

大雨倾盆，我疯狂地奔跑在去往闫菲家的路上，雨点如鞭子般狠狠地抽打在我的脸上，眼前的世界模糊起来，迷住眼睛的不知是雨水还是泪水。

门是锁着的，黑色的大门就像地狱之门，把我隔在了另一个世界。

我用力地敲门，喊着闫菲的名字，发疯了一般，直到门上出现了红色的血，直到有邻居冲出来抓住了我。

我什么都听不见，什么都看不见，眼前是一片血红色，血泊中闫菲静静地躺在那里，白玉般的脸上沾着几滴红得刺目的血珠，却一点儿都不影响她的美丽。

她躺在那里，美得让人目眩，却了无生气。

这样的画面是多么熟悉呀，十年前，妈妈也是这样安静地躺在池塘边，没有挣扎，没有愤怒，表情安详如睡着了一般。

我发出野兽般的低吼，大喊着伸出手去，想抓住什么，但很快有人按住了我。我的脸贴在地上，冰冷的雨水滑过惨白的皮肤，我慢慢闭上眼睛，感觉意识渐渐远去。

对不起，对不起，我并没有想害死你。

我只是在撒娇，想得到那辆脚踏车而已。

我只是想成为交换生，离开这个地方而已。

直到现在我才明白，我无法离开，我就像是被诅咒的孤魂，就算走得再远也无法真正离开。

"你害死了她们，你是个杀人犯……"

妈妈，闫菲，你们都已经身在天堂了吧？

原来只有我一个人身在地狱而已，我大笑起来。

天黑了又亮，过了不知多久，有很多陌生人来看我，和我说着话，往我的嘴里塞东西，甚至把针扎进我的胳膊里。

我听不懂，也不知道他们要干什么，只能大喊大叫，发疯般地反抗。

最后他们都走了，就只剩下我一个人了。

我蜷缩在阴冷的角落，抱着双臂一动不动。这里没有光，没有声音，什么都没有。

这里就是地狱。

门开了，一道刺目的阳光射了进来，勾勒出一个曼妙的身影。那身影慢慢逼近，我不敢抬头，只能紧紧捂住眼睛，缩成一团。

来人蹲了下来，一只柔软的手放在我的肩上，我惊慌失措，但无路可逃。

"修函。"她温柔地喊着这两个字。她在喊谁，以这样动听的声音，以这样悲伤的语气？会有人忍心不回应她吗？

"修函，你不认识我了吗？我是闫菲。"

她叫闫菲吗？我忍不住松了手指，从指缝里往外看。乌黑的长发、白玉般的面容，还有一双灵动的眸子，美得让人目眩。

我突然觉得一阵微风吹过，仿佛有翠绿的柳枝从上面垂下，自己好像置身于宁静美丽的校园里，旁边坐的就是她，一个仙女一般的女孩。

我大笑起来，笑得流出了泪水，原来身在地狱的我，也有机会做这样美好的梦呀。

"修函，你……你没事吧，修函。"女孩试图让我停下，失败后，她突然张开双臂紧紧把我搂在了怀里。这是一个温暖得让人落泪的怀抱，我一时弄不清发生了什么。

"修函，是我不好，我不该这样逼你。"

她在说什么？

"当欧宇告诉我你为了做交换生，在送我的橙汁里放安眠药，让我上课时犯困，还把练习册偷偷塞回我的书包，让我怀疑自己的精神状态时，我真的很恨你，恨不得杀了你。所以才以其人之道还治其人之身，在你的午饭里放了迷幻药，还谎称自己在骑脚踏车的时候摔倒了，让你误以为是自己的责任。其实那些橙汁我根本就没喝，犯困是装出来骗你的。"

她在说什么呀，什么交换生、练习册、橙汁，这些与我有什么相干？我听得不耐烦了，开始把注意力转移到角落里的蜘蛛网上。

女孩的眼中泛起了泪光，眼神里全是悲哀："我不该发那样的照片给你，我万万没想到，会把你逼到这种地步，也万万没想到你是从小生活在这样的地方。"

这里怎么了？这里不错呀。只要住惯了，就算是地狱也无所谓的。

"你只是太想离开了，想得走火入魔，如果我知道真相，我一定会让你去的。你为什么不告诉我？为什么不让我知道？修函，求求你看看我，我现在才知道为什么当时我那么恨你，因为在不知不觉中，我对你用情已深了。我真的好后悔，如果当初我不是那么偏激，就不会弄到现在这种地步。

"你知道吗？我已经放弃了考试，欧宇成功了，他成了交换生，得到了去美

国的机会，而我则会留下来。想不到我一个小小的报复，竟然引起了这么严重的后果，你还是放不下十年前的那件事吗？"

我皱着眉头看着她，不知她在哭什么。

女孩见我看她，擦了擦眼泪，展开一个微笑："也许现在这样更好。"她用平淡的声音告诉我，"修函，你生病了，你走不了了，我也要选择留下来。你喜欢我是吗？我也很喜欢很喜欢你，以前的你和现在的你我都喜欢。我会留下来，就算这里是地狱，我也要和你一起待在地狱里。"

我呆呆地看着她，突然笑了起来，笑声仿佛是暗绿色水面荡起的水纹，一圈一圈在黑暗中散开。

【小狸点评】：这个故事愈看愈有一股真实感浮上心头，作者切入的是这样一个为我们所熟悉的点，也许看这个故事的每个人都经历过那段黑色岁月。管卉最令人佩服的是，她能够那么深入地剖析人内心的黑暗面，却又能让你在反省的同时感觉到一丝人性中固存的真善美。

小小寿衣店，小得孤单

■文／凉音　■图／楚狂

XIAOXIAO SHOUYIDIAN，
XIAO DE GUDAN

【作者感悟】：

　　写着写着，就想起高中那堆破事情。我高中同学那个小胖子，他是我们班的早餐代表，每天提着一麻袋包子来上课！最气人的事情是，姐那会儿长得不好看，他不肯替我带包子。死胖子后来去了兰州当兵，可是一看发回来的照片，还是一个巨胖的胖子。

"花火精装版"
《最爱我的那个天使睡着了》
读者友情问卷

魅丽 IBOOK 邀请卡

如果你符合下面其中任何一个选项，请在上面画"√"，并将调查表寄给我们即可成为书友会会员，享受多项购书优惠！

A. 一次性购买了两本图书

B. 参加了"1 元购书"或"买杂志送图书"活动。

C. 本身已经是花粉

1. 吸引你站在报刊亭不愿离去，毫不犹豫掏出 10 元购买本辑花火精装的原因是？

☐ 看了之前铺天盖地的宣传预告　　☐ 喜欢读优美感人的文字

☐ 本身是文字发烧友或喜欢写作　　☐ 封面很漂亮，插图很美丽

☐ 本身是花火精装的忠实粉丝呢

2. 你对本辑《最爱我的那个天使睡着了》的整体感觉是：

封　　面：☐ 很漂亮　☐ 还不错啊　☐ 一般般啦　☐ 我靠，这是什么啊

插　　图：☐ 很漂亮　☐ 还不错啊　☐ 一般般啦　☐ 我靠，这是什么啊

内文设计：☐ 很漂亮　☐ 还不错啊　☐ 一般般啦　☐ 我靠，这是什么啊

3. 你在哪里购得《最爱我的那个天使睡着了》？

☐ 报刊亭　　☐ 书店　　☐ 其他 _____

4. 严肃地问，你是否会一直坚持购买"花火精装版"呢？

☐ 坚决拥护"花火精装版"　☐ 看腰包鼓不鼓再说　☐ 再也不想买了

5. 本辑《最爱我的那个天使睡着了》你非常喜欢的插图在哪一页呢？请标明页码。

_____

6. 你最喜欢本辑《最爱我的那个天使睡着了》中的哪个作者或哪篇文章？请写下你最想对他说的话或者为文章写一段评语。

_____

_____

7. 你最期待在"花火精装版"中看到哪些作者美丽的身影呢？

_____

8. 看完《最爱我的那个天使睡着了》，有什么地方让你觉得别扭不满意的吗？

_____

9. 对我们呕心沥血制作的互动板块还满意吗？你还想在互动板块看到些什么？

_____

10. 看完《最爱我的那个天使睡着了》的花 TV，你还想看到哪个编辑的八卦糗事呢？

_____

11. 请选出本辑你喜欢的文章（可多选）：

☐ 最爱我的那个天使睡着了／微凉　　　　☐ 宅女周旺旺的美好时代／蒹葭苍苍
☐ 高三·黑色柳橙／管卉　　　　　　　　☐ 小小寿衣店，小得孤单／凉音
☐ 我在回忆天气晴／Q 点调皮　　　　　　☐ 每个女孩都要过一两个混蛋／7998
☐ 丢下一句脏话，我爱你／尘世流年　　　☐ 食人花／思婧
☐ 晨光搁浅（三）／那焉　　　　　　　　☐ 你说你的心已经上了锁／7 号同学
☐ 傀儡娃娃／林晰　　　　　　　　　　　☐ 一见误终身／鱼幼薇

欠扁问答题

1. 为什么世界上有东京、南京、北京但是没有西京呢？

_____

2. 花店卖花，电器店卖电器，那教堂卖什么呢？

_____

（答对问题并将调查表寄回，便有机会成为幸运读者，得到编辑部送出的精美杂志喔。幸运读者名单可去魅丽论坛 http://www.s-merry.com/ 查询。）

邮购方式：

邮局汇款至：湖南省长沙市 331 信箱　邮编：410001
收款人：何艳林
（请在附言栏中填写清楚你所有订购的精装系列书名，如："花火精装"——《你的笑容如繁花》，"花火精装"——《仰望幸福的角度》，等等。邮费全免，挂号另付，每次 3.00 元。为防丢失，建议挂号。）请详细填写地址，否则收不到书哦。

读者资料表：

魅丽网站：http://www.s-merry.com/
花火论坛：http://www.s-huahuo.cn/

姓名：_____　年龄：_____　性别：_____
购买本辑时间：_____
联系地址：_____
邮编：☐☐☐☐☐☐
QQ：_____
（有就请一定填写，因为可以加入我们的"花火精装版"群）

请将调查表寄往：长沙市 330 信箱　　　"花火精装版"收　　邮编：410007

农历七月十五日那天下了一点点的小雨，天空一直都很阴沉，雨水打在屋前的阔叶玉兰上，发出清脆的噼啪声。街市的行人纷至沓来，挑走纸人、扎花之类的物件……生意兴隆，我心情很好，埋头伏案继续扎好下一个纸人。

就像是西饼店的老板恨不得人人过生日，身为寿衣店老板的女儿，我分外地欢迎清明、中元之类的好节日。好节日，这三个字是诚心诚意的。

路口有鞭炮声，来往的人潮忽然朝着一个方向涌过去。好多年了，衡城跟风看热闹的习俗却一点也没改，从小时候到现在，我也不会例外。我手里还握着未成形的纸人，跟着人群茫茫然地走，不知道到底是怎样的热闹，像是习惯了这么做，又像是有人在牵引着。

衡城里每天都有人死去，新死去的和曾经死去的并没有什么区别，都只是丰富了茶余饭后的谈资，就像是此刻的你，杜楠。

你躺在人民医院的大厅里，鲜血淌了一地却没有医生肯帮你料理，据说你已经没救了。"被人挟嫌报复，扎了三十一刀，扎得真像是一只刺猬。"看热闹的人有着这样的嘟囔，我没有吱声，在你死去后也没能为你说一句什么话，我很难过。可我不敢表现出来，唯恐让人发现我是认识你的。你算什么呢？衡城为非作歹的大恶霸。就连死掉了，也只剩下一堆人瞻仰着你惨不忍睹的遗容，觉得好笑。

我垂了垂头，最终只是把那只小小的纸人塞进了你的掌心里。我摸你掌心的时候，感觉你悄悄拉紧了我的手，这大概是我最贴近你的时刻，我拉你的手，而你不反抗，这样真好。我轻轻说了一句话，不着痕迹地把眼泪收了回去。

我一直觉得衡城很小，小得孤单。半条街只有我这一家寿衣店。你临下火葬场，你的亲属把我再次推到你面前，你看看哪，有句话说得好，狭路相逢。我给你换好了干净的寿衣，你看上去有些喜气，穿着黑色的寿衣显得苍白而清秀。

数一数，我们才只有十九岁。你身上布满了疤痕，纵横交错在这具年轻的尸体上，显得异常清晰；健硕的肌肉已经发冷，这样的你让我觉得太可怜、太心疼。

纸人，扎花，寿衣，还有花圈之类……我给你烧足份。同学的时间短，其他的人在衡城里升官、发财或者其他。也许我们两个最是没出息，一个终归是小混混，一个开了上不了台面的寿衣店。

杜楠，你死之后，有人问我为什么哭，我也不知道。我怎么可能知道呢？我又不是你的亲属什么的，我只是寿衣店老板的女儿。你身后的妞排成长队，染黄头发、穿超短裙，开口一定问候别人的亲妈。我不喜欢。你死了我该高兴，这是第三年零两天，我暗恋过你的心情终于平复起来。曾经疼过很久，此后大约会慢慢地好起来。

死者已矣，生者坚强。老话不是这样说的来着吗？

你是从墙上掉下来的。

我的学校衡城二中四面环山，学校实行封闭式教学，只有个瘦骨伶仃的保安长年累月地守在校门口，一夫当关，万夫莫开。

那是夏天的时候，从教室窗口往外看过去，是一片葱茏的青翠，悦目至极。我很喜欢这个深山旮旯里的学校。唯独有一样东西是万万不能妥协的，它就是食堂的饭菜。

青椒炒蛋能吃出一口碎蛋壳，瘦肉包子只见榨菜不见肉，黄瓜炒火腿是用清水稀释出来的……最特别的地方在于，我常在米饭里扒出无数只苍蝇。

我是在傍晚的时候翻墙出逃的，在僻静的墙角踏着凸起的石头，一跃而下。然后从草丛里站出来，得意地拍了下灰尘。身后忽然背光，有人纵身从墙上跃了下来，站在我面前。

"嘿，你混哪个网吧的？"杜楠，这是你和我说的第一句话。话里透出你的秉性不太好，有网瘾，爱闹事。我猜的都没有错……我一时间哑然，不知道该怎么回答你，你轻车熟路地绕过这山丘，下到衡城的街区里去。我望了望你的背影，有些发愣，捏了捏兜里的钞票，去了校门外的小饭馆吃饭。

那是一家冷清的店子，老板只会做一道拿手的香肠炒蒜苗，时常迎接被食堂逼得走投无路要翻墙的可怜学生们。

上菜的时候，我几乎是蹲在凳子上。你几乎是一个瞬间跳了进来，慌慌张张坐在我对面的位置，端着我的饭，扒拉我的香肠炒蒜苗就吃了起来。我莫名其妙地盯着你，又有两个人不紧不慢地追了过来，是教导主任和体育老师，你眨了下眼睛，我顿时恍然大悟。

他们走过来押着你往学校里走，你申辩道："哎哟，老师，我只是出来吃饭而已，我绝对没有翻墙去上网！我发誓！"

主任怒斥你："你发誓就跟放屁一样！"我冷不丁笑出了声，只是我后来才知道，主任的断言简直就是真理，杜楠……你的誓言一点都不值钱。

后来周一的晨会上，你被通报批评记大过，你被人拎到主席台上露脸当反面教材。主任正说着口头禅"为了挽救个人，教育大家"，一直沉默的你忽然抢过话筒喊了起来："我只是翻墙去吃饭，我没有去上网打游戏！"

你歇斯底里地喊，话筒连着校园广播的喇叭，据说连三里之外的街区都能听见你的鬼哭狼嚎。

杜楠，我说这些是希望你明白，原本这一切是跟我毫无关联的，我身份不讨喜，在学校里生活得战战兢兢，我也竭力平凡低调，从不招惹是非。可你做了什么呢？你从人群里霍然看见了我，你丧心病狂地当着全校师生的面喊："她，就是她！那天她和我在一起，她能证明，我真的只是吃饭而已！"

如果时光能倒流，我真想把话筒塞进你嘴巴里。可事实上，那天我被你吓傻了，愣在原地，主任气急败坏地给我记大过，我依旧不动。我觉得你真像是一场劫数。

我最初只是觉得你比较无耻而已，可是实际上你还很像很天真。

自认识你以后我像被衰神附体，记完大过又被罚去游泳馆义务清扫一个学期。夏天里，游泳池里像下饺子一样泡着许多人。学生的时候大家都很瘦，女生穿着老式的游泳衣，并未发育完全的模样，像一根根鲜嫩的豆芽菜。

杜楠，我偶尔看见你在水池边发呆。我假装路过的无数次里，你都蹲在水池边不说话，穿着长衣长裤捂得严严实实。我甚至揣测你身体残疾。在我第五次假装不经意地踢你下水去时，你终于愤怒地喊："王露怡，你神经病啊！"

你忽然捂住嘴巴，像个女生一样缩着头。我往门口看了一眼，是文科班的班花徐媛。她招呼你过去，你从我身边路过，露出与所有怀春少年相似的表情。我盯着你，冷哼了一声。

我抢着拖把蹭了你一下："你天天来蹲着犯傻，还不如去学游泳。近水楼台先得月的道理你都不懂，人家徐媛可是抢手货！"

我看见你忽然之间就泄气了，蹑手蹑脚地凑到我耳边，闷闷地说："不能下水啊，会很丑的！徐媛不喜欢看上去很脏的人。"你说完扯着裤腿往上挪了一寸，露出腿上一层密密麻麻的腿毛。我愣了愣，忽然大笑道："你这哪是腿呀，你这

是猩猩脚！"

　　你慌忙捂住我的嘴巴："你给点面子，不要这么笑行不行？你帮我想想办法，我要去追到徐媛了，我会报答你的！"杜楠，那一瞬间我似乎看见你眸子里的光芒，那么炽盛耀眼的模样，像点燃了宇宙洪荒里的一切。

　　我脱口而出："为什么不试试脱毛膏呢？"像不像冷笑话？我看见你愣了一秒钟，马上露出了然又喜悦的神色，像街口得了小鱼的猫，软软的，暖暖的，温驯又可爱。

　　从这一刻起，我们忽然变成了攻守同盟。我借口夏天穿背心不好看，让姐姐送来了脱毛膏。

　　那天下午满课，游泳馆闭馆休整。我们翘课躲在游泳馆里，你坐在地板上怀疑地盯着我手里的脱毛膏，我柔声安慰你："有用的，有用！效果很不错！"

　　你满心希望地让我敷药，在等待的时间里，两个人相对无言。阳光从窗口透进来，满池的碧波一荡一荡。你不知所措地找话题："我觉得你人蛮不错的……我们以后好好相处吧！"

　　我冷眼望了望你，趁你不备，一下扯掉去毛贴纸。你一声咆哮，在空旷的游泳馆里回荡了数声。痛过之后，你盯着自己的腿窘得无语。那是一双纤瘦匀称的长腿，过分瘦小显得女气，脱了腿毛后越发地白净细嫩。那样的腿就像是个女生长错了脸一样。你一声哭号后逃走了。

杜楠，在后来所有的记忆里，我唯独怕水。不知道为什么，像一种很真切的幻象，我总是能在任何水池的旁边看见你的模样，定定的，弱弱的，傻乎乎的……

4

放假的时候我总是躲在家里蒙着被子看电视，偶尔会裁剪五色彩纸折纸人，性格恬淡，中人之姿，大约手工是我唯一的长处。折纸家电，折纸家具，折纸人纸花……我还能用纸糊出一栋房子来，摆上锡纸糊的金山银山一并放在店里卖。这些都是我喜欢的事情，虽然不太好意思说出口，这些东西最后都会被烧掉的……

那一会儿和现在一样是中元节，店里人手不够，我被派出去送货。订货的是城西老宅里的人家，门口的铁栅栏一打开，忽然露出你的脸。

我吓了一跳，第一反应居然是赶快逃跑。你不知道，学校里的女生常常在背后喊我棺材妹。

杜楠，你扯着我的手一脸好奇："王露怡，是你！"折纸的烧包吸引住了你，你捏着里面的东西左翻翻，右看看……你眼睛里放出一种奇异的光芒，捏着一件东西问我，"这是什么东西？看不出来呀。"

"这……纸折的卫生棉！"我假装咳嗽两声，低下头去，脸却红了。你一时无措，尴尬地说："哈哈，这么与时俱进……你折得真好！"

杜楠，你夸我的次数不超过十次，几乎每一次都是有目的的，你手心的力道加重，一脸诚恳的模样："王露怡，你教我折千纸鹤和幸运星吧！"

我愣了几秒钟，你才羞赧地解释道："徐媛快要过生日了，我想送点礼物给她。不是说亲手做的东西比较能代表心意吗？"

大约每个男孩在遇上爱情的时候，都会忽然变得温顺又美好。似乎是从这一刻起，我忽然原谅你了。

我开始教你折纸鹤，你的野心很大，发誓要折满一千只纸鹤，你的手指修长白皙，是那种骨络分明地漂亮。趁着漆黑月夜里做这些浪漫的事情，即使以后的你身死魂灭，我仍然记得你在灯光下的脸，带着一点点痴情、很多的傻劲儿，你是个好男孩子。

你折完歪歪扭扭的一百只，我扫完九百只的尾巴，这一千只纸鹤总算完成了，你偷走你妈妈盛糖的玻璃缸，装满了它们。

你还拉我去宠物店里买兔子，那只兔子又痴又傻，就和你一样。我拿胡萝卜喂它，它其实更喜欢吃白菜叶子。它跟了我两天，然后被你接走送给徐媛。

杜楠，我有没有告诉你徐媛不喜欢兔子，也不喜欢千纸鹤？那种生长在富足家庭里的女孩子哪里是你用一只兔子和千纸鹤就能打动的。

于是我眼睁睁地看着你被拒绝，千纸鹤被丢在垃圾桶里，兔子在操场上乱跳。这些事我都不肯告诉你，是期望你能死心。

你的兔子被我捡了回来，它和你一样多愁善感，喜欢躺着不动，喜欢啃肉骨头，长得膘肥体壮。它披着兔子的外皮，内心是一只强大的小狗。

我爸爸惊诧地说："这兔子不是成精了吧！"兔子最后被我爸爸杀了吃掉了，就连关于你的最后一点念想也被生生斩断了。

5

杜楠，你真是好了伤疤忘了痛。

我拦住你的时候是早上七点半，你跟学校办理走读证，每天骑着自行车一路飞驰往来。我见到你的时候，你小心翼翼地提着一份豆腐脑，兜里揣着一屉小笼包。你真像早市上那些唯唯诺诺的小男人。

我有勇气挡你的路，却没有胆量说话。你愣愣地盯了我三秒钟，从车上扯了一袋油条递给我："王露怡，食堂的早餐太难吃了，我的口粮赏给你了。"我回过神时，你已经飞快地逃跑了。我拎着你的油条发呆，一个人坐在人工湖的栏杆上，我想我真是傻透了。冷掉的油条泛着一股油腻的味道，熏得人心酸。

杜楠，我怀疑你有严重的受虐倾向。你摇身一变就成了徐媛的专职早餐工人。我常常站在斜坡上等你，看着你提着包子风驰电掣的背影。最初是帮徐媛一个人带早餐，然后是帮徐媛的好友带早餐，到最后，徐媛整个班级的早餐任务都落在你头上。

于是同学们经常看见你扛着像麻袋一样大的一袋包子，在教学楼楼层之间穿来走去。我年少的时候再未遇见像你更有心的少年，你这份心打动过许多人，但是谁都不肯或者不敢告诉你。

其实你优点太少，骨瘦脸黄，脾气不太讨喜，成绩也不优秀。更重要的是，你还很固执。固执真是致命的缺点。

学校各啬到每个月才放一天假，我们是在无尽的题海中泡大的，没有电视机，没有手机，没有PSP……如果不早恋是真的要疯掉一大批人。

杜楠，你是其中的佼佼者，上到学校领导，下到初中部的学弟学妹们，都知道你这个人的存在。

我和徐媛在宿舍同住一层楼，那天偶然路过的时候，她对几个女生的话嗤之以鼻，她说："杜楠？别开玩笑了，我怎么会喜欢他啊！他喜欢跑腿，自己爱犯贱关我什么事。我最讨厌这种死缠烂打的人了！"

我忽然之间有些伤心，你看你这个有眼无珠的蠢人，净看上这种不入流的货色。我站在徐媛面前，她喊："同学，让个路！"我把桶里的洗澡水一股脑儿全泼到她身上。她尖声号叫，把整层楼都震动了。

我被领到办公室，老师瞪我："王露怡，你哪根筋不对？人家徐媛到底跟你有什么深仇大恨，你一定要用洗澡水泼她？"见好就收是我的人生格言，我一言不发，掉了两滴眼泪表示我知错了，反省了，悔过了。

杜楠，你为什么偏偏跟我过不去？要这么勇猛地冲进办公室里，像马景涛教主一样咆哮："王露怡，你疯了，疯了！"

"我就是疯了，就是跟她过不去，讨厌她，恨不得每天扇她一百个巴掌才解气！"我一口气说完这些话，扔下目瞪口呆的老师和你，扬长而去。

可是说完这些话，心里却像漏了一般空落落的。我在操场上跑步，四百米一圈，我跑了整整二十五圈，一直到整个人筋疲力尽，眼睛里再渗不出一滴眼泪。我倒在草地上睡着了。

6

我真的不知道这算不算是走运。

你居然真的追到徐媛了。那段时间，城里的治安很乱。经常有些社会无业青年开着车在学校附近转悠，看见好看的女生会上前搭讪，有时候会强拽着人不准走。学校领导报过警，好一阵坏一阵的，后来都习惯了。

徐媛无疑是漂亮的，即使穿着很难看的校服，仍然有一种清纯美好的味道，是男生们最喜欢的气质。

放假的时候，徐媛出校门时，门口停了辆黑色的大众车，跟着徐媛一路慢慢地走，等走到人少的路上，有人下车打招呼。我那时站在路口远远瞥了一眼，我心里哼了一声。

徐媛开始在挣扎，一路小跑想逃走，没跑几秒钟，被两个人连拉带拽地捉了回来，塞进车里，扬长而去。

我不动声色地借来路边行人的手机，我跟你说："杜楠，你想不想英雄救美？徐媛在校门口被人绑了往城西河边的方向去了，你骑自行车追过去，应该还能追到的。"

你听我说完，甚至连电话都来不及挂断，就跑了出去。我在街市的路口等你，等到月黑风高时，你鼻青脸肿地回来了，自行车后载着徐媛。她头偎在你背上，一副昏昏沉沉的模样，手却圈着你的腰，稳稳妥妥的。

你定定望着我，你说："王露怡，谢谢你！徐媛没事，只是吸了点迷药，现在在犯晕！"你的车子一转弯就拐进徐媛家街口。想必你这次真成了英雄，我忽然很恍惚。

黑色大众车悄悄靠了过来，身后有人轻轻喊了声："喂！"我大惊失色，连忙左右环顾，确定无人后，一溜烟钻进车里去。

堂哥王翘盯着后视镜里的我，啧啧叹了两声："露怡，你到底有多喜欢这个小子啊？还让我们故意演出戏让他英雄救美。你真像圣母马利亚！"

我打开车窗，冷风吹散心头的抑郁，我冷冷地说："你打伤杜楠了！"

"妹妹，别这么不讲理。哥哥我都豁出去给你演偶像剧了，你就不能温柔点吗？他这么作践我妹妹，就不容许当哥哥的我给消消气？"

我一时无语，躺在后座上睡觉。王翘叹了口气："哎哟喂，我的傻堂妹！"

杜楠，到后来我后悔了，如果能预料到后来的你，我宁愿你被徐媛羞辱死。以前看韩剧，情节大多是"我爱的人不爱我，爱我的人我不爱"——狗血至极的桥段，像不像我们？爱情是世界上最狗血的剧情，它永生不死地循环上演，让人死去活来。

我从车上下来，天边是冷灰的颜色。你骑着自行车叮叮当当响了一路，大约是心情极好，你再看见我，惊诧地笑了起来："露怡，你还没走啊？"

我冷着脸扯过来你的手臂，从塑料袋里掏出酒精、药棉和紫药水，涂得你一脸花花绿绿，你哭丧着脸像个怪物一样："嗯，这太难看了，简直是毁灭形象！"

你有形象吗？我在心里嘲笑地反问。我记得那时月光如水，从你的轮廓上隐隐约约地漫了过去。你像深夜里的一首离歌，最好的年岁和少年都被我遗忘在了那时的夜晚里。

7

你终于如愿以偿了，和徐媛成双入对地进出校门。

我从四楼的窗口看你们手牵手从篮球场走过去，我的同学也堵在窗口看你们，如果你肯回头看，你会发现整栋教学楼的窗口都趴满了人，大家都在饶有兴致地看着你们。

消息像一颗忽然被引爆的重磅炸弹，人们交头接耳，议论纷纷。女生们啧啧感叹道："那个杜楠，挺厉害的，我喜欢他那种类型，对徐媛真是贴心地好！"我不愿意去注意这些事情，摊开数学卷子，一道接一道地解题。

我的数学真差，空有满腔的感性和冲动。我揉乱那张16分的卷子，趴在桌子上开始睡觉。杜楠，我告诉你，只要你睡着了，你就可以无视这个世界，是真的！

我曾经偷偷潜入你家里去。我假装路过，在心里盘算着说什么借口。你的爸妈忽然冲出来，我吓了一大跳，慌不择路地逃跑，却陡然发现，你爸妈相互追着厮打。你妈妈举着一把菜刀，横行整条街道。你站在阳台上，我居然发现你在笑，仿佛事不关己地看一场闹剧。我不怕其他，只是你的表情让我心惊胆战。

杜楠，你真傻！难道对你来说，世界上只剩下一个徐媛了吗？我常常能看见她对你骄纵蛮横的要求。被物质宠坏的女生，你今天送她一颗糖果，她明天就会要求要一桶蜂蜜。

你的名声渐渐差了一些，同班的同学跟我说起你的时候，总是一脸鄙夷地告诉我："那个杜楠，不知道为什么欠了好多债，而且欠债不还。"我总是不信的，喜欢上一个人，所以任性地闭上眼睛，捂住耳朵，不想听任何对你不利的流言。

那天我是在街口撞见你的，你有些憔悴，却一脸惊喜地跟我说："露怡啊，你最近怎样？好久都没有看见你了！"

我在心里鄙视你，哪里是好久不见，分明是你根本没有心思去注意徐媛之外的人。你忽然话锋一转："嘿，你手头宽松吗？借点钱给我用。"我是生怕你受什么委屈，把我爸爸给我的五千块学费统统给你了，赚这些钱要折很多纸花，卖很多件寿衣，糊花圈糊得手臂都能断掉，可是我毫不犹豫地给了你。

我常常腹诽你，认为你傻，可是我和你又有什么区别呢？

你诧异地看我一眼，抽出了其中的五分之一，你对我有愧，这是仅存的一点良心在作祟。你说："露怡，你不要对我太好了！"那一瞬间，我眼睛酸得直落泪，你知道，你一直知道我喜欢你这事。

即使是为了一千块钱，我也被父母用鸡毛掸子追着打了一天。我面壁思过的时候暗想，你为什么这么缺钱呢？

后来我看见徐媛了，她容光焕发，时常有一些又新奇又贵重的东西，香水、戒指、项链……都是些黄金白银的。同学唾弃她，对我说："露怡，你看！那些东西都是她让杜楠弄回来的，她哪里有那么多钱去买？

"露怡，我跟你说，杜楠简直疯掉了。他把能借钱的人都借遍了，又还不起，被人在校门口打了。他最近好像又弄了很多钱，我总觉得来路不正。你说不会是偷来的吧！"

那年的衡城发生了多宗盗窃案，闪着光的巡逻车整日整夜地鸣笛，闹得人心惶惶。

我学生时代最后一次见到你时，已经是隆冬了。小城里下了第一场雪，露天水池里都结满了冰。同学们系着草鞋在露天滑冰，你忽然慌慌张张地往后山上爬过去，我那时偷偷跟在你身后。

你躲在枯草丛中如同惊弓之鸟，我踩到枯枝的声音惊动你，你回头吼了一声："谁！"我从树干后站出来，你舒了一口气，"露怡，你跟着我干吗？"

你抱着头蹲在地上告诉我："露怡，我出事了！"山脚的校园里忽然一阵闹腾，警车呼啸而来，大批的警察往山上爬过来，我听见大风刮来的说话声，有人喊："在那里，在山上，快去！"你挣扎着往墙外爬，被一跃而上的狼狗给扯了回来。

杜楠，这像不像我们第一次相逢的场景？你拉着我的手喊："露怡，你快帮我！"我死死攥着你的手吼："你干什么了？你快说啊！"

你被带到学校教务处，门口瞬间堵满了学生，警察说你纠集了一群社会青年在城里偷东西。我不相信！你垂着头，面如死灰，咬着牙大颗大颗地流泪。

我恍然记起了你送给徐媛的金项链、香水、爱马仕丝巾……徐媛被带了进来，她望了你一眼，事不关己地说："我是认识他，他一直在追我，也买了很多东西送我，我一直想找机会还给他……"

她最后笃定地说："杜同学，请你不要再做这些无谓的事情了。我还小，不想谈恋爱！我只想好好学习！"

她表现得总是这样完美，厚厚的刘海遮住了眼睛，那表情又正直又害羞，微微带着一点怯弱。我冲过去一巴掌甩在她脸上："贱人！"我狠狠地骂她。

这是我唯一能为你做的事情，我已经看不见你的表情，整个人像一座城池忽然之间倾塌下去，都要灰飞烟灭了一般。

可下一秒钟，你像只咆哮的野兽，瞪着通红的双眼，一巴掌抽回在我脸上，你说："王露怡，你变态啊，你打她做什么？"

我捂着脸哭了……

杜楠，你说还有比我们更傻更无知的人吗？我的同学不明就里，拿扫帚砸伤了你的额头。血渗出来，模糊了你的眼睛。你低声说："露怡，对不起。"

我要你说对不起做什么，一句道歉什么都挽回不了。我心里都是荒芜的，我希望此生此世都不要遇上你，我们互不相干，就这样过下去吧。

你被学校开除送去劳改，隔了铁门和高墙，我偶尔会想起你，我们像两个傻瓜一样痴心不改。

几年后，衡城少了一个杜楠，多了一个横行霸道的地痞流氓。我偶尔在街口见到你骑着摩托风驰电掣的背影，很远……很远。我常常在想，这个时候，你大概对什么人都绝望了。你被这个世界玩弄了，你开始自暴自弃，你也想玩弄这个世界里的其他人，一生里只剩下戏谑和杀戮。

送完你上路已经是傍晚，天边的流云飞镀，晚霞千里，绵延不绝。我已经好多年不曾注意到这样壮丽的景色，我顿时失去力气了，蹲在地上号啕大哭。

杜楠，我终有一天会在流年尘世里忘记你。

【调调点评】喜欢一个人，诸多不是都是好。只是每个人都在追求自己的幸福，即使是爱也不能强求，就像我很喜欢的一句话：我爱你，关你P事！然而，有多少人在追求幸福的过程中，渐渐遗忘了爱的初衷……

WO ZAI HUIYI TIANQI QING

我在回忆天气晴

■ 文/Q点调皮　■ 图/MOON工作室

　　【作者感悟】：我写过很多个关乎回忆的故事，但是我没有爱过很多个人。其实许多人都差不多，那个像拔了就不再长的牙齿一样的人，不会出现第二次。写这个故事像是回到了青石板的年纪————大概是每个人对年轻都有一个既定的场景设定，于我而言，那就是青石板、细雨、微风，还有一张没有受过伤却忧愁的脸。所以，我写了这样一个哑音，用这样一个少年来救赎她的忧愁。而救赎，本身就是带着刺的。这便是成长，这便是这个硬邦邦的世界带给我们的历练，和最后我们不得已的屈服。

喜欢上罗子筝是因为什么呢？

是因为路过我家门口时他匆匆的一瞥，还是十四岁时做过的梦里的人面孔与他相仿？

谁知道呢。我只知道，那段时光里，我日日盼着扛着大相机的他经过我家门前，溅起一汪雨水，对我淡淡一笑。

那年的雨水丰沛，雨后天晴，小镇的天空碧蓝碧蓝。

我知道罗子筝会趁着这样好的天气，约上莫兰去拍照，有时候是在西郊的麦田，有时候是在溪水旁边的独木桥，也有时候会去小镇里仅有的一间咖啡厅。

那里常放的音乐是王菲的歌，我只记得她的声音就像摇曳的灯火，有点绝望，有点魅惑。

她唱，爱来爱去没了反应，灯火惊动不了神经，有时爱情徒有虚名。

罗子筝是随着母亲搬来的，他个子高高的，极清秀，他的母亲经营着一间小小的咖啡厅，生意清淡。小镇里大家忙忙碌碌，谁会有空闲去喝一杯味道苦涩的咖啡？

唯有莫兰，迅速地与罗子筝一拍即合。

莫兰有精致漂亮的五官，上天将江南女子所有的美好特质给了她。

我知道，她喜欢罗子筝。罗子筝那样好看的少年，在小镇少女平淡极了的岁月里，犹如天赐尤物，实属惊艳。

对于莫兰是如此，对于我也一样。

于是，罗阿姨的咖啡厅，客人多是小女生，贪的是多看一眼罗子筝，若他不在店里，便要失望而返，但锲而不舍地择日再来。

我不敢进那间咖啡厅，我害怕见到罗子筝，他那样淡的眉眼都好像有魅惑的能力，教十四岁的我心跳加速，脸上发烫。

不敢接近，却又想要接近，于是只好借着去买小面包的名义，途经他家的咖啡厅，偷偷瞥一眼。

别人是光明正大地接近，我却是偷偷摸摸地接近。

那是我的十四岁，没有营养、没有勇气的十四岁。

　　我知道罗子筝喜欢拍莫兰。莫兰那样漂亮的女孩子，本就该住在画里，罗子筝拍的莫兰千姿百态，清纯的、娇媚的、性感的、端庄的。那时莫兰十八岁，离十四岁时已过去四个年头，却似隔了千万重重山水。十八岁，身体舒展，心意舒展，可以爱，可以恨。而十四岁，尚在萌芽，害怕一切敏感的话题，却又抑制不住心里头的好奇。

　　我偷偷看着莫兰和罗子筝的身影，莫兰如一只蝴蝶，翩翩而飞，罗子筝便背着他的相机在她身后追。当莫兰的照片贴了咖啡厅满满一墙的时候，我还没和罗子筝说过一句话。

　　哪怕是一句。

　　那年冬天，小城下了很大的雪。我知道，这样的天气，罗子筝一定会和莫兰出来拍照。而我却抱着一个大水桶，到了溪水旁边，得把累积的脏衣服全部洗掉。

　　昨天醉酒的父亲回来吐了一身，我捏着鼻子将衣服丢到水里，手沾到冰冷的河水，顿时打一个寒战，刺骨的寒冷逼来。

　　洗了几分钟，手便又红又胀。

　　忽然听到桥上有人叫我，诧异地抬起头来，只听咔嚓一声，我的窘态便被收纳在罗子筝的小黑盒子里。

　　我顿时紧张得不行，仓促地站起来，未料到鞋底打滑，一踉跄便要摔到河里，索性攀住了旁边的石头，只是两只脚踩到了冰冷的河水里，刺骨的寒意突袭全身。

　　那天，是罗子筝把我带到他妈妈的咖啡厅里，让我擦干鞋子，换上他的大一码的棉鞋，又搬来了取暖器。罗阿姨心疼我胡萝卜一样的手，说："哩音，这么

冷的天，怎么要你洗衣服呢？"

我不好意思地笑了笑："奶奶身体不好，爸爸昨天喝醉了，所以……"

罗阿姨皱着眉头轻叹一口气，拍拍我的肩膀。

罗子筝倒腾了一会儿他的相机，然后说："哩音，愿不愿意当我的模特呢？"

犹记得那个冬天的第一场大雪，我忽然被罗子筝打造成了公主，站在透白的雪上，罗子筝说，哩音，对，就是这个表情。

我哪有摆什么表情，我不过就是抬起眼有些胆怯地望着罗子筝，有些茫然，有些羞涩，有些不知所措。然而，罗子筝说，他要的就是这种表情，江南水乡虽美而不自知的一种美好。

我的照片开始被罗子筝一张一张地贴在咖啡厅里。

我们班有女生问我："哩音，罗子筝怎么会为你拍照呢？"

她们用惊讶的眼神看着我，似乎我是会法术的妖精。是啊，普通如我，凭什么抢莫兰的风头呢？

其实我想告诉她们，这一切，无关爱情，对莫兰无关爱情，对我更是如此。罗子筝不过是追求一种他想要的意境，而我恰好幸运地落在了他的标准线上，并不可能因此麻雀变凤凰。

而莫兰不一样，莫兰本就是凤凰，在罗子筝出现前，莫兰便是焦点。十几岁的孩子，早已有了苛刻的审美观，而莫兰是挑不出缺点的那一个。在那些寡淡的

年少岁月里，她无疑是夺目的一个。

莫兰十二岁的时候，就有男孩子追她追到家里，给她买许多的礼物，十四岁的时候，已经有好多男孩子为她打得头破血流。莫兰并不清高，相反，她交几个男朋友，一颗心摇摇晃晃找不到方向。

而一切，在罗子筝到来后扭转。只消看她一个眼神，便知道莫兰是喜欢罗子筝的。

而我自己呢？我只知道，十四岁的哩音，太平凡的哩音，什么都没有的哩音，还不足以拥有爱情。

虽然，她的心里头，有那么一点点的期待，却像沙漠里的星星点点的绿，没一会儿就被风沙盖过了。

罗子筝还在替莫兰拍照，照片里的莫兰像个无邪的天使。而有一天，罗子筝却遭了埋伏。小镇上的几个少年冲上去砸了罗子筝的相机，他们用口袋蒙着自己的脸，用力地拿粗棍子打罗子筝。

而那一天，我正巧经过那条寂静的巷子，捡起一块石头，大有壮士一去不复还的气势，尖声叫着："你们要是再打他一下，我就砸死你们。"

他们嘻嘻哈哈地看着我，然后吐一口唾沫，十分不屑地嬉笑着打我身旁走过。我蹲到罗子筝旁边，他用手背擦了一下鼻血，然后爬起来，将他的相机捡起来，镜头坏了，机身也被砸得变了形。我忽然觉得心疼不已，这是罗子筝的梦想啊。

我便忍不住啜泣了。罗子筝笑了笑，说，别哭，哩音，还修得好，还能帮小哩音拍很多很多漂亮照片。

那天晚上，我打破了存了很久很久的钱的储蓄罐，把里面的硬币换了整，一路小跑到罗子筝家开的咖啡厅里，将钱交到他手里，对他说："罗子筝，你一定要把相机修好，你要拍最好看最好看的照片给我们看。"

而我刚出门，便看到莫兰，穿着一条白裙子的莫兰来了罗子筝家。我没有走，我偷偷躲在门外看，昏黄的灯光下，罗子筝抚慰着莫兰哭泣时一起一伏的肩膀，然后莫兰扑进了他的怀抱。

这样的场景像是闪电一样刷地劈开了我的世界。故事总要有个结局，而我的结局是流下了眼泪，一路悲伤着回家，对着夜晚的星辰说，罗子筝，要幸福。

一定一定要幸福。

接下来的时光里，罗子筝和莫兰考上了大学，而我考进了他们曾在的高中。

我不太擅长读书，以擦边球的分数进了这个学校。听说罗子筝在省城的一个艺术学校，而莫兰却在中途辍了学，回到了小镇。

一年而已，竟如隔了多年的光景，罗子筝再次出现在我的生命里，站在溪水的对岸，举着他的新相机，摄下了我茫然后掩饰的惊喜。

彼时的罗子筝身边没有莫兰，他走到我身边，笑容如三月的浮云一般清朗。

"哩音，好久不见。"

"是啊，好久不见。"

简单的对话如清风拂面，一年的光景，中间发生过什么不记得，只记得拼凑起来的一截一截的回忆，竟然可以催生出这样美好的心情。

心跳回来了，面红耳赤回来了，十四岁暗恋的小秘密，终究被重新挖了出来，在它正要破土而出、重见天日时，对岸传来了莫兰的声音："子筝，我在这里！"

是的，她在那里，我不过是他找她的路途中的一段小插曲、他那挂满她的照片的墙壁上不起眼的一个小角落。

罗子筝应她一声，见我退后一步，道："哩音，最近好吗？"

为何不好？父亲生意上时来运转，爱情也如意，新娶的妻子温柔动人，待我也如己出，将家里里里外外收拾得格外妥当，我再也不必在大冬天跑到溪水旁边，像个灰姑娘可怜巴巴地将自己冻成一只水饺。

只是有一点遗憾：日记本里都是眼前这个属于别人的男孩子，罗子筝。

我只是笑了笑："挺好，那么你呢？"

"我也挺好。"他这样答。莫兰已在对岸催得跳脚。

整个暑假我窝在家里看书，耳朵却不由自主地闻起了窗外事。

是的，一年的时光里，我开始有了一些朋友，开始打听有关罗子筝和莫兰的消息。一群女生唧唧喳喳，谈论这两个全小镇里最受关注的少男少女的爱情。

而并不如书中所写，他们相爱如初、郎才女貌，或是因为苦难而分离，因为恶人而被拆散。他们开始吵架，听说莫兰总是怀疑罗子筝与别人有染，辍学以后竟还经常不辞劳苦地跑到罗子筝学校里去。在旁人口中，罗子筝便是浪子一个，招蜂引蝶，桃花无数。所以莫兰不是为了看罗子筝一眼，而是为了抓住把柄。

是啊，那样一个罗子筝，长着一双桃花眼，笑起来便赛过春风，怎能不进入众少女的梦中？却又是那样多情，于是又碎了多少人的梦。

然而那个时候，除了对他特别关注和梦中常有他的身影外，我与他再无牵连。我不知道，我这算不算是爱情。

莫兰和他分手的结尾，让我又惆怅又欷歔，却也满怀期待。

是的，罗子筝终究受不了莫兰，与之分手。有人说莫兰在众目睽睽之下掴了罗子筝一个耳光，快，准，狠，好像练习已久。

罗子筝来敲我家门的时候，我愣了好久才缓过神来，不敢相信自己的眼睛。

他送给我一本书，还有几张人民币。在我有些费解的眼神的注视下，罗子筝说："这是你应得的，别用那眼神看着我啦。我给你拍的照片上了杂志，拿到不多不少的几百块稿费，这是模特费。"

然后罗子筝说："这真是门好差事，那个杂志的编辑说你长得特别有 feel，你还有兴趣跟我合作不？"

为什么不得？我求之不得，我虽妄图学着矜持一些——书上都说女孩子应该这样，但是又怕罗子筝转眼就消失了，于是忙不迭地说："好啊好啊，什么时候？"

罗子筝说，相比我以前总是发呆的样子，如今的笑让整个人都生动了很多。

他总是洗一份照片出来给我。那时候我揣测自己跟他的关系，算什么呢？合作伙伴？或者把那"合作"二字删掉？

但总归不是恋人，连暗涌的暧昧我都没找着。

即使是这样清白，都会有人要误会。

那天碰巧是我的生日，晚上家里弄了很多很多菜，但是罗子筝的一个电话就让我忍心撇下家里人跑了出来。

不知道为什么，看到这个非男朋友的男生站在我面前，我就觉得天塌下来也无所谓。

罗子筝也没说什么，就说："哩音，今天是你生日吧？我请你吃饭，好不好？"

不知是不是我的幻觉，我觉得罗子筝的语气里略有害怕被拒绝的忐忑。我一面对他，那什么欲擒故纵之类的着数，就全忘到了脑后，我忙不迭地说，好啊好啊。

说完后，立刻觉得自己的回答太 TM 饥渴了。

那天从小饭馆里出来，我还打包了半个蛋糕给爸爸和小阿姨。

　　莫兰早就埋伏在那儿了，她红肿着眼睛，冲上来就打了我一巴掌。我当时就蒙了，我这才知道传闻中莫兰打耳光的快、准、狠绝对不是讹传。

　　她尖叫着："狗男女！罗子筝你这个见异思迁的浑蛋！"

　　罗子筝举起手，似乎迟疑了一下，终究没有打下去。莫兰就那样昂着头，眼泪一碰就会落下，她视死如归一般地站着。

　　我当然知道，若是罗子筝的那个耳光打下去，会打掉什么东西——会打掉莫兰的魂，会打掉她的自尊，也会打掉我对罗子筝的信仰。

　　那不该是一个会与女人动手的少年，无论如何，都不会。

　　他没有动手，只是扶着我，回头对莫兰说："你永远是这副样子，多疑，敏感，不问青红皂白，但是，不是每个人都是可以冤枉、可以委曲求全的。"

　　我过了十几分钟才疼得哭了出来，站在大街上就耍起脾气来："罗子筝，今天是我生日，我怎么就这么衰，平白无故被人冤枉啊！你跟莫兰就不能处理好自己的感情吗？干吗要牵扯第三者！"

　　罗子筝说："我送你回去吧。"

　　我哭哭啼啼地说："我的脸肿成这样，怎么回去啊？"

　　罗子筝也没办法，于是我们漫无目的地走，渐渐地远离了闹市，走到了白天拍过照的绿色田野。

　　我还在发着脾气，哭哭啼啼。罗子筝，你可知道，我长这么大，受过的委屈无数，却从未喊过冤撒过赖，但此刻我好像着了魔，任由自己变成一个任性小孩，对你张牙舞爪。

　　罗子筝手足无措，哑口无言地站着，脸上却写满了歉意，等我哭哭啼啼骂骂咧咧完毕，忽然抓起我的手，往自己的脸上打去，狠狠的一巴掌让没有防备的我成了最无辜的凶手，我吓得哇的一声哭得更厉害了。

　　罗子筝说："对不起，哩音。"

　　一句话让我噤了声，我抽噎着问："你疼不疼？"

　　罗子筝没精打采地说："我对莫兰的爱情早就被消磨殆尽了，剩下的只是些许的情分。哩音，你知不知道，有时候爱很坚固，但有时候爱情特别脆弱。有个大师说，爱上一个人只需要三秒，多一秒则多，少一秒则少。所以人是很容易移情别恋的。但是如若真的太爱一个人，就会吝惜看别人的目光。"

　　那天晚上的原野，几只萤火虫优游来去，罗子筝离我一米之外，安静地站着，他忽然说："哩音，有一件事莫兰其实说对了。她说我见异思迁。是的，哩音，一年前我就喜欢你了，只是那时候年轻得有点过分，年轻得有点莽撞，年轻得有

点糊涂，弄不清楚自己想要的究竟是什么。哩音，当初我接近你，绝不是为了拍几张照片那么简单。"

我瞪着眼睛看着罗子筝，我当时的表情一定惊讶至极，过几秒后转为羞赧，心中小鹿乱撞。罗子筝用轻到似羽毛的声音对我说，哩音，闭上眼睛。

那是我的第一个吻，在一个草垛后头献给了我第一个和至今唯一一个爱过的少年。不要问我那感觉如何，因为那时候我整个人都恍惚了，我什么都感觉不到。

如果一定要找个词来形容，那便是，宛若梦境。

莫兰当然不会就此罢休。或者说，是莫兰那个黑社会的哥哥不肯罢休。

那天我和罗子筝在街头买完拍照要用的气球，一回头便看到了莫兰。莫兰倒也没有再歇斯底里，她看着我们拉着的手，冷冷地笑了笑。

那笑像是一个阴暗的铺垫，三天后，莫兰的哥哥带了一群人围住了我和罗子筝，上来就把我扯开，然后对着罗子筝就是拳打脚踢。我当时真是不要命了，使出吃奶的力气去拨开混乱的人群，脸上身上都挨了铆足劲的手肘无数下。

而这个时候，莫兰的哥哥莫南山忽然从背后抡起一根铁棍子，大吼一声："让开！"

人群退散，这个打过无数场架的小镇霸王露出愤愤的神色，恶狠狠地说："玩劈腿是吗？"

罗子筝瞪着他，鼻青脸肿却依旧面不改色："我没劈腿，我和莫兰分手在先。"

莫南山大吼："NND，分手是你说了算吗？"

话音未落，他抡起的铁棍便要落在罗子筝的身上，我当时脑袋一片空白，唯一的反应就是抱住罗子筝的脑袋。

天啊，那样一棍子下来，罗子筝会被打成白痴的！

是莫兰拦住了她哥哥手里的铁棍子，那棍子让我险些魂飞魄散，从此无法轮回转世。莫兰像个疯子一样抱住铁棍。她不知道什么时候出现在这场混乱之中，眼中有泪，表情哀戚。

而下一刻的时光，却像是迷人的光晕一样令我目眩神迷。在莫兰拼了小命要阻止她哥哥弄死她的心上人的时候，她的心上人一把把我拽到他的身后，像母鸡保护小鸡一样张开了满是血的双臂。

那一刹那，我感觉自己要喜极而泣了。

因为莫兰的心上人，在最危险的时候用肢体语言表明了谁才是他的心上人。

这个发现让我欣喜若狂，几乎忘记了莫兰可能会恼羞成怒地将我们两个都杀人灭口。

但是，我当时脑子发烧似的想，我就是为罗子筝死了又如何？反正我哩音要钱没有，要命一条，为他死了又如何？在这样多的纷纷扰扰、流言飞语之中，与心上人死在一起也是莫大的幸福。

莫南山不忍看自己的妹妹遭受这样的刺激，想要把罗子筝拎起来揍一顿，口中骂道："你是不是不想活了？"

莫兰却有气无力地说："算了，哥，算了，他会遭报应的。"

不知怎的，我总觉得那最后一句话掷地有声，我昂起头便看到莫兰的眼睛，那是我捉摸不透的一双眼睛。我不知怎的，心生一股歉意。

莫兰，对不起。夺人所爱，总归不是一件让人觉得痛快的事。

那次莫兰高抬贵手之后，莫南山果然没有再找我们的麻烦。

但是后来纷至沓来的事，却像是莫兰诅咒的应验。

换言之，小镇里发生了一件大事。那个开咖啡馆的外地女人，忽然勾搭上了隔壁邻居那个退伍军人，于是婚外恋情愈演愈烈，几乎闹到那个军人要和结发妻子离婚的地步。妻子受不住打击，把自己八岁的女儿带到楼顶，要跳下去。

这当然是一种威胁，而那军人自然也妥协了。但舆论不会妥协，那个外地女人，顿时成了众矢之的，就连那咖啡馆也关了门。

你们自然知道，这个外地女人，就是罗子筝的母亲，那个长着一双漂亮眼睛以及水蛇腰柳叶眉的温柔女子。

罗子筝什么都没说，但我知道，他心里太不好受。

于是我逃了下午的课，坐了两个小时的车去看他。

罗子筝见到我似乎并不开心，他皱着眉头，板着一张脸，走在街上，也没有习惯性地伸手来牵我。

吃饭的时候，我心神不宁地想着法子哄他开心。但是罗子筝始终不理我。我就像中了邪，绞尽脑汁地给他说笑话。到后来罗子筝吼了我一句："别说了行吗？"

我愣了，站在大街上，忽然觉得手足无措。

罗子筝没有等我，自顾自地往前走，脚步很快。

我在这个陌生的城市，连哭都哭不出来。而倒了八辈子霉的我，在这个时候偏偏遇上有人来抢我的包，我一下子回过神，猛地和他厮抢起来。我真不要命啊，在这条鲜有人踪的小道上，就这样和一个身材是我的两倍、面目模糊的男人杠上了。

罗子筝这时候回过头，跟一头发怒的狮子一样冲过来。

那家伙终究是寡不敌众，识相地跑了。我的手臂被抓得疼得要命，鼻子酸溜溜的，心脏怦怦怦地跳。

我知道这样真的很笨，可能会让我丢掉性命，但是不知道为什么，跟罗子筝在一起，我就勇气倍增，什么都不畏惧，什么后果都不去计较，真正地成了一个笨蛋。

但是罗子筝将我一把抱进怀里，说"幸好你没事"的时候，我哇的一声哭成了泪人儿，我说："罗子筝，我以为你不要我了。"

罗子筝的鼻子也一酸，转眼这个大男生竟红了眼眶，他说："我怎么会不要你？"

我像个傻子似的问他："那么你也没事了吗？"

他不是笨蛋，当然知道我问的是什么。

那天罗子筝终于开了口，关于这桩发生在他的至亲身上的丑剧，他有多么不服气，多么替自己的母亲担心，他也想不明白：那些人强加给他母亲的罪名，所有的痛苦和委屈，他想要分担，却没有办法帮上丁点的忙，这让他觉得沮丧极了。但他是男子汉，必须做出坚强的样子来，而且他说："哩音啊哩音，我也怕你担心我。只是觉得那些话，太说不出口。而且我怕我会哭。"

说到这里他无奈地笑了起来，"我怕我会哭"五个字，就把我彻底给软化了。

倒是我抢先哭了，我说，罗子筝，有我在，别怕。

罗子筝的眼睛红红的，他说："哩音啊，这句话由你说出来多不合适，还有，你哭什么啊？"

罗子筝一安慰，我就哭得更厉害了，趴在他怀里哭得天昏地暗。

眼泪里有委屈，有担忧，有"原来他不是不要我了"的喜悦，但最多的，便是心疼。

末了他摸摸我的头说："哩音，我拜托你，周末有空过来陪陪我妈妈，陪她聊聊天解解闷也好，只要不提这个。"

我点头如捣蒜。

那时候，我真的觉得我会跟罗子筝一辈子。我们这样算不算患难与共？

罗子筝依旧在艺术学院上课，学习越来越忙。我们在一起的两年，由每个星期都见面到一个月见一两次面。

我信任罗子筝，那不是因为他给予了我安全感，相反，那是来自莫兰事件的警戒，提醒着我要以她为鉴，不可猜疑、敏感、脆弱，即便迫不得已这样，也要埋在心里。

大家对我们在一起的事三缄其口，但是父亲终究是从我和罗阿姨的联系中觉察出了蛛丝马迹。他和小阿姨一起警告我说："离那个外乡人远点，他简直是蛇蝎心肠，竟还有脸留在这里。"

我竟不敢分辩，我怕自己一个不小心，就给他们带来不必要的麻烦。

但是最后的那个寒假，来找我的罗子筝，被我爸撞了个正着。

我死也没想到，我爸的反应竟会那么大，连小阿姨都拖不住，他让小阿姨把我锁进房间。罗子筝想来拉住我，却被他狠狠地踹了一脚。

罗子筝想说什么，但是我爸没让他说出口："你再来找她，我就打断你的腿！"

罗子筝却威武不能屈，他仍旧每天到我家楼下来。我爸那几天出差，但是吩咐了小阿姨将我囚禁。

那天小阿姨给我送饭的时候，快要把眼睛哭瞎了的我跟小阿姨求情说："让

我下去一趟，小阿姨，求你了。我下去见他一下，我就回来。不然，我就要死了。"

　　不要以为这像言情剧，也不要以为小阿姨心软把我放了出来，更不要以为我真的是害了相思病非要见罗子筝一面。

　　事实就是，我在门还没合上的时候，使出了吃奶的力气把小阿姨推开，然后飞也似的逃跑了。

　　事实就是，我要告诉罗子筝的事，必须解决。

　　那就是，我怀孕了。

　　十七岁的我，怀孕了。

　　当罗子筝问我害怕不害怕的时候，我多想像言情电视电影里的那些没心没肺的姑娘一样拍着瘪瘪的胸膛说，我不怕。

　　可是我是真的害怕。这个孩子，我不敢要。

　　我终于忍不住缩在罗子筝的怀里大哭一场，我说："怎么办？我不敢要他。罗子筝，我爸要带我走，怎么办？"

　　是的，我爸的生意发展得不错，加上我和罗子筝的事，让他铁了心要离开这个小镇。

　　罗子筝的眉头皱得那么紧，他没敢跟我说，他也很害怕。他看看怀里哭得一塌糊涂的我，道："没关系，你去哪里，我就跟着你去哪里。哩音，你等着，终有一天你爸爸会接纳我的。你等着，总有一天，我会光明正大地走进你家的门，会光明正大地向你爸宣布我一定要娶你。我现在做不到，但是，请你一定等着我。"

　　当务之急，就是把这个计划之外的无辜生命除掉。

　　除掉这个词，几度让我心碎。而罗子筝也是如此。

　　我生怕我爸找我，然后一切大白于天下，乾坤无法扭转。于是我狠狠心，发了个短信给我爸说："我过几天自然就会回来，但是如果你报警或者到处找我什么的，我就再也不回去了！"

　　我加了个感叹号以表决心。其实，那时候我就想，大不了我豁出去，我就跟罗子筝走了。

我们联系了一家私人的小诊所，罗子筝百般确认了他们的医疗水平不会太烂，因为动手术的价格和正规医院里差不离。他给我约个日子，给我起了个新名字，然后在小旅馆里租了个房间，借了一口锅，说过两天要煲鸡汤给我喝。罗子筝说，他朋友的女朋友做过这个手术，太伤身体了。他说这些话的时候，目光炯炯地看着我，一边说对不起对不起。

　　我的父亲果然没有来找我，我一天到晚缩在小旅店里，罗子筝从外面买回吃的，然后陪我聊天。到晚上，我们很早就躺到床上。

　　那几天，我们好像有说不完的话。而那算不算后来我们分别的征兆？但是无论我怎么抽丝剥茧，也不敢相信他不爱我，或者不够爱我这个事实。

　　因为那几天，有着青苔颜色青苔味道的小旅馆，美好得太不像话了。

　　然而，那天陪我到诊所后，罗子筝却意外地失踪了。所谓的失踪，是他再也没有回来找我，电话也关机了。

　　我一个人坐在诊所里，发着抖，却始终没能等来罗子筝。医生叫我杜撰的名字时，我半天没回过神，我求医生，再等等，再等一等。

　　一抬眼，我看见莫兰走进来，那微薄的希望却祈求在莫兰的口中得到生的机会，我问她："你有没有见过罗子筝？"

　　莫兰的回答却让我陷入更深的绝望："罗子筝不会来了。"

　　莫兰继续说："我放心不下你，就来看看你，三年前，我跟你处于一样的位置上，怀着一样的

心情，我能理解你的，哩音。但是你要知道，那才是罗子筝。你不要以为浪子都会回头，总有一天会真的栽在一个女孩手里。也许会，但肯定不是现在，那个女孩也不是现在的你。我想劝你好自为之，我已经清醒，你却还在一团迷雾之中。

她握住我冰冷的手，看着我打着冷战的牙齿和无法合上的嘴唇，先我一步落下泪来："哩音，我看到了很久以前的我自己，跟你一模一样。"

一夜的疼痛，仿佛是十四岁那年掉入湖水之中的冰冷刺骨，更糟糕的是，竟无人拉我一把。

搬家的时候父亲叮嘱我轻装离开，不必要的东西便不要再带。我收拾了一阵，竟发现没有东西是我舍不得的。除了那一沓照片。记录我和罗子筝的，竟仅有这些照片，和搁在箱底的一纸人流证明。

触目惊心。

我并不是不想知道罗子筝的消息，哪怕问一句："你凭什么这样对我？"

可是电话始终关机，冷漠的声音像是一次又一次地要撕破我的耳膜。

我二十二岁那一年，父亲偕一家回到小镇，小阿姨在一年前生了个儿子，健康活泼，要回去置办一场喜酒。

我在小镇没有太多的朋友，我依旧想着莫兰当年陪我在医院度过的最难的日子，晚上便邀了她一块儿来吃饭。

没想到竟遇见了罗子筝。

我没想到，竟遇到这样的一个罗子筝，消瘦到不成样子，黑眼圈很大，身上满是落拓的味道，更像当年莫兰形容他的一个词，浪子。

最重要的是，他竟瘸了一条腿。

我们在烧烤摊上碰面，他和他的朋友一起，身边没有女生。他很深很深地看

了我和莫兰一眼，没有说话。几分钟后，他拖着他的一条瘸腿，匆匆离去。

我的世界已沧海桑田，我不知道什么事发生在了罗子筝的身上。我身边一直低着头的莫兰忽然抬起头来，想要对我说什么的时候，我告诉她，莫兰，不要告诉我发生了什么事。

因为我觉得，那已经与我无关了，从罗子筝把我丢在医院的时候就已经无关了。

至此，我的眼泪也与他无关了。

但是，我的眼眶为什么还是湿了？

而莫兰瞪着一双眼睛，终究将她阴暗的秘密吞了下去。

而我自然不会在五年后才知道罗子筝在那天失踪的真相，自然不会在五年后才明白，我的爱情夭折在了那一天。在我除掉自己身体里的另外一个生命的时候，也在心里除掉了罗子筝。事情是那样凑巧，那天我的医生便是莫兰的姑母，她曾见过我一面，将这个消息告诉了当时恨我们入骨的莫兰。很简单，莫南山再次出动，将罗子筝关在了一个小屋子里，足足四天。

那四天，足够让我的爱情腐化成一副白骨，足够让我逃到一个他再也看不到的地方，足够让罗子筝鼓足勇气从三楼跳下来。

五年后的莫兰，终究在我的婚礼上酒醉，将一切和盘托出。而五年后的我，终究只能忍住痛，逼着自己成为一个局外人，饮下一杯红酒，醉成一个梦中人。

可是回忆逼着梦里的我将自己捆绑，而罗子筝的眼睛引着我陷身于无边的沼泽。我要怎么告诉众人，有些人的爱只有一次，错过罗子筝，我再也没有爱上过任何人，包括我将要与之交换戒指、度过终生的男人。

可是午夜梦回，泪流满面之时，拥我入怀的他说了一句话："哩音，怎么了？做噩梦了吗？别怕，有我在。"

罗子筝，我只想知道，现在还有没有人，像当初的我，凭着一腔孤勇来爱你？而那句"我还爱你"，终究还是吞下肚去，在梦里沉沦吧。

【小狸点评】：还记得 Q 点调皮以前给我的稿子，总透着丝少女的俏皮味道；一年的沉淀后，她笔下的故事是这样的惨烈。青石巷的哩音，让我想起了 Q 点调皮曾发给我看的她在雨中的一张照片，装得特 13（Q 点调皮：⋯⋯），Q！请朝文艺女青年之路继续迈进吧！

每个女孩都爱过一两个混蛋

MEI GE NÜHAI DOU AI GUO YI LIANG GE HUNDAN

【作者感悟】：我有一段时间偏爱这种类型的文章，看起来有点像是某人的呓语，但已经很久都没用过这样的方式。只是刚好想到，而且这篇东西的主题又合适，所以……这个世界上有好人坏人，各种我们无法理解的人，而无论相恋还是分离，其实都是上天的安排。我们所能做的，就是更多地热爱自己，更好地热爱他人。

■ 文／7998   ■ 图／MOON 工作室

我没有答应你，并不是因为我讨厌你；我没有拒绝你，也并不是因为我爱你。

【PART 1 要恨也得讲缘分】

就算你不说，我也知道，你喜欢我。其实女生们都会觉得，如果没有被人喜欢过，那是遗憾的、可怕的，甚至连生命都是不完整的。所以只要你喜欢过我，我都感激你。你看，心底里的这个我，如此简单卑微，并不像你认为的那样难以捉摸。

我知道细心如你，一定有足够的耐心，但如果真的像你所说，你爱我，如果你真的想要吻下去，那你就得听我讲好多好多的话，不只是现在，而且是以后的每一天。

今晚其实是一个可怕的夜，深黑色的夜幕压抑、沉寂，而星星早已不见。你用最难过的神情，对我说："不要再像现在这样若即若离了，如果你觉得不合适便放了我。我不想再这样下去了，我知道你是一个冷漠无情的人，但这一次，我真的想求你一次。"

你说出这句话时，我也很难过。

我和任何一个在家里被过分宠爱的大二女生一样，一丁点的委屈都会让自己觉得难以承受。我知道你为什么说我冷漠无情，我没有参加汤理惠的拍拖晚会，也没有过多理会你热切追求的心。但这些都是有原因的，我并非像你所说的那样无情。你应该相信我，不是吗？

我和汤理惠的开始，是一场仇恨的盛宴。其实在遇到汤理惠后，我才知道，原来爱是来源于怨恨的，原来要恨也得讲缘分的。

在我高考结束的当天，老爸君子一言，驷马难追，就给我买回了白色萨摩耶德犬宝宝。我的老爸是一个很好的人，他经常跟我说："我当然希望女儿拿第一名，但如果你要当最后一名，我也是绝对允许的。"

他就是这样好的人。

我和萨摩宝宝开始了莫逆的感情，但在我上大学的那天，小萨摩失踪了，仿佛它不愿意让我看到它伤心一般。老爸安慰我说："没关系，宝宝会回来的。你去到学校，会有许多好朋友取代小萨摩的。寝室里的同学，也会安慰你和照顾你的。"

而我去到寝室的时候，汤理惠正在讲电话，她说："啊？狗肉怎么弄啊？火锅。哦，是，现在吃火锅是早了点。那红烧吧！红烧不喜欢？不怕不怕，我这厨神的办法多着呢，用沙锅焖吧，你先将狗用绳子勒死，然后割断四肢的血管，把血放净。将狗毛用开水烫掉，再用炭火或喷灯把狗的全身都烤成金黄色，烤后放清水中浸泡 30 分钟，待狗皮回软，用刀慢慢地刮……"

不得不承认在即将远离家人的时刻，我的情绪十分不稳定。汤理惠还没说完我就扑了上去，大喊："我跟你拼了！还我家萨摩宝宝命来！"

然后我和汤理惠被寝室里的众人合力拉开，汤理惠瞄了我爸几眼，对我说："如

果不是你家老头子在，我真想好好教训你！"

这就是我和汤理惠的初次见面，我很逊。汤理惠她叔叔是酒店里的大厨，所以汤理惠对待吃的真是专业得很。但缘分这种事情很奇妙，一向抵挡不住美食诱惑的我，和她的关系居然一见面就恶劣到了极点。

后来我向汤理惠道歉了，我能明白什么是对或错。并且我发现汤理惠虽然看起来有点嚣张的样子，但事实上她是一个挺好的女生，还经常带点什么好吃的给我们。我们在喜好上面也异常地相似，当然，除了狗肉。

汤理惠是长得很水灵的一个女生，身材并没有因为她的食量而走样，好得令人发指，而且她也很爱打扮。只是汤理惠的打扮风格向来是以"怪异"为主题，我见过她穿缀满花朵的淑女长裙，头上却戴了一顶类似警帽的帽子。我也见过她穿哥特式风格的衣物，却素面朝天。反正我觉得，她的心一定是神秘得让人看不透的，而愈是这样，她愈是对我有吸引力。

我和汤理惠的关系真正"铁"起来，是因为仇恨。

小乔在我们寝室是最不受欢迎的人，汤理惠虽然傲气但有节制，我虽然情绪不稳定但大多数时候还是温柔的。只有小乔，无时无刻不在发疯，整天说自己错误地降生在了这个年代，她真的当自己是小乔了，衣服非名牌不穿，化妆品什么的非名牌不用，并且异常喜欢用鄙视的眼神瞄别人便宜的衣物，说话尖酸刻薄。汤理惠在班尼路买的十五块三双的袜子，小乔几乎每次回到寝室都要张眼望进鞋子里鄙视一番。汤理惠被她那个动作刺激到近乎暴走，我和另外一个女生也有点受不了。因为小乔异常地懒，被子、床单什么的从未洗过，袜子、内裤都丢在床上，泛黄了发酸发臭了还不洗，熏得我们都不敢打饭回寝室吃。小乔还有 N 多个男朋友和一些古怪的非主流习性，虽然喜爱名牌，但手腕上歪歪扭扭地刺了个"忍"字。而且她花大半个月的生活费，买了支香奈儿的睫毛膏便全天候带着，见人就宣布，连 QQ 签名都改成了"买了奢侈品，真开心"。

当我们谈起小乔的品味时，都觉得疑惑。后来我跟汤理惠决定了，试探一把。汤理惠贡献出一个安娜苏的香水瓶子，然后我们开始尝试古怪的配方，将酒精和药水唾液雨水方便面汤汁等东西混合在一起，装在了瓶子里。

之后汤理惠去校网上卖那支安娜苏的香水，说味道怪异，自己不习惯，三折出售。

小乔看到之后二话不说找汤理惠要了香水，说钱先赊着，晚点再还，然后当晚和某男生约会，死命往身上喷了一通。

我觉得有点内疚，尝试着问她："你不觉得这味道很怪异吗？"

她白了我一眼，言简意赅地说："肤浅！"

汤理惠一下没忍住，"扑哧"一声笑了出来，小乔瞪着我说："你看，理惠都觉得你太肤浅了。"

她走后，我们还留在寝室里的女生，把肚子都差点笑破了。

我知道，我这样的做法其实并不善良。事后面对小乔，我也有点点后悔。但无可否认的是，我和汤理惠的关系从此很铁。

【PART Ⅱ 冼星照】

某天晚上，汤理惠约我出去。她穿得比平时都怪异，黑色的西装肩上却有一朵硕大的红花，黑色的礼帽上居然站着一只栩栩如生的乌鸦，脚上穿着拖鞋。汤理惠牵着我的手，在大街上霓虹灯的洪流当中沉和浮，她满脸泪水，似乎想将城墙也冲垮。因为她的感情出了问题。

汤理惠的男友我见过，清瘦，留黑发，穿黑色衬衫，修身的黑色裤子，穿黑色鞋，他和汤理惠站在一起时倒还蛮般配的，是一个很秀气的男生。但我不喜欢他，因为他的嘴唇很薄，而且嘴角向下，看起来一副倔犟的样子。而这个倔犟的男生还是个花心大萝卜，又刚好找到了个愿意当小三的女生，所以事情就这般风雨飘摇了。

我能理解汤理惠的伤心和难过，因为对情窦初开的女生来说，爱情就是一切。

是的，汤理惠只有在很不开心的时候，才会穿那些怪异的衣服。

隐藏在她那神秘的外表之下，心底里那个真正的她和普通的女生没什么两样。我知道她发现恋人出轨的难受。可是我没办法一直陪着她，因为我有两个小时的旅程，我要赶去见我的男朋友。

所以我只好安慰汤理惠："我有事所以没办法陪你，你不要为那种人伤心了，大可再找个，喜欢你的人一定很多。"

我向来不会安慰人。

汤理惠听完我的话后马上沉默了，最后她抬起头说："你说姐这么聪明的人，咋就没想到去找个新欢咧？"

然后，在我奔向男友的怀抱的那两个小时里，汤理惠已经向我报喜说新认识了一个男生，他唇红齿白，大可糟蹋一番……

总之，我的手机里传来了一阵阵狼嚎。

我当时有点觉得所遇非人。

男友冼星照在车站接我。我比汤理惠幸运得多，冼星照和我在高中的时候认识，我们的感情一直未出现过问题。只是可能受到汤理惠事情的影响，我的脑子里一直有不好的预感，总觉得冼星照今天怪怪的。特别是在餐厅里的时候，他和我说话也心不在焉，手里拿着手机一直玩着什么，就算是在吃饭也离不了手。我去洗手间回来的时候，还听到他好像在打电话。但我问他打给谁时，他却回答我说："没有。"这令我心头笼上阴霾，至少让我想到了某一方面。而且现在的我和冼星照，其实见面的时间并不多，很容易产生危机。

这瞬间，仿佛有个魔鬼吞噬了我的大脑，脑海里全是那个念头。

于是趁冼星照去洗手间的时候，我偷偷地、心惊胆战地翻了他的手机记录。

但手机里异常干净，别说通话记录，连短信都没几个。就在这时，我的电话突然响了起来，将我吓了一跳。

电话是汤理惠打来的，她跟我说，她又和她男友在一起了。我知道，她还爱着那个劈腿的男朋友。

因为当一颗心给了出去之后，真的很难得要得回来。

可能是为了汤理惠，我觉得很感伤。所以从餐厅出来的时候，冼星照一直安慰我，甚至脱了我的鞋子，拉着我跳进了学校里的那个喷水池，他说在那里许个愿愿望就能实现，但我看着打湿的脚觉得很郁闷。迫不得已许了个愿望"让我马上开心起来"，然后我的电话响了。

老爸在电话里说："萨摩宝宝昨晚回家了！"

我马上高兴得从水池里跳了起来，大叫："真的啊！？我太高兴了！"

老爸似乎愣了一下，他问我说："你高兴啥啊？"

"宝宝回来了啊。"

"可是它今天早上死了。"

于是我的眼泪毫无征兆地汹涌而出，仿佛积蓄了亿万年的暴戾火山，终于气势磅礴地喷发。冼星照无可奈何，背我回去小旅馆。没有电梯，就背着我爬上了九楼，然后沉默地对我笑。

我每次过来冼星照这边，都是住学校附近贵得不可思议的民房，七十块一晚。

　　肮脏，破旧，昂贵，简陋。

　　但我觉得，只要我爱他，便什么都能承受。

　　那天晚上，我醒来的时候，看到冼星照坐在我的身边。他没有睡，拿着手机，一边发短信一边帮我赶蚊子，还帮我扇扇子。这个盛夏，黑夜如丝密布，虫鸣如潮。我们的房里亮着一小盏昏黄的睡灯，墙上投下冼星照巨大的影子，孤单地挥着手，挥出了一些足以让我感动到流泪的东西。

　　冼星照跟汤理惠的男友不同，他的轮廓棱角分明，留短发，喜欢打篮球喜欢笑。他可以照耀我的世界，如同阳光一般。这也是我执意一个人来到这个陌生的北方城市的原因。

　　因为我愿意追随着他，如同行星追随着恒星，永远。

　　汤理惠果然是风风火火的行动派女郎，我回去的时候，她已经跟她男友打得火热，如同世上最幸福的一对。她一见我就将我拉进了洗手间，兴高采烈地笑着说她男友回心转意了，男友也答应以后再也不会亏待她，再也不会和别的女生在一起。只是笑着笑着，汤理惠又哭了，她说她终于等到了。

　　我知道汤理惠迎来了她人生中最大的幸福。

　　这个整天像大姐头般对人吆吆喝喝，说话很冲，甚至爱整人的汤理惠，从此不会在深夜里拿着手电筒，红着眼眶看爱情小说到天亮了。她已经掉进爱情的甜蜜旋涡里了。

只是汤理惠的事情并没有这样完结，她之前准备去糟蹋一番的那个男生，显然准备好了给她糟蹋的意志和决心。得知汤理惠不当好马，吃了回头草，那男生便一再打电话骚扰她，以此证明他在网上和汤理惠视频通三十五分钟十二秒之后对她的一见钟情，甚至一直规劝汤理惠和男友分手，说她男友一定狗改不了吃那啥，只有他才能给汤理惠幸福，才能专一地对待她。

当汤理惠和我说起时，我们都觉得这男生太"极品"了。"那男的叫什么名字啊？"我当时鬼使神差地问道。

汤理惠想了一下，说："好像叫什么冼星照。"

【PART III 爱的骨，饕餮的嘴海的魂】

现在想起来，当时我们几个女生坐在凌乱的寝室里，汤理惠说出那三个字时，我的脑子里便仿佛响了一个炸雷一般。

就算到今天，我的心脏里，依然装着那根爱的骨。

它突兀、可怕、丑陋，而且凶猛。

汤理惠说完那个名字之后，我的眼泪就掉了出来，但她们问我为什么我又不敢说，只能捂着嘴巴。后来汤理惠将我带出了寝室后，费了好多口舌才撬开了我的嘴巴。

最让我痛苦的是，经过讨论之后，我们确定了那个纠缠汤理惠的人，确实就是我的男朋友冼星照。

这所有的一切，都令我心碎。

当时我唯一想不通的，也可以说是我最后的希望，就是那天我在餐厅里看到的冼星照的手机为什么没有通话记录也没有短消息。为了这个问题，我和汤理惠纠结了半天，但依然没什么结果。

那天晚上，我突然向上帝祈祷。

我从未信奉上帝，我也不懂得要怎么祷告。但就算这样，为了冼星照我也敢去祷告。我可笑地祈祷说，希望这一切是个误会。

接下来的那个周末，我去到冼星照的学校时，我问他借了手机过来看。

手机里依然没有半点蛛丝马迹，但是他走时，我终于按捺不住好奇心，偷偷地翻了他的包包。于是我解开了这个谜团——他的包包里藏着另一部手机，和我手里的这部一模一样，一样的型号，一样的颜色，一样的挂坠。那一刹那我觉

得自己掉进了一个阴谋陷阱里。

我不知道自己该用什么样的姿态去面对冼星照，也不知道该用什么样的姿态去面对我自己。我犹豫了几秒，迅速翻看了那部手机的记录，里面除了频繁打给汤理惠的记录之外，还有一个陌生的号码。我将那个号码抄了下来。不知道为什么，我突然想起了我的那只死去的小萨摩宝宝，它还很年轻，却似乎懂得叶落归根的道理，我想它一定受了很多苦。我觉得很难过、很伤心，可是我又不知道该怎样向冼星照挑明这一切。最后我什么都没有说，眼泪背着他流，五脏六腑的痛楚便如同在寒冬喝下雪水的感受。

同寝室的女同学，其实相互看对方不顺眼，互相厌弃的有很多。但女生往往是这样，如果对方极对自己的胃口，那么日日夜夜都在一起，她便成了另外的一个自己，可以容纳自己所有对别人说不出口的话。我很感谢汤理惠一直陪着我，听我哭诉。她还将那些夸张的衣物借给我，但我裹着那件巨大的黑色斗篷时，根本不愿意在这个世界露面，我只想躲在黑暗里痛哭。

后来汤理惠给我出了个主意。

她让我先去联系冼星照经常打的那个电话号码，看看对方是什么人，探清情况。她觉得冼星照对素不相识的人都可以纠缠不清，怕是早有了别的女朋友，而我已沦为备件却还不自知。

在我拨通那个电话之前，我无数次地犹豫过，想着我该不该打那个号码，对方会是什么人，而我该怎样说话。而在电话连接的时候，我的心仿佛要从胸腔里跳出来一样。然后听筒里传来一个女生的声音，她轻轻地说："喂？"

我却没出息地一直发抖，不知道要说什么好。

那女生又"喂"了一声，汤理惠忍不住碰了碰我的手臂。

"我是冼星照的女朋友。"我鼓起勇气说着，心脏差点从嘴里跳出来。这个时候的我很期待，但是又害怕听到她的回答。

听到我的话之后，对方也沉默了，然后她说："我也是他的女朋友，你有空没？我们出来见见吧。"

冼星照的"女朋友"一见到我和汤理惠，就自我介绍说，她叫小泽。

她是个身形娇小的女生，年纪和我差不多，说话时细声细气，很温柔，甚至是胆怯的那种。这和我印象中的小三有不小的差距，也没有出现过来之前让我很害怕的，两个女生互相指责对方抢了自己的男人，破口大骂，接着大打出手的场面。

我有点替她觉得委屈，像她这样温柔的女生，一定有大把男生倾慕，怎么会

愿意当小三呢？而且我从她的眼神中看得出来，她的想法和我也差不多。终于，汤理惠忍不住了，她说："哎，你们还可怜对方呢，明明自己是个可怜人还可怜别人，我还真没见过你们这样的。"

汤理惠是我带过来压阵的，因为我怕真遇到什么场面了，我镇不住。

不料小泽听她说完话，便看着她问："你也是冼星照的女朋友吧？其实你说的也对……"

"去去去去去！呸呸呸呸！我怎么会是他女朋友！"汤理惠马上大叫了起来，这误会可让她恶心了。

不过气氛倒是轻松了不少，我们笑过之后，小泽一口一口地抿着茶，给我们讲了她和冼星照的故事。小泽的故事，一开始便是意外，不如我们所想象的那般，冼星照过来这边之后觉得无聊才勾搭上了小泽。事实上，小泽并没有读大学，她已经辍学出来工作了。而她认识冼星照是在他读高三的时候，也就是他和我日夜痴缠的时候。他们从网上认识，然后冼星照一直说喜欢她，纠缠着她。

已经出来工作的小泽对交学生男友多少有点犹豫，但那个时候，冼星照做了一件令她感动的事：他的大学志愿全报了北京的。这真的把小泽给镇住了，她第一次意识到，有个男生为了她，居然愿意将自己的下半生当成赌注。

我觉得很不好受，因为我发现自己居然只是一个赌注下的牺牲品。

小泽一边说，一边低着头用余光偷看我的表情，而汤理惠则一边听一边咒骂冼星照。当小泽知道冼星照还有别的女朋友时，她也觉得很惊讶。因为她想不到，平时对她那么好、那么温柔的男生居然会背地里还有另一个女人。

小泽低着头说："我因为工作时间的关系，不能经常和他在一起，所以也维持不了他想要的爱情。也许是因为这个，他才……"

但我觉得，可怕的并不是时间，而是一个人的心。我不知道冼星照的心是什么样的，或许那里面装着饕餮的嘴海的魂，怎么样也不知道满足。我曾以为爱这种东西，和心、和灵魂是一样的。我曾认为爱一个人就是将心和灵魂交给对方，然后珍藏着那份温暖，珍藏着对方的灵魂，一路走下去，跨过横亘在我们面前的沉重的人生、漫长的时光。我从未想象过，有像冼星照这样恶劣的人。

他并没有两份灵魂，没有两颗心，为什么他会需要两份爱情？

但就在那时，有一丝灵光闪过我的脑海，我突然想到，如果小泽和我说的经历不是真话呢？如果她只是想让我对冼星照死心，然后夺走他呢？

如果是想让我对冼星照死心，那么小泽确实做得很好、很成功，因为她跟我说：

"后来我有点发现了，冼星照好像有和其他的女生在一起，但是我一直没有办法鼓起勇气去问他，直到你打电话给我。嗯……我还有另外一个女生的号码，我们要不要一起去见见她呢？"

我的脑袋再次一片空白。

【PART IV　如若你吻下去】

如果说我之前还一直对冼星照存有一丝侥幸的希望，那这一次真的是彻底地失望。

我没想到居然还有另一个女生。

而且小泽所说的另一个女生并非子虚乌有，和我们通电话时，她很生气，最后也和我们约见了。她在哈根达斯等我们，穿着一件火红火红的上衣，她跟小泽不同，脾气和身材都像她火红的上衣那样火暴。她跟冼星照是同校的同学，在我们到了之后，她一句话也没跟我们说，只是打了个电话，让冼星照过来。

我想，冼星照见到我们三个人的时候，大概就像我知道他有三个"女朋友"时那样震惊吧。反正他在门口就愣住了。还是那个女生叫他过来的，而他也不抵赖，直接就承认了他同时交几个女朋友的事情。

"真有你的。"那个女生恨恨地对冼星照说。然后她后面突然走过来几个男生，将冼星照带出了店外，我和小泽还有汤理惠都惊恐地看着冼星照被揍了一顿。

我想，小泽心里一定和我是一样的感觉，就在现在，就在这一刻，看着他那痛苦的样子，我们却不知道该用怎样的姿态去面对他，也不知道自己应该做什么。但小泽很快有了决定，她走过去，狠狠地扇了冼星照一巴掌，然后头也不回地走了。我看到她的眼泪掉下来，滴落在大地之上，化为乌有。

虽然她没有说，但我知道这个文静温柔的女生，被伤透了心。

而冼星照就当着她们的面，抓住了我的手，他跟我说，他最爱的是我，和她们只是玩玩而已，他的心里从来就只有我一个人。而我根本不信他的鬼话，我甩开他的手，转身就走。

然后冼星照昏了过去。

看来那个女生还真是没有手下留情。

最后汤理惠和我商量了一下，也只好送冼星照去了医院。而冼星照醒来的时候，一再哀求我原谅他，我根本拿不准主意。

我只是想到了汤理惠，我想到了她和她的男友。

虽然汤理惠最近为了冼星照的事情，一直和我到处走，但她的男友一天几个电话，真的是从未少过。两人如胶似漆，恨不得连衣服都抛掉，穿一辈子的婚纱和礼服算了。

可能之前真的是我的错，可能男生和女生所想的真的不同。

他们总要痛过哭过，才会知道错，才能修成正果。

于是我原谅了冼星照，我觉得他得到的惩罚也不少了，并且我放不下对他的爱，我给了他的爱，真的很难要得回来。从此我和冼星照也甜甜蜜蜜，畅游于爱河。

我觉得我除了太好心，真的没做错什么。

汤理惠生日的时候，她的男友为她办了个派对，并且在之前，他就已经买了一对戒指，他们一人一个。我知道他们早已经约好，毕业后一起工作，存钱结婚。我知道他们已经将心和灵魂交给对方，珍藏着那份温暖，珍藏着对方的灵魂，准备一路走下去，准备跨过横亘在面前的沉重的人生和漫长的时光。

今晚其实是一个可怕的夜，深黑色的夜幕压抑、沉寂，而星星早已不见。无风。

我不想去参加汤理惠的拍拖派对，因为我知道汤理惠以后不会再穿着怪异的服装，戴着乌鸦的帽子，痛哭着和我上街。

我知道汤理惠以后有了另一个人可以倾听她心里的难过。

我知道以后，我会空出很多的时间，因为我身边有一个人投向了另一个人的怀抱，换了寂寞和我对坐。

我知道就算她再和我谈论马特·达蒙的电影，也会注意睡美容觉的时间，不会谈到太晚。

我知道，以后去夜店的权利，我再不能为她包办。

我知道，以后没有过往，只有冷饭。

我知道日后汤理惠只会练习如何当一个合格的好妻子，守在那个男生身边，不敢再和姐妹疯狂，以后友谊也会变淡。

其实我多希望汤理惠记得和我恶整小乔的日子；我多希望她记得问我借手电筒，在夜里看小说的日子；其实我多希望她身边有一个位子，我不在的时候便一直空着，我甚至愿意诅咒，就算和情人执手欢笑，和旁人纵情喧闹，她也没有办法将那个空位填上。

可是今天晚上只有我一个人，在夜里独自流浪。绿化带伫立在路边，如同一个个恐怖的身形，路灯暗淡无光，偶尔有一两个匆匆而过的行人便诡秘得如同幽灵。我觉得我失去了那个第一次见面便和我吵架的汤理惠，我觉得我失去了那个陪我出生入死，哪里都愿陪我去的汤理惠。

我知道，这是爱，或是嫉妒。

在这个夜晚来临之前，相当漫长的一段时间里，我们都交了好运。汤理惠的男朋友开始对她无微不至，小乔仿佛也遭遇甜蜜爱情，频频出去约会，身上的盛装一换再换，桌上的名牌化妆品添了一罐又一罐。而冼星照也开始变得对我诚恳无比，他在每个周末，甚至平时也偶尔跑过来我们学校陪我，就算他穷得要死，身上的钱仅仅够坐车和住宿，他也要过来。

"因为不想你在路上遇到危险啊。"他这样跟我说的时候，我感动得快哭出来了。

　　事实上冼星照是一个温柔的男子。我依然记得他背我上九楼，汗流浃背却一声不吭；我依然记得他在某个沉闷的夏夜，穿着背心短裤坐在床上为我扇风和赶蚊子，彻夜未眠。

　　想想，如果他不是这样优秀，怎么会有那么多女生迷上他？

　　虽然想到他之前的行为还是会生气，但我很庆幸我原谅了他。因为男生总会做错一些事，汤理惠身体力行地证明了这个道理。我甚至开始嫉妒小乔最近添置了那些化妆品——她也换掉了我和汤理惠伪造的那瓶香水，虽然因为内疚的原因，我们根本不敢告诉她那瓶香水的真相。小乔新买的香水异常好闻，我总觉得在哪里嗅过。但当我问小乔在哪里买的时候，她根本不告诉我，只是骄傲地说："你哪里买得起这香水啊，穷鬼。"

　　我当时真想和汤理惠再伪造一瓶劣质的名牌香水给小乔，而且最好让她喝下去将她毒哑。

　　不过后来我知道了，为什么小乔的香水我会觉得很熟悉，因为我总会在冼星照的身上闻到那股味道。

　　在发现这个事实的那个晚上，我辗转难眠，倒是汤理惠哈哈大笑着否定了我的猜测，她觉得这只是一个巧合。

　　"我想也应该是巧合。"在那几天里，我一直不停地这样跟自己说。那种感觉很难过，甚至比上次真切地怀疑冼星照有问题更难过，其中的原因只有我自己知道。

　　然后我终于等到了小乔再次出去约会的那天，然后我如同一个卑劣的小偷一般跟在她后面。看着小乔和一个陌生的男生聊天吃晚餐，我真的很看不起自己。我一下子没忍住就掉眼泪了，我也不知道，是什么令我在爱情里居然变得如此卑躬屈膝。

　　小乔和那个男生吃完饭后去了酒店，而在酒店门口等着她的就是冼星照。

　　那个不幸的结局被我幸运地撞见，我终于知道为什么他的身上有她的香味，为什么最近他的钱总是不见踪影。

　　和我想象当中不同的只是，冼星照再次被我抓到后并没有道歉，他对我怒吼，破口大骂我上次坏了他的好事，害得他"身败名裂"，他爱的女人通通不跟他在一起了。他说后来他向我道歉只是忍辱负重。他并没有改悔之心，玩的只是小壁虎掉尾巴、小章鱼断脚的把戏。他所期待的就是有一天能报复我，伤透我的心。

　　于是我笑着向他恭喜，他做到了。

在汤理惠知道她的爱情修成正果的那天，我也曾对她撒娇，我也曾为她哭了又笑，其实我也有听她劝告，情人错了也大方地原谅，我也曾问过她为什么她等得到而我却等不到。

我知道你喜欢我，一直喜欢。我没有答应你，并不是因为我讨厌你；我没有拒绝你，也并不是因为我爱你。如果我说我只是害怕，这种借口你愿意接受吗？我只是怕再遇上那样的人，再受到一样的伤，才不敢因你而心醉，才在这个黑得令人窒息的夜里，对你婉言相拒。

其实我也懂得什么是空虚，其实我也明白，没有男朋友的大二女生似乎有点抬不起头来，我知道人生过得太孤单，眼泪总会令人倦令人累。但令我犹豫的是，如果真的为你交出整颗心，我换回来的会不会只是欷歔？

我并不是要你当 Mr.Right，我们如此年轻，我还不需要你的房子和钻戒。我只是要你真心实意地对我好，不要玩世不恭，而我也会对你好，为你骄傲。

真的。

如果……如果你觉得可以，如果你愿意信守你今晚的承诺，那我也就甘愿赌一赌，或许赌上我未来的婚纱照，在这个夜里和你吻下去，吻下去。

【小狮点评】：好像有句话是这么说的：每个女人在生命中总会遇见那么一两个贱人！男人劈腿一次，就会有第二次，既然都混到这个地步了，即使自己化身林志玲，他也不会多看你一眼，趁早离开吧！🔰

丢下一句脏话，我爱你

DIUXIA YIJU
ZANGHUA, WO AI NI

■ 文／尘世流年　■ 图／MOON 工作室

【作者感悟】:"就走了,丢下一句脏话,我爱你。"这是台湾诗人夏宇的一首诗,全诗就只有这么一句,简短而有力,看过一遍,便再也忘不掉。

死亡比爱陌生,爱比死更冷。有时,爱就像一条着火的鞭子,鞭打着人,令人在原地旋转蹒跚,爱情作用于人的方式,甚至是疼痛和血腥的。

用十年的时间去爱一个人,有过空喜、屈服、放弃,但因为一个悬念,还是像钟摆摆荡在心爱男孩的左右,哪怕是盲目地,这是繁烟的爱。用十年的时间去爱一个人,终于等到对方俯低,却发现自己冲锋阵亡在了一片残局里,这是岳岐的爱。进行贱卖青春尊严的肮脏交易,却早已在不觉中埋下了爱的种子,这是姚煜的爱。这三段爱情的悲剧,只不过交会在了同一个平面上,才有了衍生出的种种惋惜和悲痛——这是一个关于巧合和残缺的故事。

我们往往会用简单粗暴的方式去理解这个世界上所有的不合理,但也许它的初衷,真的就只是爱,剔除一切杂质后的纯粹的爱。在爱的名义之下犯下的触目惊心的错,会不会因为这个初衷,显得稍微温暖一些呢?

形容我的年少岁月,我的班主任曾用了一个很"绝"的字眼:野。

以纪律森严闻名的X中,记载了我成长的阵痛。父母就像拔出一株野草一样,把我驱逐出门,然后栽放到了这座玻璃温室。在很长一段时间里,我都处于水土不服的状态,但长势不佳的植物经过修剪的痛苦后,终究长成了一棵良木。

在我挥洒过年少轻狂的地方,如今还留有我的恶劣传说。那时的我,就算貌不惊人,气势却运用得很足。在一帮女生里面拉帮结派、仗义执言、好出风头、风风火火的都是我,浑身跟通电似的灌注着高压,辐射出大姐头的超强气魄,气焰嚣张得很。

我这种硬邦邦不讨巧的女生,唯独在一个人面前才会软化下来。他就是岳岐。岳岐这人很神秘,也很复杂。江湖传说他的家庭背景富有戏剧性,爸爸是帮派老大,姐姐手下又罩着无数小喽啰。这样的他偏偏还生了一张好看的脸孔,理着最考验长相的板寸头,那股英俊更如出鞘的剑锋,镀上了锐气和冷峻。

在老师和家长们眼里,岳岐不过是一个体面的小阿飞。但恰恰就是他这种吊儿郎当的气质引无数女生神往，绝对是 X 中不可磨灭的人物。他一切超乎寻常的地方，就像是贴了一道道神秘符咒。

比起我的高调，岳岐才是高手，他懂得深藏不露。我做过不少浑事，甚至为了树立威信，还在小巷子里堵住两个小学生打劫。但凡遇上我搞不定的局面和收不了的烂摊子，我就转向岳岐，他挥一挥衣袖，便摆平了一切。我在一旁看着，被他身上一股迷人的邪气攫获，无可自拔。

出于艳羡和爱慕，我就这么傻傻地喜欢他。对谁说话都粗声大气的我，唯有在他面前，才会软化下来，柔声细语像三月淅沥的小雨。

岳岐跟我的渊源千丝万缕，我坚定地相信这就是缘分。他是我小学第一任同桌，又一起升学到了 X 中。攀了这点青梅竹马的关系，我们成了要好的朋友。初中时我们坐前后桌，还是像以前那样把随身听的耳机一人一半来听。我狂听流行歌狂买碟狂追星，就是想跟喜欢流行歌的他有共同话题，能经常和他把耳机一人一半来听。我们兴趣相同爱好一致，他歌唱得很棒我也唱得不赖，我撑着头望着天花板想，他或多或少、或迟或早总会是有点喜欢我的吧。

在躁动又幼稚的年纪里，谁都可以把喜欢谁不当秘密。我毫不避讳地对发小兼密友的姚煜说我喜欢岳岐。当时我说话的语气破天荒地柔和下来，姚煜一时无法适应，顿了几秒之后，就和我笑开了。

"他有什么好啊？成绩又不好，家庭背景又复杂，除了长相体面点，真不知道你喜欢他什么。"

像姚煜这种胆小谨慎的乖乖女，怎么会明白岳岐的好？我以一句特别骄傲的"你不懂"，就立即让姚煜噤了声。

因为岳岐的坏名声，不少胆小的女生都跟姚煜一样，对他敬而远之。但是我知道，明里暗里喜欢他的女生不在少数，每次我跟岳岐像走 T 台一样并排走过走廊时，侧目的眼光像白炽灯光，羡慕和妒忌一览无余。

我占着天时地利的优势，再加上天不怕地不怕的大姐头形象，在名义上成为了岳岐的官配。我表面上对这种配对万分鄙夷，可心里窃喜不已。我傻傻地守着这一亩三分地，我喜欢我的名字总是跟岳岐相提并论，哪怕是臭名远扬。

　　毕业考前夕，一帮人忘乎所以地去游乐场狂欢，坐碰碰车时我耍了点小心计，磨蹭来磨蹭去，再加上姚煜暗中协助，终于和岳岐蹭上了同一辆车。我甜蜜地坐到他旁边，像个小女人看他载着我所向披靡。笑得最欢时我问他："你有没有喜欢的人啊？"他想都没想就说，当然有。

　　"是谁啊？"我佯装随口一问。

　　"你认识的人啊，而且跟你很熟。"他一脸坏笑，侧过头冲着我眨眼，但很快就转过头开车去了。

　　我像被戳中心事的少女，心怦怦直跳，怎么都按捺不下去，满怀的喜悦感漫溢了出来。

　　所谓异军突起，就是身兼班花和班长的康婷突然爆出喜欢岳岐的消息。成绩好、长得美的康婷，是老师的宠儿、家长的骄傲。那种戏剧性的效果，就像是罗密欧与朱丽叶、凯瑟琳和希斯克利夫，充满门第悬殊的刺激，成了另一种意义上的般配。我这种反派小人物就不够瞧了，流言都跟着见风使舵。

　　比你自己更了解你的，是你的敌人。我再明白不过了，康婷生性中的俏皮和叛逆埋得很深，野性难驯的岳岐正好命中了她最隐蔽角落里的红心。该死的岳岐，保持着他一贯嘴角上扬的笑意，正中康婷的下怀，每每见他，她都眼波流转，顾盼生辉。

　　其实，我和康婷都没有立场视对方为情敌，因为没有谁得到过岳岐身边那个宝座。但是我们暗中较着劲是彼此都能感觉到的。

　　艺术节上，各班在教室里活动，我们班搞起了K歌。我胸口窝着一团火，冲上台就开唱，我声线铿锵地倾吐每一个字，朝着岳岐的方向，唱的全是他喜欢的歌。这一首首歌就像放飞风筝的线，就算你岳岐飞上天际摘云彩，这根线依然在我的手心死死攥住。

　　一向不屑于参加这种活动的康婷，居然也拿起了麦克风，从她站起身到她走到舞台，原本嘈杂的教室悄无声息，因为大家都不相信眼前的这一幕。她一开口，把所有人都镇住了，他们以为她只是漂亮、成绩好，没想到唱歌却也这么好听。

　　那时的我，就像一个泄了气的气球，一口气憋到了缺氧。我不够好吗？没颤音你还喜欢吗？高八度能令你走近吗？嗓子疲倦不理它，只怕这首歌再好听也未及那个她。

　　临近毕业时自习时间骤增，老师把全班分成两组，分别委派两个人管理。谁要是被记名批评，就罚做一练习本的数学题。老师挑人心机颇深，两位管理者，一个是名正言顺的班长康婷，另一个居然是，我。

民间起义的首领被招安，天下没办法不太平。有一次，岳岐无意间讲了句话，被康婷铁面无私地记名了。这大概只是一个矜持的优秀女生在她心上人面前撒娇的方式，因为康婷一边记名一边还暧昧地笑。我却一派哥们义气地要给岳岐出头，立即就跟康婷说，把他名字擦了吧。

"记了的名字怎么能够擦？那不乱套了吗？"她拍拍粉笔灰，坐回讲台。

"我再说一遍，把他的名字擦掉。"我较真起来。

她不甘示弱："我也再说一遍，不擦就是不擦。"

我们就盯着对方，目光里暗暗放冷箭。底下的眼光齐刷刷地都在盯着这出内讧的好戏。

我逞一时之气的江湖气概又上来了，我威胁性地点点头，做了一个"你有种"的表情："好，你给我等着，要你好看。"

她还以淡定颜色："等着就等着，谁怕谁。"

我的邻居姐姐认识一堆学生圈混帮派的人，虽然她时常对我说"有什么事尽管找我，我罩着你"，我却一次都没求助于她。可是这次似乎到了紧要关头，我连她都惊动了。

我从教学楼看到校门口围着一帮人，眼瞅着康婷浑然不知地走下去，我像个麾下千军的将领，为即将得逞的报复计划而心生焦急和快感。

康婷你就认栽吧。

可是我万万没有想到，康婷扎入人堆的时候，一个人挡在了她面前，正是岳岐。

我惊慌地跑下楼去，岳岐一见我，就站在了我和康婷中间，我们三个人又被围在了人群中间，四周的嘈杂的声响就像垓下歌。

岳岐说："不要把这个事情闹大，听到没有？"

"我是在帮你，你为什么还要维护她？"

"这件事因我而起，那现在我决定一笔勾销。"他伸手，做了一个"散了吧"的手势。

"我人都叫来了，不可能收手的。事情发展到这一步，已经是我跟她之间的事了，我说过要让她好看。"

"那你到底想怎么样？"

"这样吧，"我两手交叉放在胸前，"打她一个耳光，我就收场。否则，免谈！"我扬起手准备甩康婷一个耳光。

岳岐突然出手打落我的手，他的眉头拧成了一片即将化作暴雨的乌云，他说："你闹够了没有？"

说完，他牵起了康婷的手，保护她走出重围。他的气势镇住了那些人，他们不仅按兵不动，还不自觉地让出了一条狭窄的通道让他们通过。

这是我所记得的，我为岳岐做的最后一件事。因为这件事，我憋了狠狠一股恶气，我们算是绝交了。就算我再想和岳岐恢复到以前的模样，也自认为没有了契机。

毕业前冷眼旁观岳岐和康婷的走向，像抽离了角色，观看别人的一出戏。康婷成绩受到了影响，老师很快嗅到了苗头，勒令遏止了她和岳岐的来往。

我愿意永远把岳岐在我脑海中的样子，定格在很多年以前。不羁的坏劲儿与细腻的俊美，糅合成一股有别于常人的灵气。他带着若即若离的气息，可望而不可即，飘荡在我的岁月里，像一片羽毛书签，一阵风吹过，轻飘飘地就飘走了。

毕业考的失利让父母大为警醒，他们煞费苦心把我塞进了重点中学。初入学时，我还是个莽打莽撞的野孩子，口里时不时就会迸粗话。老师为了灭我们这些野孩子的性子，罚我们拎一桶水到操场水池边去刷牙，要把整桶水都用完。我一边刷牙一边憋得满脸通红，那是我人生第一次感到羞耻，这对我的人生影响甚大，以致我以后一旦触到丁点离经叛道的念头，就仿佛又变成了那个在水池边上、在众目睽睽之下不断刷着牙的女孩。

高压的这三年，我的棱角全被磨圆，好似脱胎换骨。我从一个一心想往大姐头路线上靠的冒失女生，变成一个性格内向、举止严谨、恨不得躲进人堆里过活的羞怯少女。我从课代表做起，做到了团支书，又一路做到了学生会干部，回想过往的劣迹斑斑，简直不可思议。

我想我以前太肆无忌惮了，虚张声势只不过是为了掩饰内心的空虚。在我年少轻狂的年纪里，把这辈子装腔作势的额度都给透支完了。

我觉得自己才是走失得最远的那个人，和初中同学几乎都断了联系。唯一没有断的，就是和姚煜。我们比以前更亲密，有时煲电话粥一煲就是好几个小时，变得不爱说话的我，只是把更多想说的话都储存起来，对着她倾倒而出，这种情谊，难能可贵。

我再没有主动打探过岳岐的消息，但作为风云人物的他的消息还是会时不时传到我耳中，避都避不了。艳遇一段一段流传了传说，岳岐就是有着让女生们前赴后继的魅力。

大学伊始，姚煜被送到了加拿大读书。这个我唯一愿意与之多说话的人，现在只能靠着 MSN 和 SKYPE 跟我聊天，我的生活更像一段演也演不完的哑剧。

转眼我和姚煜相识的岁月比不相识的岁月漫长了几年。两个人似乎契合着彼此的纹路成长。此刻，我坐在电脑前看她传来的照片，她穿着中国红的旗袍，挽着身边西装革履的男友，一脸小女人的幸福状。她准备毕业后在加拿大工作几年，等拿到枫叶卡再回国。我为她高兴，她的前程比我们任何人都开阔。

大二那年寒假，不知是同学中谁牵的线，来了一场心血来潮的同学聚会。盛情难却之下，我还是出席了。大家都很奇怪我怎么就从一个咋咋呼呼的大姐头变成了如今这副脸红口拙寡言的样子。我只能笑笑说，受长期镇压所致。但我知道，真正的原因是时间，独断而潜移默化的时间。

时间也跟我开了一个巨大的玩笑。

我没有主动提及岳岐，但席间却有人主动说起他，说他十六岁那年在外面鬼混，竟然生下一个孩子，孩子的母亲是谁至今未明。

"那女方也真够绝的，决然抛弃了自己的骨肉。"有人插话。

"现在这孩子完全交给他妈妈抚养。有一次，他家人给他几十块钱去买奶粉，他竟把这笔钱拿了去打游戏。"

他们把这段奇人逸事当做段子讲，笑作一团。那个我心目中的英俊少年，就这么成为了众人的笑柄。我不是从前那个飞扬跋扈的我了，我现在没有做异类的胆量，所以也跟着他们一起笑。但没有人知道，光是岳岐这两个字，已是深埋在我身体里的跳动的脉搏——这样一段故事，几乎让我血脉淤塞。

这次聚会像是一个预兆，那道被我锁上的门被撬开了。时隔数年，再次见到岳岐，是在市中心的商业区，他正蹲在墙边卖盗版碟。即使在一群小贩中，打扮比之前收敛许多，他依然器宇不凡。虽然他正对着顾客笑，但那笑里略带的潮湿与阴郁，还是透过面色蒸发了出来。

我其实只想远远地看一看他，但就在我准备转身离开时，不知是谁大喊了一声："快收摊！"他手忙脚乱地收拾起全副身家。几乎是本能驱使着我上前露面，帮他一起把碟片一股脑儿塞进包里。他抬起眼看见我，有瞬间的停顿，但情况紧迫，来不及消化惊讶，我们就一起跑开了。

跑过几个街角后才停了下来。我靠在墙壁上，上气不接下气。

"好久不见。"这大概是所有久别重逢后千言万语无从说起时的惯用辞令。

　　他从兜里掏出几张券："你今天帮了我大忙，这样吧，我刚好有优惠券，我请你唱歌吧。"

　　想起自己小时候觉得只要我会唱歌他就会喜欢我的想法，我不禁笑了笑。没想到这么久以后，最终还是得用这一招做我们的沟通媒介。

　　KTV的一角，岳岐坐在沙发上抽烟，烟雾吐得很娴熟。我凑近才看清了他。他笑了一笑："今天的事，谢谢你。"

　　死党的感觉早就消失无踪，我们没话找话，有一搭没一搭地说着。好不容易问了一句着边的话，他说："你还喜欢听歌吧？"

　　我点点头。

　　"那还喜欢张信哲吗？"

　　"不听他了，他过时了吧。"我捂嘴笑。

　　他有点反应不过来，他看见今时今日这个纯良的我，会不会想要哑然失笑？回家路上，我和岳岐在路边摊吃晚饭，我破例喝了些啤酒。我们都喝晕了，摇摇晃晃走到大桥上，江风像刀刃刮着脸庞，两岸的灯火夹杂着星光在醉眼里晃成了重影。岳岐借着酒劲放浪形骸，扯开嗓子唱起张信哲那些现在听来已入流的老歌。我也跟他一唱一和，陈旧的旋律勾起了烟雾似的回忆。然后两个人狂笑一通，他散发着酒气的唇呼出的热气，把我耳根都熏红了。

　　我和岳岐终于重新联系上了。之前的恩怨情仇，云淡风轻。他没有考上大学，用他的话说，现在正在混社会。

　　等到下次同学聚会的时候，我特地邀请了他。不知为什么，我竟有些兴奋。那颗碰碰车里的少女心又回来了，可是我兴奋的心情就像膨胀的气球，冷不防就被刺破了。岳岐居然带了一个陌生女孩到场。

　　这就是岳岐，不管他被际遇贬低到什么程度，身边从来就不缺莺歌燕舞。

　　我能怪他什么？他根本没有错。我们从来没有说过我爱你你爱我，也从来没有正式地确立恋爱关系。只不过是在久别重逢后重温了一下回忆，那些事全都可以归结为死党的交情。

　　晚上，我又用SKYPE跟姚煜说话，这些日子我没少在她面前提岳岐。只是今

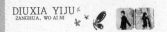

晚，我的语气沮丧，一副蔫蔫的样子，跟前几天判若两人。

姚煜说："你的情敌真是层出不穷啊。"

我无奈地摇了摇头。我也很奇怪，没有他，我日子照样地过。可是他一出现，我的生活就不由自主地围绕他而转。

"你现在还像以前那么喜欢他吗？"姚煜小心翼翼地问。

我疲倦地叹息道："我爱他，可爱又如何？爱能决定的事情太少了。他从来不曾为我所独有。"

"亲爱的，我真想隔着屏幕抱抱你。"姚煜在网络那端轻轻地说。

我偶尔会偷看岳岐的空间，在他的相册里一遍遍地看着他和无数女孩的合照，无论那些女孩跟他的关系是怎样的，我都会在心里暗暗拿自己跟她们比较。我一边清醒地嘲笑自己的幼稚，一边又无法阻止自己这种徒劳的行为，真是剪不断理还乱。

他是自由的游客，我是伫立不动的风景，我永远只能被动地等待他的偶尔路过。他被狂蜂浪蝶追逐与吸引，我却被岁月蒙上了蔓草。他太不羁了，我不知道在他的内心深处，会不会有想要去珍惜的人。哪怕那个人不是我，对我而言也算是个安慰。至少让我知道，他的心不是空的。

恰恰在这个需要被解救的时刻，仲安出现了。他是我妈妈同事的儿子，大学毕业三年，刚刚遭遇了一场打击沉重的失恋。趁着妈妈的单位组织旅游，他也跟去了，这趟旅程成了他的疗伤之旅。他有一个空缺，我也有一个空缺，在肃穆的博物馆，透过灯光层层折射的玻璃橱窗，彼此的瞳孔都被光芒点缀得深邃迷人，他抬眼的时候我刚好睁眼，在这一瞬间的目光对接下，我们便相互填补了对方的空缺。

我需要抓住这个让我从岳岐身上转移注意力的机会。我对仲安从依赖到爱上，不过一个星期。我在对岳岐马拉松似的旷日持久的暗恋中，把自己的心性磨没了，碰到一个稍微能够给我提供一点真实温度的人，我便恨不能涌泉相报。仲安用一种格外包容的笑容看着我，他的笑意里有一种温暖得能把人融化的溶剂，是治愈系的神奇药剂。

我满足地对姚煜说，只要不再执着，我也能拥有不输给任何人的甜蜜和幸福。

姚煜被我感动到了，她说："亲爱的，你值得拥有这一切。"

好景不长，仲安的前女友回心转意找他。也许他有过挣扎有过自责，但最终的结果是，他决定不计前嫌。

我的世界前一天还是飘浮在空中的玫瑰色城堡，他的一个电话，就把一切扫荡得片甲不留。他说："对不起，我要结婚了。"

这一记闷棍，把我打得哑口无言。

虽然他跟我打电话说了无数的对不起，但我知道，那只是裹着专断的慰问。

"我们原计划结婚，只是中途……现在她决定回心转意了，我们就决定按原计划进行下去。"

"事已至此，你只是来通知我一声，对吗？"

"对不起，繁烟，我不是你，我已经过了任意挥霍的年纪，现在的我只想安稳地一步步走下去，尽可能地按部就班。我没有勇气再去追求一些我明知美好的东西。"他的声音逐渐压低。

我抿嘴冷笑了一下，既鄙夷他，也鄙夷我自己，为什么在这个关头都说不出狠话来。依着我以前的性子，在这种时刻不知会闹成怎样翻天覆地的局面。

伤心是一种莫大的特权。我打电话给岳岐，说："我心情不好，陪我出来坐坐吧。"

我们坐在快餐店里，悲伤化为食欲，我胡吃海塞地往口里送了无数垃圾食品，一直塞到恨不得呕吐却还是停不下来。我想起一部电影的结尾，刘若英就是这样忍着泪往嘴巴里塞东西，我的吃相跟她一样狼狈，一样狼狈得叫人绝望。

岳岐在对面看不下去了，拦住我送食的手，我推开他，继续吃。食物胀得我满眼泪水，我把仲安打给我的电话跟他说了。

他拍案而起，说："走，跟我走。"

我不知不觉地被他拉着去找仲安，我突然有种错觉：我们又回到了从前叱咤江湖的时候，任何我收拾不了的烂摊子都交给他来给我摆平。他冲上前对准仲安就是一记重拳，仲安应声倒地。书生气的仲安根本就不是岳岐的对手。仲安似乎也没有还手的意思，任由岳岐对他拳脚相向。岳岐对着仲安吼："她这么好的女孩，你为什么不会去珍惜？"

等我清醒过来，立刻跑上去抱住岳岐的手臂，大声对仲安喊："你快走，快走啊！"

我们去大桥上吹风，风吹得我东倒西歪，我隐约觉得我和岳岐好像一对亡命

之徒，奔到了世界的尽头，眼前迷茫一片。

"好了，气也出了，你心里是不是舒服了一点？"岳岐迎着大风抽烟。

第一次爱的人，都是生命中的大英雄，想忘都忘不掉。我的泪痕被风吹成了一道一道印子，狼狈地留在脸上。我的眼睛还是红肿着的，我顶着这样一双蒙眬的红眼睛，对着这位生命中的大英雄，幽幽地说："我这样的女孩，你会想要去珍惜吗？"

我和岳岐的关系，捅破了这层窗户纸，终于柳暗花明。我终于可以名正言顺地以伴侣的身份站在他的身边，吃饭逛街，在电影院看午夜场把头枕在他肩膀上睡着。我常常去他卖碟的小摊位等他，他也常常站在宿舍楼下等我——这全是我在梦里就已经策划好了的事情。

有谁会用十年的时间去等待一个远行的人，又有谁会在十年的远行之后，依然想回头找到那个人？我经历了十年的漫长战役，终于旗开得胜。

岳岐带我去见他的父母。他父母见到了我，高兴地招呼我坐下，他妈妈说："这还是岳岐第一次带女孩回家呢，小姑娘真秀气。"

我心下大喜。

一个五六岁的小男孩噔噔噔地从里屋跑出来，这场面点醒了我，被幸福冲昏头脑的我想起了一件大事——岳岐有一个孩子，一个至今未明生母是谁的孩子。

他父母脸上随之闪过一丝尴尬，立即把孩子驱回了屋。岳岐反倒淡然，看得出来，他和这孩子的关系很淡薄。

送我回家的路上，岳岐说："你都知道了吧？这个孩子的事。如果你介意……"

还没等他把话说完，我就先开口说："我既然爱你，就爱你的一切，包括我将为你承担的一切。你的从前我不会追究，我也不会追问这孩子的母亲是谁。如果我们有以后，我也会一直照顾这个孩子，把他当做你的一部分。"

说完这句话，我们相拥在了一起。

那一晚，我是真的想与岳岐长长久久，长久到执子之手，与子偕老。我甚至都计划好了，毕业以后找份好工作，跟面前这个并不富裕，也没有多少前途的男人结婚，照顾他生母不明的孩子，我知道这会让我承受很多非议，但是为了他，我愿意。

我没有温柔，唯独有这点英勇。

就在我万事顺遂的时候，姚煜的家里却出了事。她爸爸的公司遭遇了那场百年难遇的金融危机，现在整个厂子濒临破产，债主每天堵在门口。家里卖了好几套房子，名车也换成了二手车，完全匀不出节余来供姚煜在加拿大继续求学，她的人生规划被生生打乱。那个吃喝玩乐全都花她的钱的男朋友，事发后就消失不见了。

"什么都是假的，什么都是空的。"姚煜在电脑前恨恨地说，牙齿把嘴唇咬得发白。

她瞒着父母提前回国，阔别数载之后，却只有我一个人去机场为她接风。气氛有点沉重，我们还来不及品尝挚友重逢的喜悦，就被她的满面愁云弄得相对无言。

我最难的时候是她的鼓励陪我度过，现在换我陪在她身边了。我心疼地摸摸她凹陷的脸颊，说："慢慢来，一切都会好起来的。"

她拢了拢我的手，她的手握在我手里，就像一块冰。

姚煜让我不要跟任何人说她回国了，她不想以这副落败的样子示人。现在的她成了家里的脊梁骨，一夜间长大，背负起一种身为大人的无奈。

我也到了大四，到了找工作的当口。参加了几个招聘会后出师大捷，我被一家德资公司邀去面试。我花了三个月省下来的生活费精心准备了一套职业装，把自己装扮成 OL 的形象，走到写字楼门口，还是为面前金碧辉煌的摩天大楼惊艳了一把。

面试我的总经理，是一个穿着质地精良的西装、说话夹杂英文的"海归"。我已经开始幻想如果真能被这家公司录用，我在同学中将会多么拉风，更重要的是，我和岳岐的生活将会过得很滋润。

我起身准备离开的时候，一个人走了进来，那副面孔不管化了多么精致的妆我也认得出来。她依然漂亮而干练，气质比起以往更胜一筹。光鲜，亮丽，精致，强势，这些形容词用在她身上都不为过。

总经理迎上去，亲密地接下了她的包。

我心慌意乱地走出大楼，被尾随的她叫住了。

"我真不知该说是冤家路窄，还是有缘千里来相会。"她斜眉一挑。

我不做声。

"刚才面试你的人，他是我的男友。"她继续趾高气扬。

"哦。"我应了一声。

显然，我的简短回应没有达到她的预期效果，就像一只蓄满了力气的拳头打在了空气中，否定了它的攻击性。她难以置信地说："你还是从前那个飞扬跋扈的杜繁烟吗？你的嚣张气焰哪里去了？"

"康婷，你变了，我也会变。"我冷静地说。

"可是你回头，还是找到了岳岐。"

看来她已经知道我跟岳岐在一起。

她从鼻子里呼出一口气，说："这份工作对你来说很重要吧？在这样的外企工作，你就有能力照顾岳岐和那个孩子。"

她的话让我脑子里两根神经搭在一起短了路。难道……难道……那个孩子……

她以一种得逞的眼光看着我说："不错，正是你想的那样。"

她的答案是个凶狠的耳光，朝着我劈头盖脸掴下来。这么多年了，她终于还击了，以万倍的力量和狠毒。

"我的人生本不允许出现这样的重大意外。我之所以没有把这个会毁灭我前程的孩子打掉，是因为我要留下一个无法磨灭的证据。他岳岐就算不爱我，也不

能忘记我。"康婷的语气很硬，但她的目光却软弱下来。

我现在知道这个姑娘的厉害了，她用一条生命来拴住一颗不可能为她停驻的心。

"我走到今天这一步，是你们这些人无法想象的。我借参加夏令营的名义去郊区安胎，那么热的天，我一个人在卫生院的小房间里，疼得呼天不应。我现在

做噩梦还会梦见当时的场景。后来我发奋读书，重新考上顶尖的大学，我的人生轨迹才得以和从前对接。"

"你就不怕我现在冲上去把你的这些事情统统告诉你男朋友？"我说。

"我确信你不会，因为在岳岐的问题上，你跟我是同类。"

"优秀的人总有一些不近人情的残忍，要不然何来锻炼出他们的优秀？"说完这句话，她转身就走进了金碧辉煌的大楼。

我心乱如麻，眼里的泪像即将决堤的洪水，可偏偏没有流下来。我今后要养育的，是我昔日的死对头和我最爱的男人的孩子，这个孩子的存在，不仅时刻提醒着岳岐想起康婷，也时刻提醒着我的隐忍和憋屈。我像即将溺水身亡一样，拼命打电话给姚煜，企图抓住她这根救命稻草。

可是姚煜的电话一直关机。

我这辈子所有的隐忍都在岳岐身上花光了。时间的大手抚平了一切惊涛骇浪，最终，我默默接受了这个事实。我没有向岳岐揭开这张底牌，我说过我不会追究孩子的母亲是谁，从始至终，我都信守着我的承诺。

接下来，有另外的事情分散了我的注意力。我没有再听到姚煜的半点消息，她是决计要人间蒸发。这期间她的手机始终关机。或许家庭的变故让她一时无法接受，我也没有太过急躁，我想我应该做的，是留给她独处静思的空间。

三四个月后，她终于主动联系我，可这第一个电话就是她带着哭腔喊着："繁烟，你快来，快来。"

我根据她给的地址，到了梵谷星驰，这是一个风景秀丽的富豪园区，比她家之前住的楼盘还要奢华。我一肚子的疑云还来不及驱散，迎面就看见她涂着猩红的唇彩，一脸惨白地向我扑过来。

在真皮沙发前摆着精致的笼子，里面躺着一只血肉模糊的鸟，僵直地躺在那里。

姚煜哭得眼妆都花了，两只手在空中胡乱舞动着："我晾衣服，不小心把这个鸟笼摔下去，它就死了。"

她微鬈的头发垂落满脸，像凋零的花瓣耷拉下来。花掉的黑色眼妆把那双大眼睛衬得更加迷离空洞，猩红的唇似极了艳丽的伤口。

自从回家之后，姚煜跟父母每天被债主逼得不得安宁。为了把家人解救出水深火热的环境，这四个月里，她屈从了一个四十五岁的男人，这个人是她父亲最大的债主。那男人帮她还了债，还给她买了这套高级小区的房子，把她当金丝雀豢养在这个冰冷而奢华的笼子里，做他的私有物。

他的老婆孩子全在香港，他一个人留在内地工作。他在屋子里给老婆和孩子打电话，即使姚煜不发一言，那男人还是会让她走开，辟出一个纯净的空间给自己。

姚煜说："他那个样子，就好像我是一种病毒，会污染他屋子里的空气。他的孩子是神圣的，他的妻子是神圣的，他的家庭是神圣的，只有我的存在是肮脏的。"

我伸手把她的头扶过来，埋在自己的肩上。我也哭了，安慰她说："别害怕，我在这里，别害怕……"

我突然发现任何安慰的语言，在这样的现实前面都是渺小而无用的。

她翻过身来把整个身体的重量都倚在我身上，说："繁烟，你说，我是怎么落到今天这个地步的？"

我没有办法回答这个问题，因为我跟她一样困惑。这还是姚煜吗？心高气傲的她，纤尘不染的她，跌落到如此被人糟蹋的污泥里。这种剧变确实会让人想到沧海桑田，人生无常。

姚煜的目光又瞟到了那只鸟笼。"它死了，关在笼子里死了，它是拍着翅膀飞不出去才死的……"她念叨着这几句话，一遍又一遍。

姚煜频繁拉着我出入各种高级场所，挥金如土。

"我只有在刷卡的时候才能感受到一点点尊严。"她冷笑着对我说。

我们坐拥着极致的繁华，但她的话令我心凉。

我回家时把这些全都告诉岳岐，他沉思了片刻，说："有时候路不是自己选的，而是只有一条路，不得不去走，这就叫命运。"

我第一次觉得岳岐的眼神深不见底。

某一天晚上，岳岐彻夜未归。我心里不踏实地醒了一夜，第二天清早打他电话，刚一打通，就听到岳岐模糊的喃喃声和一个女人短促的声音，然后关机。我手指颤抖着摁下姚煜的号码，冰冷的手机提示音让我的世界天旋地转。

我手一松，听筒顺着沙发掉下去砸在了脚面，又掉到了地上。天花板像一张不断扩散的网，又一点点地收紧把我牢牢困在其中，勒得我呼吸都困难。

一股不祥的预感弥漫上了我的心头，这预感和我当初数次失去岳岐的时候一样。直觉已经让我嗅到了不堪的味道。

岳岐回来了，我保持着最大的冷静质问他："你坦白吧，你昨天晚上是和姚煜在一起吗？"

他不否认，只是躲闪我的目光。

"你这算什么？"我拿起他的外套，用力地摔在沙发上。

厚厚的一沓粉红色钞票滑落了出来。我顿时明白了，跌坐在了沙发上："这就是你要的吗？要她手里的钱！出卖你的尊严，换她手里的钱？！"

短暂的死寂过后，我披头散发就像个失控的怨妇，疯了一样冲上去，拼命摇着他的肩膀："岳岐，她是我最好的姐妹啊，你们怎么可以厮混在一起？我可以接受你穷，但我无法接受你是个吃软饭的孬种！"

我已经说不出话来，但为了宣泄，还是干号到嗓子沙哑。我恍惚了，这还是我生命中的大英雄吗？我们分开，重逢，牵手，依靠，一切都来之不易，可是一夜之间就把十年的缘分全部葬送了。我筋疲力尽，顺着墙壁滑落到了地上。

他俯身来扶起我，我却一把甩开了他的手。"不要碰我，你们让我觉得脏。"我背对着他，冷冷地说，像是一句诅咒。

三天之后，来电显示姚煜的号码，我把电话丢在了一边。可她锲而不舍，打了十几遍。我意识到这是我无法逃避的现实，还是接起了电话，还没等我开口，姚煜就先一口气把话说完："我知道你不想见我，但是我还是请你跟我见面，务必。繁烟，我求求你。"

此次见面，隔了沧海桑田。

"姚煜，岳岐要的是你的钱，你只不过是他索取金钱的工具。男欢女爱剥落干净之后，只是赤裸裸的金钱交易。连这种骗局你都让自己一头栽进去吗？"我说得不留情面。

"也许是吧，但我不想追究。"

"连这都不追究，那你到底是为了什么？"

她把我领到商场的一个试衣间，褪净衣衫，在我面前裸呈。明亮的光打在白皙的皮肤上勾勒出美好的弧线，可是那具美妙的身体上布满了各种各样的伤痕，更让我触目惊心的是，每处伤痕都落在隐蔽处，侧腰、小腹、脚根，历数过去，有的长出了粉红色的新肉，有的留下了难愈的疤痕，还有烟头摁下导致皮肤扭曲的烫伤，可是这些，在外表上完全看不出来。

我已经无法想象姚煜过着怎样水深火热的生活。

她慢慢地穿上衣服，说："这就是包养我的男人除了金钱，除了房子，附带给我的一切。他心理有病。他对我的虐待，全都留在隐蔽的地方。从外表看来我光洁如新，可是内里就像瓷器布满了裂纹。繁烟，你知道我有多么嫌弃我这具身体吗？"

姚煜在这样的物质填充中挥霍着自己的青春，但是很快，她的命运就发生了逆转。包养她的那个男人因为酒后驾驶出了车祸，送到医院不久就已咽气。在他最后的时刻，守在他病床边的，不是他的老婆，也不是他的孩子，而是姚煜。他对姚煜说的最后一句话是："对不起……"一句话的尾音拖得绵长，拖到咽了气，陷入了无尽的黑暗。

姚煜大概没想到他最后一口气是为了她而撑的，他让她俯到他嘴边，给她说出了保险箱的密码，然后说："我没有什么能留下来给你，里面的钱还有这栋房子你都拿去吧。"

她以为自己不过是他的一件战利品、一个玩具，没想到最后，他把手头一切可控的财产都给了她。也许是动过真情的吧，在某些浑然不知的时刻。

那是姚煜生平第一次为一个男人流下了眼泪。她那么那么伤心，只觉得身体的某一部分被掏空了，像是被遗弃到荒野的空心人。

他的妻子和孩子把骨灰带回了香港。尘埃落定后，姚煜转手就把房子卖掉了，又拿了一大笔钱在手上，没有什么比钞票更实在了。

钱这个东西真是罪障。从前，她为了它，委身于这个男人，把自己困锁在一个金丝笼里，贱卖自己的青春和尊严。现在，她手上的闲钱多得无处投放，却还是觉得自己被锁在一个更大的牢笼里。

姚煜说："我觉得自己很脏脏，那么脏。我有时在浴室里，会发疯地搓洗自己的身体，一直搓到皮肤发红都停不了手。岳岐的出现，勾起了我的回忆。我知道这是我千不该万不该做的事，但是当我从他身上看到了从前的那个我，理智就彻底投降了。我想仅凭着这点幻觉，让我觉得自己还是干净的，没有被污染。

"哪怕是骗局，是陷阱，我也会毫不犹豫地跳进去。就像那个童话故事里的女孩，一次次划亮手里的火柴，看到的只是走向死亡之前的一场场幻觉。我现在一无所有，穷得只剩下钱，我也只能用钱来买这些幻觉。抱歉，繁烟，即使再给我一百次重来的机会，我还是会做出这样的选择。"

这是她跟我的最后一次见面，两天之后，她飞回了加拿大。一别永别，她不会再回来，我也不会再见到她。

岳岐拿着姚煜给他的一笔钱，开了一个影碟店。他终于不用再顶着烈日暴雨，躲避城管的纠察四处摆摊了。我依然不想放弃岳岐，我觉得艰难地走到这一步，如果中途放弃，最对不起的是我自己。我跟岳岐说："经过了这一切，如果你觉得我们能走下去，就来找我。"

在我家楼下的路灯下，岳岐从背后抱住我。他强烈的呼吸温暖了我的耳边，我所有的坚决和愤然就全都软化了下来。我们拥抱着站立，成了两座雕像，路灯把影子拉得很长，交叠成浓黑的一片。

我和岳岐都再没在对方面前提到姚煜这个名字。这是我们的禁区。这个我从七岁起就认识的最好的朋友，从此就在我的生活中绝迹了。

面对种种表明我和岳岐有缘无分的迹象和暗示，我有一种越挫越勇的精神。老天刻意让我们情路坎坷，我们就越要在一起。可是不行，我不是先知，我不知道岳岐就是埋在我生命里杀伤力最强的那颗炸弹，导火索早已点燃，爆破倒计时开始，我越靠近就越危险。无数个事情的揭露就像火星顺着导火索窜奔，我一旦触碰，就一定会炸得粉身碎骨。

那天，我在影碟店的储藏间整理杂物，在一个一直忘记卖掉的破烂柜子里翻出了专用于汽车换车胎的工具，我有些纳闷：我们根本没有车，这个笨重的大东西为什么会放在这里？可是我隐约想起了什么，像触痛了一根神经，然后我在慌乱中打了一个电话来确认我的想法，话筒放下去时，心沉落到了谷底。

调查那男人车祸的警察跟我回忆说，他的车子在高速行驶时，左侧后车轮的

一个螺丝松动了，发生了飞轮现象，车子倾斜地撞毁在桥墩上。

"那么，我可不可以有这样的假设：如果轮子没有飞出去，就不一定会发生这起事故？"我问他。

"很有可能。"

那辆车子是从梵谷星驰开出来的，当事人为了掩藏某些不便揭晓的事情，没有让警察深究。同时对方也提醒我一点，是在姚煜知情的情况下，那男人喝了酒。而且在梵谷星驰，车子停靠的地方是固定的。

这也许不是一场交通意外，很有可能是岳岐和姚煜联手进行的谋杀。

我不敢再问下去，连忙挂断电话。我的心像被千斤磐石击压着沉入谷底。

那天晚上，我彻夜失眠。只在接近黎明的时候稍微合了合眼，做了一个浅浅的梦。

所有的场景重现在了梦中。

我跟岳岐又回到了游乐场，坐在碰碰车上，一切按照回忆进行，直到我问他："你有没有喜欢的人啊？"

他说："当然有了。"

"是谁啊？"

"你认识的人啊，而且跟你很熟。"

就从此刻开始，梦和现实有了分岔。碰碰车在游戏的撞击中，突然给人一种车毁人亡的错觉。我的身体不断地前倾摇摆，让我觉得自己已经被撞得头破血流，流着暗红色的别人都看不到的血。

在这本应愉快的时刻，我的笑容像从眉心裂开的缝隙，我伸手撕扯下一张快要脱落的面具。

我捧着一张碎脸惊醒过来。

十年前，他无意中抛下一个悬念，像一根铁索拴住我。因为不甘心，心隐隐地痒，痒比痛更磨人，因为它似有还无，似无还有，驱人于无形，令我永远下意识地在内心为他辟出几寸位置，顽强地坚持。我用了十年时间，终于找到了这个悬念的答案。

他和姚煜的行为，绝不仅仅是为了金钱的苟且交易。但如果不是为了金钱，那就只能是——爱。

一切死结在这样的前提下全都迎刃而解。

我想起康婷跟我说过，在岳岐的问题上，她跟我是同类。她大概早就看出来了，岳岐心里真正装着的，不是她，也不是我。我们争得头破血流，却败在一个无心恋战的人手里。

他的坏笑，他所谓的那个跟我很熟的人，根本就不是他卖的关子。那个人不是我，而是姚煜。我愚钝地认定了我愿意认定的，才迟迟没有领悟到。

太多的明示暗示，太多的往事碎片，充斥着我的大脑，让我头痛欲裂。

他爱她，一直都爱。爱一个人，就要站在与她平等的位置才会开花结果。当初那个家世显赫、前途似锦的姚煜对岳岐而言是高不可攀的，他只能远远地遥望她。现在，她的变故和堕落成全了他，终于让她降落到了跟他同一个高度。

有谁会用十年的时间去等待一个远行的人，又有谁会在十年的远行之后，依然想回头找到那个人？原来，岳岐跟我一样顽固不化。

如果我只是败给了金钱，我便想一笔勾销，继续顽强地和他在一起。可现在我是败给了爱，爱比死更冷，没有什么比这更让我觉得一败涂地。我无法承受这样被蒙蔽了十年的惨败，我无法容忍这样不见天日的罪恶。

我忘了告诉岳岐，现在我听容祖儿的歌，因为她的歌够惨，最适合我这种伤痕累累的人。她最近出了一首新歌，叫《破相》，此刻做了我默然出走的背景音乐——他那天说我的眼睛很会笑，那十秒灵魂大概已卖掉，却换来眉头额角桃花倒插着，命数全逆转了。

我们终于还是没有在一起，我们终于还是拼尽了全力也没有拗过宿命。

就走了，留下一句脏话，我爱你。

【小锅点评】：也许，在爱情的世界里，总有那么一点私心作祟，才让爱情变得扑朔迷离，难辨真伪。就如文中的繁烟，她始终觉得，自己这么多年的付出，总会让她爱的男子有一点感动……导致最后得知的结果让她完全崩溃，让人扼腕不已！📷

食人花

■ 文／思婧

■ 图／李月茹

伍·吸万物精魄

漪珞花生长于西域最荒凉的谷沟中。终日与虫蛇为伍·吸万物精魄·十分珍贵·有灵性·却多是不祥。

【作者感悟】：

也许是这个夏天太过冗长，有很多细节已经在脑海里渐渐模糊，唯一清晰的是感觉一种爱与食欲纠缠的感觉。故事最初的设定不是现在这样的，当初我更偏向于表现一种爱的食欲，因为妖的本性，于是产生吃掉人的欲望，继而衍生出一种凌驾于食欲本能之上的爱，然而修修改改一番后，最终成了现在的样子，多了一份爱，少了一份无情。

很喜欢"扬臣"这个名字，犹记得在静业寺前，我曾对一个朋友说，我喜欢。

引子

天色微暗，藏青色的云沉沉压下。

芷薇看着怀中熟睡的孩子，怜爱地在他白净的脸颊上轻柔地一吻。

"看这天色，只怕是要下雨了。"芷薇说着，缓缓从石凳上站起身来，睨一眼天色，然后转头对身侧的侍女莲心吩咐道："莲心，你去准备一下，今晚我陪臣儿睡，他素来睡得浅，这雨声定然吓得他哭闹不止。"

"小姐，你身子弱，受不得操劳。孙少爷还是交给乳母带吧。"莲心接过孩子，轻声劝道。

芷薇笑笑，并不语，只是扬手让莲心先送孩子回房。

怎么可以把扬臣交给乳母照看呢？

今天可是六月十一呀！

她柳眉轻蹙，下意识地想起去年六月十一的晚上——因为是扬臣的周岁，她欢喜得厉害，于是留孩子同睡，结果夜里……

那种诡异的场景怎么可以让旁人看见呢？

NO.1

刘府，花厅。

一众丫头妈子齐齐地站在厅内，低垂着头，闪烁的眼睛直勾勾地盯着身前的地面，唯唯诺诺，大气也不敢喘一声。

谁曾见过温婉如玉的大小姐发这么大的脾气？

"那些风言风语是你传出来的？"软榻上的女子目光一沉，厉声问道。

花厅中央，跪着一个瑟瑟发抖的老妇人，她神色惊恐，面色蜡黄，口中不停地重复着："妖怪，孙少爷是妖怪……"

"闭嘴！"芷薇快步移到老妇人面前，指尖强硬地挑起妇人的下巴。她对上妇人的双眼，那空洞的眼睛里分明写满了恐惧，不由自主地，她软了几分语气："张妈，你应该知道，臣儿是我的命，我绝对不容许任何人伤害他。如果你肯向孙少爷道歉，我会念在你为我刘家做了二十年工的情分上给你一个机会！"

"妖怪，孙少爷是妖怪！"张妈的嘴唇动了动，却还是吐出这么一句话。

"来人，送张妈走！"芷薇闻言，气得后退两步。她背过身子，语气坚定地警告众人，"如果日后，我还是听到有人污了孙少爷的名声，下场就不是赶出刘家这么简单！你们应该知道，我姑姑是当今四皇子的母妃。即使我刘府突然失踪一两个人，官府也不会追究的。"

众人迅速地交换眼神，大小姐所说的并不是虚言。

刘府的势力，在城内的确是官府也忌惮的。

三年前，大小姐芷薇未婚先孕，本应视为奇耻大辱，可一夜之间，刘府便多了一个入赘上门的苏姓姑爷堵了众人之口，那些私底下肆意蔓延的流言也在数日内被官府扑灭，无人再敢提起。

身为刘府的家奴，又怎么会不知道这其中的蹊跷？

在大小姐未婚先孕的流言风传之前，眼高于世的大小姐一直坚持独身，而且那苏姑爷入府不过半年便被大小姐一封休书扫地出门。此后，亦没有人再看见过苏姑爷。苏家曾经上门要人，却被官府抓起来，以擅闯民宅治罪。

芷薇在软榻上坐下，染了凤花蔻丹的指甲在空中轻轻地划过："记住，祸从口出。无论说什么，都要想好了再开口。"她见众人低头不语，静了静，又扬手道，"好了，都下去吧。我也累了。"

众人依次退下，偌大的花厅里只剩下她与贴身侍女莲心，显得空荡荡的。

"都安排好了吗？"芷薇端起茶盏轻啜一口。

"回小姐，我已经按你的吩咐给张妈的儿子送去了一百两银子。"莲心说，"还是小姐仁慈，若是别的府上，这般胡言乱语，难保不被乱棍打死呢。"

"够了。"芷薇显然并不愿在这个话题上多说，她站起身，含意莫测地叹一声，然后眸光闪烁地说，"我去看看臣儿，昨夜，他可是被张妈的叫声惊了呢。"

NO.2

院中花团锦簇，几尾自京中运送来的锦鲤在碧水池中自在地游来游去。芷薇站在凉亭里，久久地对着花丛中几株傲立的漪珞花出神。这些金色的漪珞花还是十一年前一个西域的胡僧高价卖与她的。她查过书，似乎这是一种很稀有的植物，书中的记载甚少，唯有一句：漪珞花生长于西域最荒凉的谷沟中，终日与虫蛇为伍，吸万物精魄，十分珍贵，有灵性，却多是不祥。

当初，父亲本是反对在府内种植漪珞花的，可她不过看了一眼那金色的漪珞花，便已经深深地爱上它，不忍移开目光。父亲极其宠她，心想不过区区小花，能有多不祥？于是顺从她的意思买下了那些花。

她曾经问过自己究竟喜欢漪珞花的什么地方，毕竟它开出的花朵并不出众，待时间久了，她才知道，原来她喜欢的是漪珞花那种高贵却寂寞的感觉，就如同她自己，自小便集万千宠爱于一身，可是，她却从来没有一个可以倾诉心事的朋友。旁人看她时，都会不由自主地在她身上加上"刘府大小姐"的标签，即使再亲近，也始终夹杂着一些谄媚的意味。

"娘亲。"稚嫩的童声在身侧响起。

芷薇循声转头看去，只见乳母怀里的小扬臣笑着摇摆胖乎乎的小手，手中抓着一只斑斓的蝴蝶。她心头一甜，上前从乳母怀中抱过孩子——这可是罗毅唯一留给她的东西！

远远地，芷薇便瞧见了那跪在花园里的婢女翠柔，在晨风里，小小的身子缩成一团。其实算不上犯了什么大的过错——翠柔在送茶的时候不小心打翻了茶盏，滚烫的茶水泼在了漪珞花金色的花冠上，众人皆知大小姐钟爱漪珞花，于是刘总管便惩罚翠柔在漪珞花前跪一天一夜。

此时，已经是第二天的早晨了。

"莲心，让她回去休息吧，不过是朵花罢了。"芷薇心软，无论她有多喜欢，那终究只是死物而已。

"小姐，翠柔她……她晕倒了！"莲心忽然拔高声音喊出来，只见翠柔的身子软软地瘫倒在地，分明是晕了过去。

"你醒了？大夫说你受了风寒，要好好地调理。"芷薇见榻上的女子缓缓睁开了双眼，便柔声抚慰。

翠柔怔怔地盯着芷薇看了很久，才奇怪地说了一句："刘芷薇？你就是刘芷薇？"

"大胆！你怎么能直呼小姐的闺名！"一旁的莲心闻言，不禁厉声训斥道。这翠柔真是糊涂了，竟然这般不知礼数。

翠柔环视周围，房内除了芷薇，还有莲心和一个妈子。她扬起下巴，隐约带着命令的口吻对芷薇说："大小姐，请你让旁人暂且退下，我有要事要禀告。"

芷薇疑惑地望着榻上眉目坚定的女子，心跳竟然快了一拍。好奇怪的感觉，就像是……她也不知是怎么了，竟然放任翠柔的无礼，吩咐莲心和妈子暂且退下。

"现在可以说了吗？"

"芷薇小姐，我哥哥失踪了，你能告诉我他在哪里吗？"翠柔却是说了这么奇怪的一句话。

"你哥哥？你哥哥失踪与我有何干系？"翠柔的话让芷薇很是不解，她怔了一下，然后说，"罢了，念在你神志尚不清醒的份上，我暂且原谅你的失礼，这莫名其妙的话以后还是收起来吧。"

"芷薇小姐确定不曾见过我哥哥吗？那么，扬臣少爷的父亲又是谁呢？"翠柔凛然一笑，一双乌目竟闪烁着妖冶的金光。

"放肆！"芷薇大声斥责，"你知道你在说什么吗？"扬臣的身世，一直是府中的禁忌，数年来，一直未曾有人如此直白地在她面前提起。

翠柔却不以为然，她赤脚走下榻来，一步一步逼近芷薇："三年前的九月初八，哥哥离家去找你之后，就再也没有回来——芷薇小姐，我感激你照顾我们这么多年，但还是请你把哥哥还给我。"

"我不知道你在胡说些什么！"芷薇惊骇地后退一步，满目的难以置信。她站稳身子，然后沉着声音下令，"来人，将翠柔关起来。"

月色清明，隔着窗户铺洒在床上。芷薇蜷缩成一团，如兽一般冷冷地盯着那窗户上模糊的月亮影子。

翠柔究竟是谁？她怎么能够说出三年前的九月初八这个日子？她烦躁地翻了一个身，然后喃喃地低声唤出一个名字："罗毅。"

三年前的一切，不真实得仿佛一场梦。不，或许那就是一场梦。

那年，自进入盛夏六月起，她便夜夜梦见一个身着青衫、头戴金色发冠的青年男子。不，也许那不是梦，毕竟她曾经那么真实地拥抱住他。

仿佛置身于另一个世界，阴暗潮湿的狭小空间中，空气里却满是芬芳的花香。他不知什么时候出现在她身旁，然后牵起惊慌失措的她的手，温柔地附在她耳边说："芷薇，不要怕，我会一直陪在你身边。"

她问他是谁。

他说："芷薇，记住我，我是罗毅。"他说他是罗毅，以那么坚定的语气，好像他们早在多年之前便已经相识。她细细地看他，陌生的面容，却有熟悉的感觉。

罗毅的笑容令她沦陷，让她沉浸在一片温柔中永远不想醒来。他像是她心里面幻化出的一个人，清清楚楚地知道她的喜好，明白她的悲喜，读懂她的寂寞。倘若不是那最后一夜的温柔缠绵，让他在她体内种下爱情的种子，她会一直认为，他不过是她的一场美梦罢了。

那最后的一夜，便是三年前的九月初八。自此之后，罗毅便再也没有出现在她的梦境中。她当时悲伤地想，原来梦也是有期限的。然而，两个月后，她却惊奇地发现，自己居然怀孕了，居然有了一个在梦中爱上的男子的孩子。

NO.5

许是睡得不安稳，一觉醒来芷薇便觉得头脑昏昏沉沉的。

刚要唤莲心前来服侍，便听见房门外传来莲心惊慌的声音："小姐，不好了，翠柔死了！"

什么，翠柔死了？！芷薇顾不得穿上鞋，赤足快步跑至门口。一推门，映入眼帘的便是莲心惨白的脸。

"怎么会突然就死了呢？"

莲心圆睁着一双泪汪汪的大眼，抽抽噎噎地说："小姐，翠柔死得太惨了——那么……那么一个活生生的人儿竟然只剩下一张薄薄的皮。"

"皮？莲心，你在胡说些什么？"芷薇下意识地否定，她的腿酸得厉害，几乎站不稳。

"小姐，你怕是看不得那场面。"莲心的口气里，有着掩不住的恐惧。

"混账，出了这么大的事，我怎么可以坐视不管！快，伺候我更衣。"芷薇着急，口气不禁硬了几分。

尽管芷薇已经做了心理准备，但当她看见翠柔的尸体时，还是控制不住地偏过头呕吐。

那怎么能够称为尸体？

偌大一个活人，竟然只余薄薄的一张人皮铺在床上！

"昨晚是谁看守翠柔？"芷薇退出房间，尽量保持镇定地质问众人。

"回大小姐，是小的。"人群中走出一个瘦小的年轻人，缩着身子，满脸写着惊慌。他嗖地一下跪在地上，哭喊道："大小姐，这事真的跟小的无关呀，小的一直守在房门外没有离开过一步呀。"

芷薇问："那你告诉我，翠柔怎么会……"

"大小姐，你别听王春狡辩，奴婢请您一定要为翠柔做主。"不知从哪里忽然跑出一个黄衫女子，她跪在芷薇面前，拉着芷薇的衣襟下摆放声大哭，"大小姐，我与翠柔素来交好，昨夜我想偷偷给她送些点心，却看到王春他进了关着翠柔的房间，直到黎明时分才离开。今晨，就发现翠柔她……"

王春一听，面色霎时苍白一片，他迭声哭号："冤枉啊，大小姐。是……是翠柔让我进去的，她说她仰慕我很久了，想……"

"够了！"芷薇厉声打断王春，想了想，安排道，"莲心，先让人看着王春，然后差人去县衙请张大人过来，出了命案，还是由官府处理比较妥当。"她扶起身前跪着的女子，接着说，"虽然你提供了消息，但是偷送食物一事还是犯了家规，你必须受罚——你是西院的丫头吧，从今以后就调去洗衣房吧。"

NO.6

"什么，王春也死了？"芷薇的柳眉紧蹙，挥手让官府送信的小厮退下去。

刚刚县衙差人传来口信，说王春离奇地死在了大牢里，死状恐怖不堪，与翠柔一模一样，仿佛被什么掏净了血肉，空余如纸一般薄的一张人皮。

"莲心，送一百两银子到王春家。"芷薇轻叹一声，又补充道，"顺便给翠柔家里也送一百两。"

她心觉不安，隐约觉得翠柔和王春的死与自己脱不了干系。

她揉着额角，再次想起那日翠柔与她说的那番话来。

翠柔所说的"哥哥"是谁？会是罗毅吗？那么，罗毅又和这两宗命案有何关系呢？

"莲心，让乳母把孙少爷抱来。"没由地，芷薇一阵后怕，下意识地想起她与罗毅的孩子扬臣。

彼时，父亲知道她未婚先孕后，勃然大怒，逼她说出奸夫是谁，还强迫她将孩子打掉。面对父亲的强势和不理解，她却无从辩解——难道说孩子是她在梦里与一个叫做罗毅的男子一夜缠绵后留下的证据吗？

试问，有谁会相信，梦境也能使人受孕？无奈，她只能沉默，任由父亲责骂，至于孩子，她却是坚持生下来。虽然她心知以后的日子会因此而变得不平顺，但她始终舍不得，毕竟，这是罗毅唯一留给她的东西。

可是父亲狠心，骗她喝了堕胎药，幸亏孩子够坚强，依旧在她的身体里一日一日地长大。闹到最后，父亲也别无他法，只得花钱为她找了一个丈夫，并以权势堵住众人之口。孩子出生以后，父亲又对外宣称，说孩子是七星子，尚不足月。

NO.7

转眼到了六月末，炎夏即将过去。气温终于慢慢地降下来，芷薇觉得清爽，一时兴起便要亲自下厨。莲心欢喜，这还是老爷去世后小姐第一次下厨，以前小姐总喜欢在闲暇时做菜自娱自乐。

芷薇做了水晶蒸饺、八宝团子和百花羹三道菜。她遣退乳母，要亲自喂扬臣吃饭。扬臣似乎并不喜欢芷薇的厨艺，面对她舀起的一小勺百花羹大哭起来，小手还用力地抵抗着她的胳膊，想要挣脱她的怀抱。

莲心赶紧抱开孩子，生怕他会打翻饭碗将菜羹泼在芷薇身上。芷薇看着面前的百花羹，脸色忽然阴沉下去。

这时，门外进来一名门童，说是突然有一个老道人前来借药。芷薇心烦，却还是吩咐门童赠几两银子给那老道人，打发他离开。不想，门童又跑进来传话，说那老道人不肯要银子，坚持要借一朵花做药引子救人之命。芷薇思量半晌，最后让门童请老道人去偏厅等待。

是个花白胡子的老道，面色和善，彬彬有礼。道人说明来意，原来是希望得一朵金漪珞做药引子，救治一个身患怪病的书生。

"道长怎知我府上有漪珞花？"刘府的花园，闲杂人等是进不得的，芷薇好奇，一双美目盯着老道人。

"贫道只是鼻子灵而已，循着漪珞花的香味而来。一踏入贵府，这香味便更是浓烈。"说完，老道人深吸一口气，满眼净是赞叹。

芷薇疑惑，这漪珞花种在花园中已有十几年，却从未闻到过什么花香，而道人的表情却又不像是假。她款款一笑，道："既然道长与此花有缘，小妇人定不吝惜。更何况道长是用此花救人，成就功德一桩？"

"多谢夫人慷慨。"老道人捋着花白胡子，忽然神色凝重地说，"虽然此花珍贵无比，但是贫道还是想送夫人一句，此花灵气通万物不易驾驭，恐会影响惜花之人的命数。"

芷薇闻言，沉吟片刻，说："小妇人愚昧，有一疑问还请道长不吝赐教。"

"夫人请讲。"

"小妇人想问道长，这世间是否真的有妖存在？"

"妖？"老道人笑出声来，"万物皆有灵，倘若汇天地之精魄凝聚成神，便成了妖。"

NO.8

因为时值夏末，漪珞花的花期将尽，故而略显憔悴。芷薇挑了一朵花冠尚为完好的漪珞花送与老道人。

不知道为什么，芷薇面对金色的漪珞花，忽然觉得心口生出一股怨恨之气。待送老道人离开花园，她便命令下人将余下的漪珞花连根拔起。然而，眼前的景象却吓得她不由自主地后退了几步——那些漪珞花的根部深深地蔓延至土地深处，无论怎么挖，那花根都看不见尽头。

"挖不出，就砍。"她似乎动了气，有些激动地夺过仆人手中的铁锹，作势便要朝着漪珞花的根部砍去。

不想，这时却忽然传来侍女暖玉的尖叫："不好了，小姐。孙少爷忽然大哭不止，还……还咳出了一口黑血！"

"臣儿！"芷薇的心忽然被揪了起来，手中的铁锹无力地落了下来。

果然……果然是这样……

"都停下来吧！"芷薇的声音软绵绵的，带着深深的无奈，她转头吩咐莲心，"你仔细盯着，让他们把漪珞花恢复成原样。记住，不可损了一花一叶。"

莲心虽然不解，却依旧服从芷薇的命令。

"暖玉，带我去看孙少爷。"芷薇回过头看一眼漪珞花，金色的花冠在夕阳里竟然如同染了血一般鲜红耀眼。

罗毅！好一个罗毅！原来你竟是……

她恍惚忆起扬臣周岁当晚的异象。

食人花

因扬臣黏她，她便留孩子在她房内同住。静谧的夜里，她突然被身旁一种微笑而奇怪的声音吵醒，就像是微风拂过植物的声音，沙沙沙的。她迷迷糊糊地睁开双眼，惊恐地发现在黑黢黢的深夜里，她身旁安然熟睡的孩子竟然如同一颗夜明珠般发出金色的光芒，照亮一整个房间。

即使她觉得害怕，却还是很镇静地没有尖叫出声，毕竟，这是她的孩子，是她和罗毅唯一的孩子。

她目不转睛地看着通体透明的孩子，在金色的光芒中，她居然隐约看见一个男子的身影，金冠青衫，分明就是她日夜期盼的罗毅。她静静地看着他，光芒中的罗毅也同样安静地看着她，四目相对，情意缠绵。不知道过了多久，那金光才慢慢地散去。她失落地低头看扬臣，孩子小小的脸上还挂着一抹笑。

于是，在扬臣两岁生辰时，她特意陪扬臣同睡。深夜，那奇异的场景果然再次上演，然而这一次就没有上一次幸运，居然被走错路的张妈在房外撞见。她冷笑，这便是十一年宾主之情的回赠吗？

一段刻骨铭心的爱恋，一个半人半妖的孩子！

芷薇的脸因为惊慌而略显扭曲。

昨日，县衙传来消息，城东发生了命案。本来芷薇对于这类事情素来是不感兴趣的，然而，当她知道尸体的具体情况后，便再也无法安宁——那些尸体竟与数月前离奇死亡的翠柔和王春一模一样，血肉被掏净，只空余薄薄的一张人皮！

共有五具尸体，两男三女，昨日被一名上山采药的大夫在一个山洞中发现。其中有一具女尸居然是当日惨死狱中的王春未过门的妻子方小环。

芷薇觉得心慌，可是，温润如罗毅，又怎么会是那凶残杀手的哥哥呢？

漪珞花，漪珞花。

她默默地念着，脑海中闪过罗毅清秀的脸孔——是那样熟悉，却又是那样陌生。

按着芷薇的意思，莲心去县衙大牢打听消息。果然如芷薇所言，王春临死前，方小环去过大牢探监。据狱卒说，方小环离去时，王春还是好好的，只是安静地睡了一夜后便只剩下空空一张人皮。

芷薇默然，果然是漪珞花妖在作祟，潜伏在人的肉身之中，当一具肉身被吃完之后，便寄居于另外一具肉身内。

翠柔，王春，还有方小环等人，想必都是它曾经寄居的肉身。

只是罗毅，你是否也如此凶残？

"怎么突然停下来？"隔着轿帘，传出一个女声，语调低沉，似是心情烦闷。

"回小姐，前面好像有人在吵架，堵了上山的去路。"莲心看了看，提高了三分音调，惊奇道，"原来是那日上门求花的道长。"

芷薇掀起一角轿帘，向前望过去，果然发生争执的几人中有那日求花的老道人，于是差莲心上前驱散闹事的众人，同时请老道人进一旁的茶寮喝杯清茶。

"正巧贫道觉得口渴，多谢夫人的茶水了。"老道人笑着坐下，端起面前的茶便饮，面色自如，仿佛早已知道邀他共饮清茶的人是芷薇。

"不知道长是否还记得小妇人？"芷薇亲自为老道人添满茶水。

老道人闭上眼睛，深吸一口气，甚是陶醉地说："这方圆千里，唯夫人一人身有漪珞花奇香。如此奇香，怎么能够不记得？"

芷薇点头，心想这道人果真有不凡之处，于是问："还记得，当日道长说过，万物皆有灵，倘若汇天地之精魄凝聚成神，便可成妖。奇花漪珞灵通万物，是否能成妖？"

"漪珞花妖？"老道人大笑起来，"夫人早有定论，又何必要借贫道之口说出来呢？只是夫人的命数早已经被漪珞花所改，贫道奉劝夫人，面对有些事还是糊涂为好。"

"我只想知道他在哪里。"芷薇的声音平静。

老道人站起身来，答非所问道："天色不早，夫人拜佛还是尽早上路吧。贫道还有事，得先行一步。"

"求佛不如求己，小妇人改变主意了。"芷薇面上难掩一丝惆怅，正色道，"就不送道长了。"

返回刘府后，莲心在凉亭里备好果点，然后就领着一众下人退下，把芷薇和扬臣留在凉亭内。

芷薇亲吻着扬臣的脸，一行清泪徐徐滑下，落在孩子白嫩的小脸上。半晌，她才缓缓地转过身子，将孩子的脸正对着凉亭外已经凋零败落的漪珞花，柔声说：

"罗毅，你看，这是我们的孩儿。他是不是长得很可爱？"

晚风轻袭，拂乱了芷薇一头青丝。漪珞花的深碧色花叶徐徐摆动，金色的残花在夜色里闪烁着奇异的光彩，说不出地妖冶。

"漪珞花啊漪珞花，我懂你惜你十一年，你却只给我黄粱一梦。"芷薇望一眼怀中的孩子，声音轻颤道，"罗毅，你在哪里？请你回来看看我们的孩子，他多可怜，自出生起便没有见过自己的爹。"

她不是没有找过罗毅。

彼时尚不知道罗毅是漪珞花妖，在他突然失踪后，她亲手描了一幅罗毅的画像交与莲心，让莲心去寻找画中的男子，可是，找遍方圆百里，也不曾找到画中之人。

即使是后来，她与父亲找来的男子成亲当日，她亦不曾放弃过寻找罗毅的心，可惜一梦三年，她终是找不到他。

"小姐，门外有一名男子，自称是小姐的远亲。"门童来报，芷薇正在花厅中与莲心为扬臣缝制冬天的衣服。

莲心看一眼芷薇，问门童来者可有自报家门。

"他说他是从西边来的，名叫金花。"

门童话音刚落，便闻得芷薇一声轻呼，原来是绣花针刺到了手指。

"小姐。"莲心紧张地捧起芷薇的手。

芷薇挣脱，满目忧愁地说："请客人来花厅。莲心，收拾东西下去。记住，没有我的命令，任何人不得前来打扰。"

莲心不解道："小姐，我怎么从未听说过这个亲戚，莫不是骗子？"

芷薇避而不答，只是挥手道："下去！"

莲心不敢多言，只得收拾东西退出去。

芷薇的手心里渗出细细密密的汗水，如果她没有猜错，这自称来自西边的金花其实就是产于西域的金色漪珞花。

是一个皮肤黝黑、面容萎缩的中年男子，在他的身上，看不见一丝罗毅的影子。

金花走近芷薇，在离她最近的一张雕花楠木椅上坐下，然后问："芷薇小姐，你还记得我是谁吗？"

"我不知道应该怎么称呼你，是叫你金花，还是漪珞花？"芷薇感觉到自己的手在微微地颤抖，但还是镇定地说，"其实你说是我远亲也没错，毕竟我是你哥哥的妻子。"

"闭嘴！人妖殊途，你有资格做哥哥的妻子吗？"金花似是有些不悦，一双狭长的眼睛恶狠狠地瞪着芷薇。

芷薇被看得有些不自在，转过身背对着金花——罗毅，当日你可明白这道理？人妖殊途！

"我知道你的来意，但是我真的不知道罗毅在哪里。三年，我找了他整整三年！"突然，芷薇的身子一晃，一阵冰冷的疼痛霎时袭入肩胛骨，原来是金花的指甲穿透衣料刺进了她的皮肉里。她皱了皱眉，察觉肩上冰冷的指甲又陷入皮肤一点，不禁冷笑着说，"你和罗毅一点都不一样，他很温暖的。"

"闭嘴，你信不信我会杀了你？"

芷薇缓缓地回过头，金花还坐在雕花楠木椅上，只是左手微抬，绿色的指甲长长的，在他们之间如同架起了一座桥。她努力地平复自己的情绪，镇定地说："我是真的不知道他在哪里。你可以杀我，只是请你放过臣儿，毕竟他也是罗毅的孩子。按辈分，他还是你的外甥。"

"我没有半人半妖的外甥，哥哥也没有这种孩子。漪珞花的血统，容不得你这种凡人玷污。"金花略一用力，指甲又深入了几分，刺破的皮肉里流出暗红色的血，迅速染上了金花的指甲。突然，金花如同触电一般，迅速收回手，不能置信地望着染有芷薇鲜血的指甲。他慌乱地喃喃道，"哥哥，原来你在……"

"罗毅在哪儿？"芷薇扑上来，紧紧地抓着金花的胳膊，完全忘记了刚才遭遇的危险。

"哥哥，你怎么……为了一个女人，这样做值吗？"金花恨恨地瞪一眼芷薇，忽然甩开她的手，转身向外走去。他走得很快，芷薇跌跌撞撞地想要追，却在手指触到一角衣料时晕了过去。

尾声

这夜，芷薇终于梦见了分别三年的罗毅。依旧是金冠青衫、温润如玉的佳公子，他站在一大片漪珞花海里，似乎有风，长发随着金色的漪珞花飘摇荡漾，如同散开金色的涟漪，在大片的绿海里浮沉。芷薇想要冲过去拥抱他，脚却如同生

了根一般牢牢地定在原地，只能远远地看着。

"芷薇，对不起，让你独自承受所有。"罗毅满脸歉疚地看着芷薇，他的目光很柔和，泛着星星点点金光。

芷薇的泪无声地落了下来，跌落一地晶莹。

"你怎么哭了呢？你都已经是孩子的母亲了，怎么还像个孩子一样。芷薇，你从小就和别人不同，你从来不肯让人看见你哭。每一次难过，你都会对着我偷偷地哭，悄悄地诉说你的心事。你知道吗？就是你的眼泪和悲喜唤醒了我，让我有了思想，有了修炼成妖，幻化成人，与你万世恩爱的心。"罗毅怜爱地笑，"芷薇，你是怪我没有一直陪着你吗？原谅我，因为我知道，如果我成为嗜血的妖，你一定会厌恶我的，所以，我用了另一种方式陪在你身边——其实我就在你的身体里，相信我，我们永生永世不会分开。"

慢慢地，罗毅的身影变得淡淡的，逐渐融进了花海里。

"不要，不要离开我！"芷薇哭着惊醒过来，四周一片安静，窗户上一轮浅浅的月影。

她抚着肩膀上的伤口，瞬间明白了金花临走时奇怪的话语。原来，他们苦苦寻觅的罗毅一直就在她身边——他在她的身体里，与她永不分开。

漪珞花，灵通万物，却多为不祥！

虽然罗毅幻化成人，但体内的妖性犹在，一旦与人肌肤相亲，则会在缠绵之时吸食对方的精气，这是漪珞花的妖性所致，亦是漪珞花的修炼之法。为了不成为芷薇所厌恶的嗜血妖魔，罗毅在情浓之际的温柔辗转间，化做一缕花香融入她的血脉之中！唯有深爱，才能以己之死来换取爱人的生。

芷薇低下头，轻轻地笑。空气里忽然弥漫起一股奇异的淡淡花香，仿佛染了色一般，在银白色的月华里，泛着金色的光芒，宛如夕阳里摇曳的金色漪珞花。

【小狸点评】：看到这篇稿子我非常惊喜，原因之一自然是思婧这个懒妞居然非常自觉地在交稿之日前让它乖乖地躺在了我的邮箱，让我感动得老泪纵横（思婧：……）；二是思婧这篇文章又是一个全新的尝试，除了都市言情和民国风之外，她亦能写出这么好看的魔幻悬疑故事，更可贵的是，她依然保留了她对文字的那份深情。

【上期提要】：宗晨答应跟简浅签约，前提是要她去勾引他的情敌卫衡。简浅想起自己第一次跟宗晨见面的情景，斗嘴吵架，还有宗晨教她滑旱冰……渐渐两个人的关系开始变得好起来，简浅甚至觉得，自己对宗晨动心了……

晨光搁浅（三）

太阳跳出海平面又掉入海面，海风温柔地欢快地惆怅地发怒地呼啸而过，这实在是适合告白的好地方。可惜过了好几天，我依旧停滞不前，不是我方无能，而是敌方太强悍。

■ 文／那焉　■ 图／淘米

一次数学考试，我得了 59 分。

"简浅，怎么又不及格？"他将试卷从头到尾大致看一遍，"这些类型的题我都和你说过的。"

"59 分和 60 分有什么差别？"

"小老虎和大猫有差别吗？"

"比喻不当，驳回。"

"那你造一个。"

"哎呀，我不知道。"余光瞟到桌上的笔，我顺口瞎掰，"大概是我的笔太差了，影响发挥，嗯，一定是这样。"我说完抢过试卷，揉成球，稳稳地抛进垃圾桶。

他头也不抬地丢给我他用的那支笔："把试卷捡回来，用年级第一的笔再做一次。"

"不。"我把玩着他的钢笔。

"哦，那算了。我也不冒充你哥哥，代签这张 59 分的试卷了。"

"小人。"我丢给他一个白眼，无奈地把试卷捡了回来。

"不管是身高还是体重，从理论上说来，你都比我更小。"

"好冷。"我回击道，"你就不能说个不冷的笑话吗？"

"天太热了，等到冬天我再考虑换个方式说笑话。"

"呃……"

"好了，给你二十分钟，自己去分析做错的题，我回家一趟。"说完他出去了。

我哀号一声，伏在桌上与那些红色的叉叉大眼瞪小眼。

二十分钟后，宗晨回来，看我有气无力，便问："怎么了？"

"胃疼！"我胡乱地回一句。

"吃什么了？"他居然没有看穿，真笨。

我将计就计，皱眉捂肚道："那个——大概是因为喝了咖啡——"生惯病了，装起来自然得心应手。

"简浅，"他狐疑地看了看我，眉头一皱，"没开玩笑？"

我努力逼出几滴泪，低声下气地说："没听说过咖啡过敏吗？"

"没有。"

"那好，现在你见到了。"我转过头，拼命忍住笑。

"很——疼？"他的声音难得地柔和下来。

"疼死了。"我更加卖力地演戏。

"我们去医院。"他冷静地做出决定，就要拉着我起来。

"不，我不去。"我做死鱼状，继续伏着，纹丝不动，"我疼得走不动了。"

"不是想我背你吧？"

"你想多了。"

"那这样，告诉我疼的具体位置，我去买药。"他俯身，轻轻地问我。

感觉到闹够了，正要起来好好嘲笑他，却正好撞进他的眼底——那波澜不惊的眼底，流露出真实的焦急与关切，我一时怔了一下，忘了想要说的话，任他小心翼翼地扶我到沙发上。

"不吃药怎么行？"他说，"如果你打算将这个当做不补习的借口，也不行。"

我只能再翻一个白眼送给他。

他倒了一杯水给我，又利索地穿鞋，道："我出去买药，就回来。"

我握着尚留有他体温的杯子，窝在沙发上望着他的背影，久久没收回视线。

他刚刚……算是在关心我吧？

都说人不能撒谎，说什么来什么。

他出去没多久，我的腹部竟真疼起来，一阵一阵地抽搐似的疼。去了一趟厕所，果然是大姨妈来了，朝镜子一看，看见自己的脸憔悴得如白纸，竟没半丝血色，也难怪宗晨被骗过去了。

很冷。我关了电风扇，蜷进沙发。

没多久，便听到钥匙在锁孔里转动的声音。

他拎着大袋东西，朝我走来，我竟莫名地安下心来，似乎连疼痛都减轻了几分。

他看我看得眉头直皱，问："你冷？"

我苍白着脸，一言不发，只是点了点头。

"吃药。"

"不，不吃。"胃药能治痛经吗？

他没理我，重新倒了热水，拿出药丸说："起来，吃药。"

"那个，我好像搞错了——不是胃痛，是肚子痛。"

他无言以对的样子很好笑。

我舔了舔嘴唇，胡编乱造道："据说红糖水可以治咖啡过敏……"

他直起身来，良久才吐出一句："红糖在哪儿？"

他递来的水很暖和，他的指尖也很温暖。

我捧着杯子，任氤氲的水汽模糊了视线，脑海里却浮现出他温润的瞳孔，忽然感觉好暖和。

过了一会儿，他又丢过一件外套来。

"做什么？"我问。

"挽回我冷笑话说太多了的错误。"他挑了挑眉。我吐血：又装幽默。

他拿的是件藏青色与烟灰色相间的带帽格子外套，很大，是他的衣服，穿在我身上像裙子。

他开了电视，坐到沙发的另一头，低头看书。

我忍不住看他，他的衣袖挽到手肘，露出修长匀称的手臂，长长的腿交叠着，勾勒出好看的弧度。

"宗晨。"

"嗯？"

"帮我倒杯水。"

"宗晨。"

"嗯。"

"帮我拿点吃的。"

"宗晨，帮我再拿个抱枕。"

"宗晨，把你的眼镜给我。"

"做什么？"

"给我。"

他看着我，过了好一会儿，才摘下眼镜递过来。

他摘下眼镜时总会习惯性地眯着眼睛，视线有些迷茫，仿佛清晨潮湿的雾气。

我戴上他的眼镜，因为过大，镜桥掉到鼻尖，我说："喂喂，配上你这件外套，像不像宗晨二号？"

"不像。"

"不像？"

"你肚子不疼了？不疼起来补习。"

"哎哟，好疼。"

"哎，你买那么多药做什么？我家又不开药店。"我这才注意到茶几上明显超出分量的大包胃药。

"以防下次又出现什么奶茶过敏、乳糖过敏……"

"喂喂，我可是真的肚子疼。"

他笑了笑，没再说话。

四周安静下来，夜幕完全降临。

"宗晨，你该回家吃饭了。"

"哦，我妈妈没在家。"

"真巧，我妈妈也没在。"

"你想说什么？"

"不如你再请我吃肯德基？"

"确定不会肯德基过敏？"

后来，后来，也不知什么时候，我们渐渐安静下来，也都忘了要去开灯。黑黢黢的客厅里，只有电视屏幕发出的幽蓝的光，照得屋子灰暗不明，而我与他，各占据沙发一端，静默地守着自己的领地。

我身上萦绕着他特有的气息，那气息细致而缓慢地逐渐钻入四肢百骸，让我坐立不安。我忍不住转头，飞快地瞟了他一眼，幽蓝的光将他衬得有些冷峻而疏离，似乎再看一眼，他便会消失。

莫名其妙地，我忽然很不安。

"宗晨。"我叫他。

他微微侧过脸来，我们四目相对，他的眼睛深邃而清亮，一直看到我的心底去。

有那么一瞬，一股强烈的情愫猛地击中我的心脏，仿佛一阵飓风，以不容抗拒的方式让我明白，原来电光火石真能用来形容眼神。我迅速移开视线，脑子一片空白。

"什么事？"

"没什么，就是……叫一下。"

"嗯？"

"唉，感觉安静得很诡异啦，叫一声确定你有没有在——等下要是我又叫你，你就答一声好了。"

"哦。"他转回头，靠着沙发，继续看电视。

宗晨，我想说的是，认识你真好。

那天晚上，直到我爸妈回家，他才起身离开。

我开始喝那些胃炎甘糖浆，一包一包，当糖水冲着喝。有那么多盒，所以喝了好久，久到杯底都覆了一层浅浅的黄褐色，怎么也洗不干净，仿佛那些在心底纠缠的莫名情愫，顽固异常，叫人难安。

后来，后来，也不知什么时候，我们渐渐安静下来，也都忘了要去开灯。黑黢黢的客厅里，只有电视屏幕发出的幽蓝的光，照得屋子灰暗不明，而我与他，各占据沙发一端，静默地守着自己的领地。

我不明白这些情愫是什么，直到有一天见到张筱，我才恍然大悟，原来这些感觉叫情窦初开。

我见到张筱，是在宗晨学校的一次晚会上。

宗晨出演一出话剧。礼堂的人很多，没有空余的座位，我踮着脚站在角落里，搜寻他的身影。

最后一个节目，便是他们的话剧，他演王子，张筱演灰姑娘。

印象很深的是最后一幕，王子与仙度瑞拉在水晶灯下相拥共舞，那样的流光溢彩，震撼全场。

"那女的是张筱吧？"

"嗯，两人走得很近，据说小学就认识了。"

"感觉很般配呀，都是优等生，又是俊男靓女，好养眼。"

"是绯闻中心人物呢。"

"唉，我好伤心呢，哈哈……"

几个女生唧唧喳喳地议论，我拎着一盒蛋糕，挤在人群里，看着舞台上的灯火辉煌，忽然觉得他离我那么远。

我想，也许我确实未曾真正融入过他的生活，只不过是他偶尔停下脚步，在我的世界里逗留。

我到了后台，人员还未散去，正忙碌着收拾场子。

很容易就找到他的身影，十八世纪的欧式礼服衬得他越发英俊，而他身旁的灰姑娘则穿着华丽的白色长裙，镶钻的金冠精美绝伦。柔和的灯光下，他垂着头，仔细地帮她摘着项链，真的是……很美好的一幅画面。

"啊，好痒……轻点。"女生大笑着扭了扭脖子，海藻似的长发随着笑声荡漾开来，露出白皙而修长的脖颈。

那样好看的长发与脖子！我揉了揉自己一头乱糟糟的短发，忽然有些沮丧。

"别动。"他的声音为何那般柔和？

"哎，是什么东西？刺得好疼。"很甜美的声音。

"找到了，有根细彩带硌着，拿下来就可以了。"

"谢谢。"她回给他一个水晶般的笑容。

"哎呀，你们两个都老夫老妻了还谢来谢去做什么？"有个跟他们一起演出的人调侃道。

"就是就是，可别在这里刺激我们这些孤家寡人。"另一个"中世纪男仆"讪笑着附和道。

"我说，趁着等会儿的庆功宴，干脆你们也发喜糖得了，好事成双嘛。"

宗晨淡淡地笑了笑，像是听惯了这样的玩笑，他挥挥手说："我进去换衣服了。"

一侧的女生红着脸在笑，眼底是满满的甜蜜。仿佛有什么东西刺中心脏，我觉得酸涩无比。

我咬着唇，低声叫他："宗晨。"

声音很轻，很快便被四周的喧嚣声盖了下去，没有人听到。我忽然想逃，想转身离开，却见朝更衣室走去的他，脚步稍稍迟缓，接着很快转过身，目光准确地看向我。

他看到我了，他的听力真好。

"你怎么来了？" 他穿过人群，慢腾腾地走过来，几乎是同一时间，那女生的目光也转向我，带着几丝审视的意味。

"路过。"我说，一手偷偷地将蛋糕藏到身后，"见这里热闹，进来看看。"

"如果我没记错的话，你们学校是在相反的方向啊。"他低头看了看手表——中世纪的童话里会有手表吗？！ "而且，现在是晚上十点，你路过？我记得我很清楚地和你交代了，在完成那三套试卷前不准出来玩。"

"我……"

"宗晨，这位是谁呀？长得真可爱。"一个清脆甜美的女声传来。哦，是灰姑娘。

"张筱，她是简浅。"

"啊——我知道了，是家教的那位吧。"她转过头来冲我笑，"你好啊。"

"你好。"我这才看清了她，她皮肤很白，晶莹剔透，也许是因为擦了粉，有种病态的苍白感。弯弯的眼睛，是那种银钩细月似的弯，尽管在笑，却也透着一股疏离。

"我先去换衣服了，简浅，你在原地等我。"

"哦。"

"哎？你特地来等他一起回家？" 张筱转过头来，定定地看着我，耳垂上银白色的珍珠耳环一晃一晃。

她的目光让我感到很不舒服，我说："是的，我等他。"

她的笑容一滞，不动声色地又将我打量一番，像突然想起什么似的说："哦，我知道了，你妈妈是不是我们学校教音乐的叶老师？"

"嗯。"

她的目光闪了闪，不一会儿又笑得眼睛如弯月："叶老师啊，人很好哦，我和宗晨以前跟她学过弹钢琴呢。"

后来，后来，也不知什么时候，我们渐渐安静下来，也都忘了要去开灯。黑黢黢的客厅里，只有电视屏幕发出的幽蓝的光，照得屋子灰暗不明，而我与他，各占据沙发一端，静默地守着自己的领地。

宗晨跟妈妈学过弹钢琴？这我倒不知道，他居然还会弹钢琴——他有什么不会的吗？

"不过说起来，你和你妈妈长得——长得不怎么像呢。"老天，她的话也太多了些。

"不好意思，"我冲她客气地一笑，"我去那边找宗晨了，再见。"

"等一下！"她叫住我，头上还未摘去的金冠耀眼极了，"是这样，等下宗晨还要和我们话剧演员一起去吃夜宵，如果你没急事找他，不如先回家吧，最后一班公交车就要开了呢。"

我忽然有些无师自通，明白眼前这个人的意思。"没关系。"我笑道，"可以打车啊。"

"呵呵，我只是觉得一个女孩子，这么晚回家，有些不太好啦，而且一个人打车回家感觉不太安全。"

"学姐，要是觉得不太好不太安全，那你赶快换衣服回家吧。我先走了。"

"喂，宗晨。"我走向他，他又换回了平时穿的衣服，T恤衫和牛仔裤，王子可不会这样穿。

"喏，这个给你。"我将手里的蛋糕递给他，"我先走了，再见。"

"干什么？"

"什么干什么？"

他晃了晃手里的盒子问："给我这个干什么？"

"哦，我今天有同学过生日，买多了，顺便给你。"

"简浅，"他的目光忽然变得深邃起来，"今天，是我的生日。"

"啊——哦，那真巧，那……这个就当是你的生日礼物吧。再见。"是的，宗晨，我当然知道今天是你的生日，所以才会傻乎乎地跑到蛋糕店亲手做了这个蛋糕，才会挤在透不过气的礼堂里等你一晚上。

"你怎么知道的？"他看着我，嘴角溢出一抹笑来。

"知道什么？"我装傻。

"我的生日。"

"刚刚——你自己说的。"想要知道当然就有许多途径。

"哦？"他抿了抿嘴唇，嘴角扬起好看的弧度，"好吧，为了你的顺便，我们一起去吃蛋糕吧。"

"嗯？你——你们不是要去开庆功宴吃夜宵吗？"

"蛋糕也是夜宵。"他说完，便转身，与之前开玩笑的男生低低地说了句话。

　　"哎呀，王子被半路冒出来的小精灵拐跑了。"那人说完朝我怪笑，又冲其他人喊，"好啦，要去吃夜宵的跟我走，主角走了，我们这些跑龙套的可不能客气。"

　　我看见张筱一下变了神色。

　　她顾不得换衣服，跑了过来喊道："宗晨，你要先走？"

　　"嗯。"他转身和张筱说，"再见。"

　　我也转过身，冲着张筱一笑道："再见啊，学姐。安全起见，记得早点回家哦。"

　　回去的路上，我的心情如六月的天，突然变得晴空万里。

　　"宗晨，为什么他们都不知道今天是你的生日？"

　　"我不过生日。"

　　"为什么？"

　　"没什么好过的。"

　　"宗晨，你为什么不和他们一起去？"

　　"和他们一起，太吵了。"

　　"那——要是我晚上不来找你呢？"

　　"嗯，那就换个借口。"

　　"哦——"我失望地应了一声，还以为，他是想和我一起呢。

　　最后一班公交车，人不多，只有几个回家的学生，我与他坐在最后一排。

　　月色如水，凉凉地照着我们这些充满荷尔蒙的年轻身体，是谁说的"最美不过年少"？

　　我望着月下斑驳的树影，心底忽然有一个疯狂的念头，那念头仿佛藤蔓植物，极力生长想要找个出口。我为什么要旁敲侧击地去问他的生日，要煞费苦心地准备礼物，要不安地等着他的一个邀请，要在前一天假装不经意地问他今天的安排？而就在刚刚他与她相拥共舞的时候，在他帮她摘项链的时候，在别人开他们玩笑的时候，为什么我会那么难受？

　　他静静地靠着窗户，仿佛认真地想着什么，又仿佛什么都没想。

后来，后来，也不知什么时候，我们渐渐安静下来，也都忘了要去开灯。黑魆魆的客厅里，只有电视屏幕发出的幽蓝的光，照得屋子灰暗不明，而我与他，各占据沙发一端，静默地守着自己的领地。

我忽然伸出手，在他面前转圈。

"你在做什么？"他皱着眉，奇怪地看着我。

"嘘——"我伸出手指抵住唇，"别出声，我在抓个东西。"

"哈哈……我捉到你的思想啦，猜猜会是什么？"我贼贼笑——上当吧，告诉我你在想什么。

他用看白痴的眼神盯着我，良久才转过头去。

"我吃蛋糕了。"他说着就要去解盒子上的蝴蝶结。

"别——"我喊住他，"晚上吃多了不好，你明天再吃吧。"

"我没吃晚饭。"

这回轮到我沉默了。

"哎呀，我头晕，坐前面去了。"我迅速站起，三两步上前，找了个离他一米远的座位，心跳却随着他的动作越来越快，怎么办怎么办——蛋糕上，写着"J likes Z"，稍微想想，笨蛋也知道那是什么意思，何况是那么聪明的他呢？

后面清晰地传来拨开塑料纸的声音，我的背绷得很紧，仿佛一放松就会散架似的，手一会儿插入口袋，一会儿放在腿上，一会儿又抓抓头发。他会说什么，会怎么想？我忍不住侧脸偷看。

宗晨正一动不动地盯着蛋糕看，我的心高高地悬起——他伸出左手，拿起小勺，居然若无其事地吃了起来。

我噌地一下站了起来，冲到他面前喊："喂！"

"嗯？"他头也没抬，继续吃。

"你没看到什么吗？"

"看到了。"

"啊——那，那……"

"那个笑脸都歪了，哪家店买的？水平有待提高！"

"呃……"

"没关系，味道还是不错的。"

"上面有一行字！"我终于忍不住说了。

"哦？没注意看，写的什么？生日快乐？"

"你是猪！"我无力地跌回座位。

"简浅，谢谢你的礼物。"他忽然说。

"You're welcome."

他笑了笑，不再说什么。

于是我的第一次告白就这么不明不白地泡汤了。

时间很快到了另一个五月。

宗晨因为要准备一个市级比赛，开始变得很忙，于是某个下午，我逃了最后一节课，跑去他的学校。

刚上公交车，就有人从后面拍我的肩。

"小丫头！"

"呀！"我猛地转身，看清是谁后，才嘻嘻地笑道，"叫鬼啊，吓死我了。"

"哈哈，你也会吓死？慌慌张张地去哪里啊？"阿力穿着很平常的白色T恤衫和磨得灰白的牛仔裤，正用脚踩灭掉地上的烟头。

"最后一站。"我指了指站牌。

"找人？"

"嗯。"我低头。

"哦，不对劲——男的？"他眯着眼，贼贼地笑。

"才不是。"我一口否认。

"嗯，那就是女的？"

"不是啦——我……去看老师。"

"老师？"

"家教。"

"啊？"阿力的眼睛都直了，"太阳从西边出来了？"

"是啊是啊。"

"难得你开窍，反正我也无事，一起去看看你的家教。"

我警觉地退后一步，瞪着他。

"喂，别这样看着我，我又不会把他怎么样。"

"不准说粗话，不准说我坏话，不准乱调侃。"我先跟他约法三章。

他连忙点头。

关于阿力，我有必要介绍一下。

高个，很瘦，扎着长发，他爱穿磨旧的灰白色的牛仔裤，腿瘦得跟竹竿似的，可他打起架来相当厉害，据说有一回他单挑四人，硬是把人家的门牙给打没了。

虽然阿力吸烟又打架，骨子里却是个善良而又有正义感的人，对我很好，也很讲义气。认识他后，我便跟着他混吃混喝，着实逍遥了一番，若不是因为爸妈的连番家教政策，我估计这会儿正和他在某个地方欺负小姑娘呢——可惜，美好的日子总是短暂的。事实是，我与他百无聊赖地等在学校门口，靠猜脑筋急转弯打发时间。

我们等在宗晨学校门口，那门卫老头警惕得跟猫似的，时不时瞄我们几眼。终于到了放学时间，成群的学生走出来，我仔细寻找，可一直没见到宗晨的身影。

天渐渐黑了，门口除了卖蛋饼的阿婆，就只剩几个闲散的学生。阿力有些不耐烦，随手点了一根烟。

"简浅？"突然有人叫我，转身一看，却是张筱。她穿着校服，有些骄傲地看着我，这样的神情，在这所学校的学生脸上并不少见。

"你好。"我的视线停留在她胸前的校徽上。

"你——"她看看我，又看看阿力，"陪男朋友？"

"哦，不，我在等宗晨。"我指了指阿力，"他是我朋友，叫顾力。"

张筱原本绽放的笑容一点点地消失了。"找宗晨？"她问，"找他做什么呢？"她管得真多。

"有事。"

"他没在学校，可能要很迟才过来，"张筱似不经意地想起什么，"哦，你还不知道吧，我和他要参加省里的小组三科竞赛，最近都在老师家恶补呢。"

她说完皱起眉，无奈地埋怨道："唉，每天都要补习到深夜，累死了。对了，我正要去老师家呢，你有什么事，要不我帮你转达一下？"

"不用了。"我说。

阿力一根烟吸完了，他踩灭烟头说："浅浅，那我们回去吧。"

张筱忽然打量着阿力，道："哎，你好眼熟——好像是在附近的职高上学吧？"

"你的记性不错。"阿力笑，"我们先走了，麻烦你和宗晨说句，就说简浅来找过他。"

"不。"我忽然开口，"我要在这里等他。"

张筱一愣，道："我们要补习到很晚，可能不回学校了。"

"没关系。"我踩了踩有些发麻的脚，"反正我很闲。"

"要不这样，"阿力说，"这位同学，你带简浅一起去吧，不然以她的倔脾气是不会罢休的。"

"这样啊……"张筱神色为难，似乎在想着什么，我正要拒绝，她又开口，"是啊，我怎么就没想到呢，那好，简浅，我带你去。"

她说完就过来拉我的手，一副很亲密的样子，又朝阿力挥手："再见。"

她挽着我的手走了一段路。

"刚刚那位真不是你男朋友？长得很帅呀。"她压低声音问我，我很不喜欢她这个样子，好像我故意隐瞒似的。

"不是。"

"是不是怕家长知道？"

"没有。学姐，他只是我的朋友，好朋友。"

"那么，"她忽然停下来，看着我说，"你是不是移情别恋了？"

"什么？"我真佩服她的想象力。

"别装了，你喜欢宗晨。"她盯着我的眼睛，直言不讳。

"不，我没有装啊。"我笑了笑，"你说得对，我喜欢他，很喜欢。"

张筱一脸"我们是好朋友"的神情彻底消失了，她松开我的手，神色戒备地说："我就知道。"

"你也喜欢他。"我说。

"喜欢？"她朝我冷冷地一笑，神情倨傲，"实话告诉你吧，简浅，我和你不一样，和你们这些花……这些人不一样。你所谓的喜欢，在我眼里，不过都是一时兴起。你们可以今天尖叫着说喜欢这个，明天看见那个打篮球的帅，又扑上去——你们的生活里只有那些东西。而我不是，我知道自己的目标，我有我的追求，我要和宗晨一样优秀，只有这样，才能和他比肩成长，共担风雨。所以，在我和他一起努力争夺奖牌的时候，你只能，也只会守在一边等待，而他，是不可能为你停下脚步的。

"我的意思，你明白吧？"她洋洋洒洒地长篇大论，骄傲得像一只天鹅。

"你说完了？"我将手插进口袋，起风了，有些冷，"张筱，我知道你很优秀，就像你说的，你有目标有追求，可这不代表别人就没有。你口口声声说的犯花痴的'我们'也有，只是和你不一样。人各有志，我以为，和喜欢的人开开心心过日子就好，我或许不是挡风遮雨的大树，但野草也有它的生命力、它的快乐。或许你并不明白，这没关系，但请别把你的自以为是强加到别人身上。"

张筱也许没想到我也会扯出这一番话，她愣在原地，许久才冷笑道："可是简浅，宗晨他是一棵树，一棵你所无法企及的树。你以为他为什么会迁就你，会和你走得那么近？告诉你吧，那是因为他从未见过你这样不配合的学生，因为他觉得你是个挑战，这样的例子，我见得多了。初中的时候，他爸爸带了个日本的变形金刚回来，他成天捧在手心，我们都以为他很喜欢，可有一天，他将变形金刚全部拆了，又重新安装好，就丢到一边，再也没看过。"

她看着脸色变得苍白的我，眯着眼睛笑："明白了吧？你该感谢我的。趁现在回头还不迟，缠着他，不如回头找你那个职高的男友。"

我失魂落魄地回到家。

在某种程度上来讲，张筱的话确实给我带来了震撼。我从未揣测过宗晨的想法，可仔细想想，似乎又是那么回事。

我着实闷闷不乐了一阵，可很快又重新振作起来。我是谁？天不怕地不怕的简浅，怎么能被张筱的几句妖言打倒。

我告诉自己，我不是变形金刚，我是简浅。

很快到了期末，宗晨明显加大培训强度，我被折磨得痛苦不堪，提出抗议，将试卷一丢，"罢工"了。

宗晨揉了揉眉心："简浅，你别闹了。"

"谁和你闹，我只是非暴力不合作。"

"哦，真不错，都知道甘地了。"

我无比严肃地看着他说："宗晨，我们来谈个交易吧。"

我拿出一张海报，啪地往桌上一扔。

"什么？"他好笑地看着我。

"带我去那里。"我指着海报上蔚蓝的大海，"只要你答应，我保证考出让你满意的成绩。"

"这就是你所说的交易？"他扬扬眉，似笑非笑地看着我。

"你剥夺了我所有的业余时间，给点物质奖励是必不可少的。"我表面义正词严，心底却一个劲地打鼓。不要拒绝我……

"让我能满意的成绩，你确定？"

"平均 70 分？"我盘算了半天。

"不好意思，那叫勉强可以。"

"75 分？"我咬咬牙，舍不得孩子套不着狼。

"还行。"

"80 分？"我闭眼，太狠了。

"一般吧。"

"喂，不要太过分！"我愤怒了，这讨价讨得也太离谱了，要知道，我可是一直在及格线左右徘徊的。

"成交。"他说。

哦，上帝，80 分！我已经痛苦地看到接下来地狱般的日子了。

公布成绩的那天，我紧张得出了汗，更悲惨的是，我的平均分居然是 76 分——我已经尽力了，真的。

我哭丧着脸回家，爸妈倒是欣喜若狂，差点就抱头痛哭了。

"浅浅，你可得好好感谢人家宗晨，这样吧，我叫那孩子晚上过来一起吃饭。"妈妈笑呵呵地出门，"我去买菜，做你最爱的剁椒鱼头。"

唉，干脆让我变成鱼头吧。

饭桌上，我无精打采，甚至看都没看一眼宗晨。

"叔叔阿姨，暑假我们学校在普陀山办了个夏令营，属于拓展训练类的，不如让简浅一起去，能学到不少东西。"

什么？我诧异地望着宗晨，没听错吧？我考的是 76 分，可不是 86 分。

妈妈沉思片刻，爽快地答应："也好，这孩子就是太闹腾了，早该磨磨锐气了。"

爸爸马上随声附和："确实确实，早该去了。"

"时间是大后天，带些衣服什么的就行了。"他说完，若无其事地继续吃饭。

待爸妈出去，我还未问，他先开口说："76 分，四舍五入，勉强也算 80 分。"

宗晨你真是个大好人。我贼兮兮地冲他竖大拇指，说："不错不错有前途，撒谎撒得有鼻子有眼。"

他笑笑道："我还有好几套说辞呢，你想听不？"

谁说他是好孩子来着。

出发那天，爸妈又开始千叮万嘱，食物、药片、衣服塞了满满一袋，又让宗晨多照顾我，说我身体弱，易生病，不要做剧烈运动，不要去人多的地方，不要玩得太累。我就知道会这样。

直到上了巴士，我还有种恍然如梦的感觉。这次预谋已久的旅行，居然成功了。

七月的大海蓝得叫人心醉。

我们住在海边一幢房子里，外墙漆成烟灰色，像极了涨潮时海水的颜色。

住进去的第一晚，我躺在床上，为这次预谋的旅行翻来覆去，为心底想要说出的秘密辗转反侧。迷迷糊糊睡去，又被一阵敲门声吵醒。

门打开，外面是穿戴整齐的宗晨，正冷着脸，一言不发，我有些莫名其妙。

"几点了？"

"大概七点。"我揉了揉鸡窝头，忽然大惊失色，想起一件事来，"哦哦！我马上来。"

"上午八点去看日出？"

我马上推脱责任说："为什么不早点叫我！还有，既然早过时间了，就让我多睡会儿嘛……"我正做美梦呢。

他没理我，只是从包里掏出洗漱用具丢给我，转身走了。

"喂，等等我。"我自知理亏，手忙脚乱地换好衣服，下去找他。昨天兴致勃勃地说要去海边看日出的是我，可惜昨晚春心荡漾得过了头，都忘记这事了。

早饭是海鲜粥和鱼干，吃得我兴致盎然；午饭海鲜下饭，依旧兴致勃勃；晚上海鲜拌面——我不抗议，肠胃先抗议了，跑了三回厕所后，宗晨二话不说，直接从包里掏出一盒止泻药来，我真怀疑他的包是机器猫的口袋。

我们花一整天的时间待在海边，看了日出，看了日落，似乎很无聊，可和他在一起，就算什么都不做，也是好的。

很多时候，他只是静静地望着海面，只有我一直说些有趣无趣的话，说得久了，便不耐烦地踢他，问他有没有在听，可惜每次都被他躲过，并毫不客气地用言语回击。

哦，我应该想到的，一心多用是他的强项。

有时我也一言不发，看海风将他的衣服吹得鼓鼓的，仿佛里面装了一只沉默的兔子。

"简浅。"他令我意外地主动叫我，我忙回过神，收回定在他身上的视线。

"嗯？"

"我脸上有花？"

"是啊，有浪花。"我觉得自己挺幽默的，可惜他并不欣赏。

"请不要用那么呆滞的眼神盯着我。"

我恨不得直接让海浪扑死，都这么明目张胆地放电了，为什么他一点儿觉悟都没有？我相当惆怅。

太阳跳出海平面又掉入海面，海风温柔地欢快地惆怅地发怒地呼啸而过，这实在是适合告白的好地方。

可惜过了好几天，我依旧停滞不前，不是我方无能，而是敌方太强悍。

也许他的脑子里缺少那么一根神经。

【下期预告】：简浅鼓起勇气跟宗晨表白，结果没有得到预期的回应，她很沮丧……回家后的整个暑假，宗晨都消失不见，直到新学期开学，张筱跑来找她麻烦，说简浅让宗晨和她分手，这件事令简浅很震惊……

你说你的心 N 已经上了锁

NI SHUO NI DE XIN
YIJING SHANG LE SUO

■ 文／7号同学　　■ 图／燕子

【作者感悟】：

　　有一段时间我一直会做一些奇奇怪怪的梦，梦见一些奇奇怪怪的人，想念的与不想念的那些人。以往的梦境醒来便稍纵即逝，而那段时间我却一直忘不掉梦里的那些事。于是，我将那些奇怪的梦用自己的语言编织成了这个故事。

　　它不美好，它也不现实，因为它只是我曾经的梦。

　　梦里，只要有你，就足够。

【作者简介】：

　　7号同学。非男性，处女座，动漫控，碟片控，音乐控。敏感，细心，多话。

　　以窝在被窝里看漫画为王道。现实主义者，从来不做白日梦，认为生活就该实实在在地过，太过于美好的那是小说。乐观主义者，一直坚信没有渡不过的难关，认为无论多曲折的路，总能走到尽头。

近来我总是梦见你。

你还是年少时的模样，你略显羞涩地朝着我微笑，我在那么一瞬间似乎感觉到了天荒与地老。

梦境再美丽，亦不过一瞬

N I SHUO NI DE XIN
YIJING SHANG LE SUO

近来我总是梦见你。

你还是年少时的模样，你略显羞涩地朝着我微笑，我在那么一瞬间似乎感觉到了天荒与地老。

而醒来之后，天空依旧那么阴暗，空气中依旧充满着银杏树的味道。而梦境再美丽，亦不过一瞬，醒来便消散，睡醒终将遗忘。

如果没有遇见你，我将会是在哪里

N I SHUO NI DE XIN
YIJING SHANG LE SUO

我坐在警察局的门口整整三个小时，天空从蓝色变成了灰色。我捂着肚子脏兮兮地坐在台阶上，我想我此时的样子肯定是丑陋极了，可是我并没有时间去介意，我也一点都不介意。

我的身上都是淤青与伤痕，我的眼睛也因为浮肿而看东西带了重影，我只有微微地仰起头，努力地忍着撕裂般的痛苦睁大了眼睛才能看清站在我面前的人：他还是穿着一尘不染的绿色警服，像一棵松树一样站着，眉头微微地皱着；他虽然是低着头，可是他的脊梁骄傲地直挺着。

他朝我伸出手来，可是我没有理他，继续将头埋在双膝间，等着祝宁出来。

肖纵讪讪地收回了手，若有似无地叹了口气，他说："肖米，你为什么就不能乖一点呢！"他总是用这样的语气对我说着这样的话，当然我没有放过任何一次让他难堪的机会，我龇牙咧嘴地瞪他，我想我现在肯定是更加丑陋了，我说："肖纵你有什么资格管我，你去死去死去死去死！"

我抓起地上的小石子扔向他，我像个疯子一样歇斯底里地吼着，肖纵最终没能忍住，过来抓住了张牙舞爪的我。我不停地挥舞着我的手，想要在他的脸上划出几个口子来，可是他依旧不为所动，抓我衣领的手丝毫没有放松。

我正想着要不要在他的虎口上咬上一口的时候，我听到了祝宁的声音，他带着怒气吼肖纵："你干什么？放开她！"

祝宁像一只保护小鸡的母鸡一样，将我护在背后，全身的羽毛都竖了起来，张牙舞爪地对着肖纵，虽然他亦全身是伤，看起来气势比肖纵还要弱。

我扯了扯祝宁的袖子，却不小心牵动了他的伤口，他"啊"了一声，气势又弱了三分，但眼睛依旧盯着肖纵不放松。

"我们走吧。"我说。最后祝宁还是被我拉走了，而肖纵一动不动，他站在原地看着我们，嘴角挂着一丝嘲讽的笑，漫不经心的样子很欠揍。

我拉着祝宁走了很远很远，在拐角处，我才放开祝宁的手，蹲在街角呜咽了起来。眼泪滴在我的伤口上，像一把尖锐的刀在割着我的皮肤，疼得我喘不过气来。

祝宁有些不知所措，他跺着脚低声道："肖米你别哭了，摊子让人砸了算什么！我们明天去别处摆摊就好，你别哭了，别哭呀……"

我抬起头看着祝宁那张狰狞的脸，哭得更加响亮、更加惊天动地了。

爱与恨其实只在一念之间，
靠得再近也不过是一种亏欠

N
I SHUO NI DE XIN
YIJING SHANG LE SUO

我和祝宁相互搀扶着回到出租屋的时候已经是深夜了，祝宁伤得很重，可是他不想去医院，我们只是在药店买了跌打药和止痛片便回来了。

我在洗手间的镜子里看到自己，皮肤灰黄失去了光泽，两只眼睛肿得像电灯泡一样，而浑身都是淤青和红肿，难看极了，我就这样狼狈地出现在衣着光鲜的肖纵面前，我想想都为自己觉得可悲。

我又想起了十五岁那一年，穿着白衬衣的肖纵出现在我面前，父亲揉着我乱糟糟的短发，眼睛笑得只剩下了一条缝，他说："肖米，这是肖纵哥哥，他以后会接送你上下课。"

曾有一段时间，我对肖纵是怀有敌意的，看多了台湾言情小说之后，我一直觉得和我同姓的肖纵也许是父亲流落在外头的私生子，现在回来认祖归宗了。于是，在那一段时间，我总是用尽自己的力气去为难他，我逃课，我早恋，我与老师大吵大闹，然后看着肖纵被父亲刁难，说为什么不看好我，我的心情就会无比畅快。

后来，我变本加厉，我抽烟喝酒泡吧，他越是波澜不惊我越是胡闹。直到某一天，他将我堵了酒吧的门口，揉着我的头发说"肖米，你要乖"的时候，我终于明白了什么是怦然心动。

近来我总是梦见你。
你还是年少时的模样，你略显羞涩地朝着我微笑，我在那么一瞬间似乎感觉到了天荒与地老。

　　那个时候肖纵只有二十一岁，他亦像现在这样把脊梁挺得直直的，可是我发现他是那么陌生，陌生得让我无法靠近。

　　而再后来，我终于明白其实是我想太多了，如果肖纵真的是父亲的私生子，那么后来的事情怎么可能会发展到这个地步？

　　我洗漱完毕出来的时候，祝宁正躺在沙发上，单手给自己绑着绷带，用嘴咬着绷带的一角正在艰难地打结，他脸上的血迹还没有洗去，看起来狰狞无比。

　　他看到我的时候，动作明显停顿了一下，脸上出现了懊恼的表情。

　　我与祝宁认识了多少年我已经记不清了，我只是记得在很多年前，祝宁还没有长得像现在这般美好，他那个时候很胖很胖，总是跟在我的身后，我却一直嫌弃着他。他的父亲是我父亲的司机，我看不起他，他胖他丑他还很穷。

　　可是现在，祝宁已经褪去了少年的稚气，容貌也慢慢地变化，可他的笑容一点也没有变化，依旧那样憨厚与美好。

　　我的母亲在很多年前就过世了，父亲对我一直是宠溺的，这导致我养成了嚣张跋扈的性格。在父亲出事后，我因为旷课太多被学校开除，从大宅子里搬了出来，可是没有一个朋友帮助我。我以为曾经被我欺负的祝宁会像他们一样冷眼旁观或者冷嘲热讽的时候，他却没有，他在网吧找到我，帮我租了房子，与我相依为命。

　　其实生活真的不像电视剧，你们不要以为一个黑道大哥倒了之后会有人支持他的儿女，或者是会留下一大笔财产，事实上，我们没有被寻仇已经是万幸了。我们甚至被一些不入流的小混混欺负，他们大多数是知道我们曾经的身份的，但这又如何？

　　我们一起去卖盗版碟，遇到了小混混，以祝宁的身手撂倒这几个肯定是没有问题的，可是他为了保护我而受了伤，甚至躺在那里抱着我任他们的脚踢在他的身上。

　　有那么一瞬间，我恨透了自己。

后来即使知道这是错误，
我仍旧不停地想起你

N NI SHUO NI DE XIN
YIJING SHANG LE SUO

　　当天夜里，祝宁还是像往常一样睡在客厅里的小沙发上，小小的屋子里弥漫着难闻的潮湿气息，还混合着跌打药水的药香。

　　我一直辗转反侧无法入眠，走出房间便看到祝宁坐在沙发上抽烟。在黑暗中，

他手中的红点一闪一闪，灼伤了我的眼。

他扭过头来看我，他问我："肖米，你恨肖纵吗？"

我不知道他怎么会问这种问题，我以为我会仰起头大声地告诉他我恨肖纵，可是事实上我发现我并没有办法把那四个字说出口，我只是愣愣地看着他，有种想掐死自己的冲动。

我太过认真在思考我为什么不恨肖纵，以至于祝宁朝我走来我都没有发现，等到我看到脚下的阴影抬起头的时候，已经看到他紧皱着的眉头了。

我听到他说："肖米，你不能像以前一样任性了，你应该学着长大。"

是的，我的父亲也曾这样对我说。在他这样说了三天之后，我却得知他自杀身亡的消息，而现在，我紧紧地拽住了祝宁的衣袖，问："你要丢下我吗？"

他似乎是笑了，可又似乎没有，黑暗中我看不清楚祝宁的表情，他说："不会，只要你不让我走我就不离开。"

我终于安心地睡去，而我第二天醒来的时候，祝宁已经不在了。客厅的桌子上放着还热乎的豆浆，我的肚子适时地叫了起来。豆浆下面压着祝宁给我的字条。

他说他去找工作了，要我不要乱跑。

我喝完豆浆，在空荡荡的房子里坐了一个上午。我翻出父亲偷偷留给我的信封，发现里面只剩下两百块，交房租的日子快到了，而我们此时是无比窘迫：我们把大多数的钱拿去批发了盗版碟片，却遇到了收保护费的小混混，我们不仅受了伤，还被警察收缴了所有的碟片。

如果是以前，怎么可能会这样？

如果是以前，怎么会有人敢向我们收保护费？如果是以前，肖纵肯定会在那些人碰到我的时候折断他们的手。如果是以前，父亲怎么可能让我出去抛头露面？

而我恍然想起，我们已经回不到以前了。

肖纵不是以前的肖纵，祝宁不是以前的祝宁，我亦不再是从前的肖米了。

我没有听祝宁的话乖乖地等他回来，我在中午的时候给自己煮了一碗方便面，然后便跑了出去。

夏天炽热的阳光照在柏油马路上，散发出一股烧焦的味道，我走了整整一个小时的路，在找到第五家餐馆时，他们终于同意接受我这个还未满十八岁的看起来有些瘦弱的女孩子当小工，说好明天上班。

当我兴冲冲地回到出租屋的时候，祝宁正坐在门口焦急地左顾右盼。

"你去哪里了？"他问。我说我出去找工作了，他的眉头皱了一下，当我告诉他我明天即将去文具店工作时，他严肃的表情总算放松了一下。

祝宁像在泥土堆里滚过一遍一样，脏兮兮且疲惫不堪地躺在那里。

"你去哪里了？怎么变成这样？"

他从台阶上站起来，拍了拍身上的泥沙说："我刚刚走路不小心摔倒了……"

我看着他，我知道我们都在说谎，却假装成什么也不知道。

有的时候我宁愿你一直沉默，
就像你曾说过的你的心已经上了锁

NI SHUO NI DE XIN
YIJING SHANG LE SUO

我没有想到我会遇到肖纵，而且又是在这样狼狈的情况下。

我穿着黄色的围裙，我的牛仔裤也蹭到了好几处油污，我举着餐盘喊着"借过"，毫无形象可言。当我看到那个高高的身影的时候，我感觉到我的心脏剧烈地跳动了一下。

想逃跑已经来不及了，肖纵已经朝我望了过来，眉头若有似无地皱了一下。他身边的女子也朝我望了过来，她眉目姣好，笑着问他："你们认识？"

我没有听到肖纵的回答，因为我托着餐盘落荒而逃回到了厨房。我躲在厕所里听着老板娘骂骂咧咧，我告诉她我身体不舒服，她却依旧没有怜悯，而是让我在厨房打下手。这样也好，好过出去与肖纵面面相觑。

我就在闷热的厨房里待了四个小时，下班的时候我已经汗流浃背，浑身散发出一股难闻的臭味。而我没有想到肖纵还在餐馆的门口等着我，他靠在墙上安静地抽着烟，仿佛周围的喧嚣与他无关。

这距离我与肖纵第一次见面已经过去三年，而他依旧没有什么变化，依旧是那副与世无争的死样子，就像一只温驯的猫一样，可是你不知道它什么时候会跳出来对你咬上一口。

我假装没有看见他，自顾自地往前走，就在我经过他身边的时候，他突然伸出手来拉住我的臂膀，喊了我的名字："肖米。"

自从父亲出事后，我一直都没有给过肖纵好脸色看，一如现在。我瞪大了眼睛让自己看起来有气势一点，我几乎是将话吼出来的："你放手，你不要碰我。"

他的眉头又皱了起来："肖米，你不能这样，回去上课吧！"

"怎么回去？去哪里上课？"我冷笑，"你觉得我现在这个死样子还有钱去那所贵族学校上课吗？"

我努力仰起头，让自己看起来像三年前一样骄傲。

"肖纵，我怎么会变成这样的你心知肚明，我的父亲也是你害死的，你别以为你现在来示好我就会原谅你！除非我死，否则这是不可能的事！"

我吼完之后用力地掰开他的手，他那双因为长年训练和握枪而布满老茧的手，就像那个时候，他掰开我扯着他衣袖的手一样，狠狠地。

我背对着肖纵的方向奔跑，我没有回过头去看他的表情是悲伤还是快乐，但是我还是哭了。我以前并不是这样爱哭的女生，现在我却变成了这个样子。

我回到出租屋的时候，祝宁已经做好了饭，他与前一天不一样，他是干干净净清清爽爽的，可是他依旧显得很疲惫。

祝宁说他在体育馆找到了一份工作，是当助教的。他说："肖米你不要去工作了，我养你吧。"

我抬起头来看着他，我的语气带着嘲讽，我说："祝宁，你看吧，肖纵那个时候还不是我爸为我请来的保镖？他最后还不是收集了我爸犯罪的证据将我爸推进监狱？我现在已经什么都没有了，你对我这么好，我拿什么报答你？"

我知道我这样做不好，可是我控制不住自己的暴戾，我将肖纵带给我的伤害强加在祝宁身上。可是他没有说话，像小的时候被我欺负时一样，低着头不发一言，尽量减少自己的存在感。

我不停地用筷子戳着碗里的饭，将祝宁烧的红烧鱼戳得稀巴烂。

接下来的很多天，我和祝宁都没有说话。他每天大清早便出去工作，直到夜晚才回来，但他依旧会为我做好早餐与晚餐，都是从前我爱吃的菜，只是，他没有和我说一句话。

我依旧在餐馆打工，可我没有再遇到肖纵。

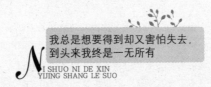

我总是想要得到却又害怕失去，
到头来我终是一无所有

NI SHUO NI DE XIN
YIJING SHANG LE SUO

我又做了那个梦，我又梦见了十七岁那一年，我与祝宁放学回家，却发现家里满是穿着警服的人，父亲与他的兄弟还有祝宁的父亲祝叔都给抓了起来，而我没有想到的是肖纵却不在其中。

我梦见了法院判处父亲死刑的那个阴暗的下午，我没有哭，靠在祝宁的怀里坐了十几个小时。

我又看到了我的父亲，他揉着我的头发，对我说些什么我却没有听清。我的耳边只有肖纵的声音，他说："肖米你别傻了，你父亲贩毒，我是警察，这是我的职责。"

我一下子便惊醒了。我抬起头来，天空还是一片混沌，微微泛着橘红色的光，墙上的钟告诉我现在是早晨五点钟。我走进客厅的时候，桌子上依旧放着豆浆和包子，而祝宁已经不在了。

我看着那胖乎乎的包子，最后却什么也吃不下。我坐在空荡荡的房间里，我的心并不比这个房子充实多少。

在我十七岁之前，我是 C 市龙头的女儿，从小便被父亲捧在手心里呵护。除了父亲，我还有祝叔，还有祝宁，还有后来的肖纵，只要他们在我身边，从来都没有人敢欺负我。

肖纵总是说我是被宠坏的孩子，我想确实是如此。当那个油头粉面的小流氓伸出手来摸了我的屁股的时候，我的第一反应便是将手中的菜朝他的头砸下去。

我不知道我这样做的后果。

我在被小流氓甩了一巴掌、被他们往后巷拉去而整个餐馆的人却无动于衷的时候，我才感到害怕，我才知道并不是谁都会像我的亲人一样护着我。

我真的是害怕了，我歇斯底里地喊着号着，可是没有谁来帮助我，直到那几个小流氓捂住了我的嘴巴、撕破了我的衣衫，我才放弃了这些无谓的挣扎。我的脑袋在那一瞬间是空白的，然后我不知道为什么会想起肖纵。

当他出现在我面前的时候，我以为我看到的是幻觉，可是他的手准确无误地抓住了我将我抱起。我可以感觉到他握住我的手的手心全是湿冷的汗，这感觉像一把尖锐的刀刺入了我的心脏。

在我失去意识之前，我忽然想起我还没和祝宁说"抱歉"。

我醒来的时候已经是第二天早上了，我闻到了牛奶和火腿蛋的香气，这是从前肖纵会给我做的早餐。我从那张并不属于我的柔软的大床上爬起来，发现身上罩着一件散发着洗衣粉清香的长袖衬衣，同样也不是我的。

我的衣服破破烂烂地夹在我的皮肤与衬衣中间。

我正在努力回想之前发生的事，门突然被推开了，我看到肖纵铁青着一张脸站在门口。我还没来得及像往常一样朝他歇斯底里，肖纵已经一个巴掌甩在了我的脸上，他的眼睛通红，神色凶狠，我从来都没有看见过这样的他。

"肖米，你为什么就不能学会长大！你已经十八岁了！如果昨晚不是有人报警你猜你会如何？你父亲已经死了！谁都不能庇护你，你只有靠你自己！"

我不能忍受肖纵这样云淡风轻地提起父亲，我抓起床上的东西就朝他砸了过去，砸到没有东西可以砸我才停了下来，而他站在原地一动不动，任由我发狂发疯，冷眼旁观。

我以为我忍住了，可是我发现我的脸还是湿了一大片。

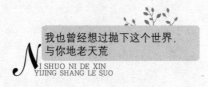

我也曾经想过抛下这个世界，
与你地老天荒

N I SHUO NI DE XIN
YIJING SHANG LE SUO

肖纵送我回到出租屋的时候，我身上还套着他的长袖衬衫，看起来就像电影里一夜不归的风流女子。但我没有想到祝宁也会这样想。他穿着破旧的牛仔裤、

近来我总是梦见你。

你还是年少时的模样，你略显羞涩地朝着我微笑，我在那么一瞬间似乎感觉到了天荒与地老。

泛黄的 T 恤，坐在门口的银杏树下左右张望，看到我的时候眼睛在一瞬间亮了起来，又在下一秒变得灰暗。

他指着我穿的衣服问："肖米，你昨晚去了哪里？这衣服……"他没有问下去，因为他看到了肖纵，眼睛一下子像野兽一样变得猩红。

他的一只手还停留在半空中，而另一只手已经握成了拳头朝肖纵的脸上挥了过去。我不知道我自己是怎么想的，我挡在了肖纵的面前，祝宁的拳头差一点就挥到了我的脸上。

"肖米，你……"他怒极反笑，"你行，你知道你在做什么吗？你知道你护着的这个人是谁吗？他是肖纵啊！"

"我知道。"我拉住了祝宁的手，"我真的知道，我知道他是肖纵，我知道是

他让我们的父亲都进了监狱，可是他没有错，不是吗？而且他昨晚还……"

祝宁没有等我把话说完，他狠狠地甩开了我的手，我没有防备，一个跟跄头差点朝地上栽去，好在肖纵扶住了我，而祝宁的神色更加淡漠了。

他浑身脏兮兮的，就像一个中年农民工一样一瘸一拐地往屋子里走去，离开了我的视线。

而我在这个时候才想到一件事：他的脚怎么了？

他告诉我说是在健身房不小心给哑铃砸到了。

祝宁整整一个星期没有与我说话，但他依旧每天给我准备早餐和晚餐。他的脚伤还没有好，可是他并不允许我触碰他，每次我一靠近他就像一只刺猬一样竖起了他的刺，然后从我身边迅速逃离。

我的胸口有些难受，可我又说不清这是一种什么样的感觉。就像……就像是当初知道肖纵其实是警察，他在我家当保镖其实只是为了博得我父亲的信任，收集父亲的犯罪证据时那样，胸口闷得难受，像是有一股力量即将喷薄而出，让我无力抵抗。

祝宁不再让我出去工作，我每天便是在这小小的出租屋里打扫卫生与等待，或者是给门口那棵银杏树浇水。我们搬进来的时候它还很小，不过一年时间，它已经长高了不少，现在我已经够不到它的叶子了。

就像我越来越不能触碰到他的心一样。

我在某天清晨的五点钟便醒来，听着祝宁洗漱、给我准备早餐，直到他关上门出去了我才从被窝里爬起来，连洗漱也不顾便跟在他的身后。

天空依旧灰暗，祝宁提着一个袋子进了附近的公共厕所，出来的时候已经换上了一身很脏很普通的农民工服，然后他便佝偻着身子，拖着那只受伤的脚朝工地走去。

那个骄傲的祝宁，就混在一堆沉默的农民工中，用他并不强壮的肩膀，挑起了水泥。

我在那么一瞬间像被雷击中了一般，动弹不得。

令我难过的只是不能陪你到老，不能与你一起忘却尘缘

我找到肖纵的那个晚上天气很好，天空中还满布着星光。

我问肖纵："你愿意和我生活在一起吗？"他点头。

我是这样想的，如果我离开祝宁，或许他的生活就不会如此难堪。可是我忘了询问祝宁的想法。我搬走的那个晚上，他就像是一个濒临死亡的病人一样坐在银杏树下，仰起头问我："为什么？"

我笑着对他说："祝宁，你知道我一直都是娇生惯养，你让我与你这样生活在这里，你觉得我忍受得了吗？"

"那你就这样和杀父仇人走了吗？"祝宁只是用这样一句话，就将我定在了原地。我看着他，我又想起了我的父亲，我想他的在天之灵应该也在谴责我这个不孝女，但是我笑着看着他说："祝宁，你看，他其实没有做错，不是吗？这是他的职责。"

祝宁痛心疾首地盯着我，那样的眼神就像火把一样要将我点燃。肖纵站在我们的身边，他提着我的行李箱，拉着我就走，不再给我说话的机会。

其实我知道他只是希望我走得干脆，否则会让祝宁更伤心。

而我根本没有看到祝宁是怎么扑上来的，我早已经忘记祝宁也曾是我的保镖，他也有一身好功夫，他手中的刀子毫不留情地扎进肖纵的心脏的时候，我很奇怪我想的不是肖纵会不会死，而是祝宁会不会出事。

后来，我才知道，其实我一直都没有原谅过肖纵，我恨他，颠倒是非黑白地恨。

后来，我一直没有忘记肖纵死去时的那个眼神，他怔怔地看着我，最后却吐出了一句："对不起。"

他的嘴唇动了动，可是他只是又说了一个"我"字就再也无法发出声音。

而祝宁就站在我们身边，猩红着眼看着他，面无表情。

他说："肖米，既然你无法恨他，那你就恨我吧！"

我一直没有理解祝宁的这句话，我也没有哭，我很平静地站在那里，看着一片混沌的天空，我想起了父亲，想起了他的那帮兄弟，想起了祝叔，想起了我第一次见到肖纵时他干净美好的模样。

我看到的最后一幕，是祝宁站在银杏树下，一身血污却掩不住他的美好光华。

祝宁进去之后我没有去探望他。

我想他不想看到我。

我依旧住在这间小小的出租屋里，我每天早晨醒来便可以闻到银杏树的味道。房东没有再来收过房租，也没有其他人靠近我这间阴森的屋子。

我时常坐在银杏树下做梦，我梦见过父亲，还有肖纵，却总是梦不到祝宁。

我将祝宁留下的衣服都洗干净，然后像他在的时候那样挂在屋子里；我每天早晨去给自己买豆浆和包子，然后像他那样摆在客厅的桌子上；我每天夜晚都睡在沙发上，像祝宁一样蜷缩成一团。

我对自己很好，就像祝宁对我那样。

我越来越嗜睡，因为只有这样，才能留住那些最美好的记忆。

祝宁，我情愿长睡不醒，绚烂韶华瞬间老去，然后在三十年后与你一起挽手看夕阳。

你说，时光会不会放过我，成全我曾经想要与你地老天荒的心愿？

虽然，我已只能与梦同眠。

【橙子点评】：我去看了那部大热的关于梦的电影《盗梦空间》，紧凑的剧情让我度过了很累的两个半小时，而后我想起了这个与梦有关的故事，这个让我内心很累的一个故事。这个故事太悲哀了，悲哀到让我总觉得这就是一个梦，梦醒后，那个美好的少年祝宁仍旧温馨地给肖米准备早餐。

■ 文／林晰
■ 图／朱砂

傀儡娃娃

这不是个普通的挂坠，它可以做你想做却不能做、不想做却必须做的事情。简单来说，就是你的替身。你需要它来替你做事情的时候，只要看着它想一想，它就会现身为你办到。

【作者感悟】：相比前一篇的一气呵成，《傀儡娃娃》耗费的时间要长一些。写《傀儡娃娃》完全是缘于照镜子时的一个小小启发，如果世界上有一个人代替我做我不喜欢的事情，然后我遁地消失，是不是就可以无牵无挂？

因为这个设想，之后就开始构思这个故事的正文结构、伏笔、人物性格、故事背景以及道具，都颇耗了心思。幸而这期间有好友为我挑毛病，这才避免了一些主观或者客观上的误区，列出来的大纲与成品的大致情节是一样的，细节却已经面目全非了。不过，嘿嘿，因为奇思妙想有了用武之地，当敲下最后一个字的时候，我的心里还是充满了轻松感。

彼时，卓生生的感觉是有些莫名其妙，长这么大从未想到，自己做了件好事，却会遭到如此的埋怨。她怔怔地看着眼前的黑衣男子，满眼的不可置信，他的声音还在耳畔继续着："你怎么可以救那个孩子呢？你的手脚怎么能这么快！"

生生低头看着湿淋淋的身体，不禁打了个冷战，她看到那个孩子掉下去，人命关天，自然是毫不犹豫，人家孩子的妈妈还千恩万谢的，眼前的男子凭什么如此责怪她？思及此，她有些气恼，可是看他气势汹汹的样子，怒气爬到脸上，就成了无辜，委屈道："救人也有错？"

"救人是没错，但是你做了我该做的事情，我还得答谢你。"他眯着眼，看起来比她更苦恼，"说说看，你目前有什么愿望？"

"没什么愿望，就是觉得时间不够多，一大堆的事情要做，日程排得满满的。"

"哦？"

"我得陪我妈妈去练瑜伽，因为她想我以后当瑜伽教练；我还得去柔道馆训练，不然爸爸会不高兴；我今年高三了，书念得很差，老是考三十几名，老师老让我叫家长。"生生掰着手指一样一样说完，又叹了口气，"我连休息的时间都没有。"

神秘人却是眼睛一亮，很快地从口袋里掏出样东西送到她面前，说："我送你个东西，也许你会用得到。"

生生疑惑地接过来，这只是个普通的玩偶娃娃，质地是陶瓷的，小小的，可以放在手心里，做工却异常精致，再看着娃娃的头，她禁不住吃了一惊，那张脸庞只有她食指的第一个指节那么大，却与她那么神似。她错愕地抬头，神秘人似乎早已料到她的反应，笑眯眯地道："这不是个普通的挂坠，它可以做你想做却不能做、不想做却必须做的事情，简单来说，就是你的替身。你需要它来替你做事情的时候，只要看着它想一想，它就会现身为你办到。"

生生是不信的，她撇撇嘴，应道："我最不喜欢考试，它可以帮我考试吗？"

"当然不可以。娃娃虽然具备你所有的能力，但没有灵魂，没有思想，只是你的替身。如果你想考砸的话，那么可以让它试试。"神秘人先是笑，随即看出生生的不以为然，接着道，"我实在想不出还有什么可以给你的。"

卓生生的视线再次落到娃娃的身上。替身？这不正是她一直盼望的吗？如果他说的是真的，她又岂会拒绝？思及此，她终于点头。

"不过除非万不得已，否则不能随便召唤。"神秘人又嘱咐了一句，放下心来，

面上恢复笑容，"如果你要找我的话，只要敲碎那个娃娃我就会知道。"

"可是敲碎了它，是不是娃娃就会不见了？"

"当然。"

"如果它真的有你所说的功能，那我才不会找你呢。"

神秘人的嘴角露出一抹耐人寻味的笑意，说："说不定哦。"

"我才不会那么傻。"生生看着娃娃，喃喃道，再抬头时，那个男子已经不见了踪影，只有手上的娃娃在提醒着她，方才的确进行过一场对话。

替身吗？

生生的血液沸腾起来，心里莫名地兴奋，但只一会儿便冷却下来，世间哪有这么好的事情，兴许只不过是场恶作剧。只是这娃娃着实精巧，她舍不得丢，小心翼翼地收起来。

2

一周之后，生生一如往常去训练。换了柔道服进去，学员们已经开始练习，绿色的榻榻米旁围坐着一群身着白色服装的学员，大家的视线都落在了场中的两名男子身上。两人朝对方鞠一下躬，开始没一会儿，便有一人被利落地摔倒在地，胜利者站直了身子，阳光透过窗户照了进来，恰恰射在他的脸上，看得生生一阵目眩。男子转过头，视线便落到她身上，紧抿的双唇形成一条弧线，勾起她耳根的燥热。

他在朝她笑。

她缩了缩脑袋，挑了个小角落窝着。她知道他是谁，隔壁大学鼎鼎有名的贵公子张君，能文能武，卓尔不群，就是在他们高中部也是响当当的名字，自然，议论者多为女生。

现在，这个常被女生称为"阳光代言人"的男子已经坐到生生的身旁，转过头微笑着同她打招呼："今天有点迟？"

"嗯。"

他又问："你是大学生？"

"嗯。"一应完这句，生生恨不能咬掉自己的舌头，可是他似乎已经当了真，她纠正的话便怎么也说不出口，脸越发红了，恨不得埋到衣领里去，惹得张君笑容可掬。

其实他注意这个女孩子的时间并不长，一周之前教练组织了一场小型比赛，他的对手刚好是她，这个小女子，身形娇娇弱弱，力量却奇大，一下便将他摔倒在地。彼时他躺在地上还没动，那女生想来是以为自己力道过重，慌慌张张地伸手想拉他，却不知被什么绊了一跤，直接扑到他身上，体重比预料中的要重，直压得他差点喘不过气来。可是他喜欢从她发间传来的香气，甜甜的，直钻入鼻间，令他许久许久回不了神。

而现在，她垂着头，细细的脖子散发着晶莹的光泽，小小的耳垂已经抹上一层潮红，越发惹人怜爱。他发现自己的视线挪不开了。

两个人就这么无言地坐到下课。解散之时，他有些依依不舍地站起身，寻思着如何要到眼前小女孩的联系方式，随即有一团不明物体扑了过来，他猝不及防，稍稍退了几步，这才站稳，低头一看，竟是五岁的外甥小非。小家伙抱着舅舅的大腿不断地蹭啊蹭。而带小非来的姐姐拉住正要离去的生生，满脸激动。

她说："小非，快过来谢谢姐姐，是她救了你。"

❖═❪ 3 ❫═❖

生生有时候觉得，和张君这段感情的开始应该归功于他姐姐。如果不是她硬要请生生吃饭，如果不是她硬要张君送生生回家，那么他根本没有机会在她快要上楼的时候邀请她去看他的跳舞比赛。

彼时的生生只想着一旦拒绝只怕再没机会，脑子一热便答应下来，过后就开始后悔。她不是不想赴约，只是他的比赛日期偏偏就定在班主任的课上，她的成绩已经够差，根本不敢逃课，请假也不行，要是让班主任知道她是装病，下场会很惨。可是她更不愿意错过张君的邀请。眼看时间快到了，她却依然束手无策。

生生陷入两难，烦躁地倒在床上，视线漫无目的地乱晃，之后定在了门后。

那个娃娃，正欢快得朝她跳舞。

她随即想起神秘人的话，潜意识里已经按照他的说法开始操作。娃娃摇得更厉害了，发出沙沙的声音，影子晃花了眼，随即一道泛蓝的荧光落到生生面前，一具同她一模一样的躯体落到地上，熟练地背起书包，默默地消失在这个房间里。

生生没有意料中的兴奋，反而有种要晕倒的冲动，活在世间这么久，第一次见到活生生的自己出现在自己面前，然后遵照她的意愿，去做她该做的事情。即便生生已有了充足的心理准备，还是忍不住惊诧，她不停地喘着粗气，用力扶着

桌角强迫自己冷静，可是手脚还是不断颤抖着。

待缓过劲来，已经过了约定的时间，她不敢再多想，匆匆往张君所在之处赶去。

但还是太迟了，她站在门口穿过人潮往里看，只见到他抱着女伴做了个优美的动作，而后收尾，四周先是静寂，忽然，掌声如雷。评委开始亮分，台上的两人站稳了身子，女生快乐地抱住他。

生生觉得难受，她退出人潮，坐在舞厅门口的长椅上，一面在内心莫名地排斥方才的画面，一面又忧心地揣测替她坐在教室里的娃娃现在到底是什么情况。许久之后，她还是不放心，站起身想回去看个究竟，才迈了两步，手臂便被一只大手抓住："我还没来，你就要走？"

转过头，正是张君。他已经换好衣服，身旁跟着的人正是他的舞伴，她身姿曼妙，五官冷艳而精致，正蹙紧眉头看着生生。生生知道，这是女孩子特有的警戒，只对情敌展现。

张君浑然不觉，回头朝那女生道："嘉佳，帮我把请假条拿给老师，谢谢了。"

被唤做嘉佳的女子点点头，又冷冷地扫了生生两眼，这才慢吞吞地离开。

张君这才转过身微笑道："还没见到你呢，你就想跑。"

生生笑了笑说："你跳得真好。"

"你也可以的，圣诞节舞会，我邀请你当舞伴。"

她愕然道："现在才九月。"

"所以先预定好，免得别人捷足先登。"

"可是我不大会。"

"没关系，只要会点皮毛就行了，我们又不是要拿第一。"

他的笑容美好，言辞恳切，紧紧抓住她的手，手心的汗珠子黏得真实。生生心一动，舍不得拒绝，不计后果地点头。

张君欣喜若狂，拉紧她，面容随即变得严肃，说："卓生生小姐，为了庆祝我比赛获胜，你愿意陪我度过今天剩下的时光吗？"

生生还未反应过来，他已经拉着她冲出校门。

他说："我不知道女孩子会喜欢什么样的约会地点，不过书上说去游乐场是万全之策。"

生生听到"约会"二字便已经耳背，甜蜜的感觉涌上眉梢。他说，约会。

九月的热气依旧一浪盖过一浪，饶是如此，两人的兴致依旧高昂。他们去坐海盗船，他们去开碰碰车，他们在旋转木马前拍照。迎着夕阳，张君的唇慌乱地贴在她的唇上，他身上的温度烘烤着她，她只觉得脸上发烫，雀跃之意越发汹涌。

嗬……真像是一场梦！此刻的她本该端端正正地坐在教室里，对着布满粉笔字的黑板发呆，而非站在这里，享受最无间的旖旎。

原来娃娃可以带来这么多美好。生生一面庆幸发现得早，一面却又怀疑娃娃的可靠性。

❦ 4 ❦

生生的忧虑到底是多余的，回到家中，一切情况如常，至此，她便彻底放下心来。因为这舞会的邀约，她的生活中又添加了一个练舞环节，她得在这段时间内练好一首曲子，好在圣诞舞会上同张君一起出彩，所以她愈加忙碌了。课是要上的，舞是要练的，妈妈是要陪的，只有柔道馆的训练可以缓一缓，可是张君的约会不得不赴，他至今仍以为她是他的大一师妹。

虽然这些行程并没排在一起，可是要应付得当却劳神得很，娃娃的存在也因而变得重要。它除了可以在她去练舞的时候，代替她上课之外，还可以在她同张君约会的时候，代她陪妈妈练瑜伽。

生生发现，随着时间的推移，娃娃同她之间的默契度越来越高，她甚至还没想，娃娃就已经替她做到。在生生眼中，娃娃简直是万能的，它从未告诉过她是如何做到她所不想做或不能做的事，可结果一出来，每件事都妥帖得很。偶尔它甚至还会同生生对两句话，句句直击心灵，让生生不由得感叹，娃娃真正是另一个自己，贴心得毫无间隙。她甚至觉得神秘人说的话都是危言耸听，什么娃娃没有灵魂，没有思想，它根本是她最无间的密友。

因为多年练瑜伽的绝好底子，生生的舞技飞速进步。匆匆忙碌两个多月后，她终于勉强可以同舞伴配合。然而真要同张君跳舞，还没有那么容易。除却技术原因，生生还发现，她没有一条拿得出手的舞裙。

那是她在路过一家商店的橱窗时才翻然醒悟的。

隔着玻璃，橱窗里的一套白色蕾丝舞裙，领口的缀钻一闪一闪，勾引着她的神经，如果穿着它同张君跳舞，那该多么耀眼！她在橱窗前驻足良久，忽然冲到家里拦住正要出门的母亲将要求提出。

"如果你能考到班上前十五名之内，我就答应你。"母亲开出条件，又苦口婆心道，"生生，你去练舞我不管你，但是起码学业你得顾上，我不希望你连高中毕业证书都拿不到。你要舞裙，可以，这次期末考，你的名次必须在前十五名之

内，否则别想。"

母亲的口气毫无商量余地，生生叹了口气，不敢再纠缠，如果想得到那件舞裙，只能遂母亲的意了。

她不知道娃娃是否真的无法替代她考试，如此重要的考试，她也不敢让它试。重新回到学校，生生才惊觉，学校的期末考已经提上了日程，自己错过了好多课程，坐在教室里，根本听不懂老师在说什么。她开始填鸭式地苦读，放弃了所有的闲暇时间，试图在课余时间里将功课补上，以期达到母亲的要求，虽然她也知道，希望渺茫了些。

然而张君的约会还是得赴，她不能让他知道她在骗他，幸而有娃娃，如今它已经越来越像她，数次约会，张君居然丝毫未察觉。

可是思念磨人，有时候对着题海，看到约会回来的娃娃，生生会很嫉妒。可再想想其实娃娃就是自己，她的心里又有一丝侥幸，至少跟张君约会的人是她，而非别人。只要成绩出来，就可以不用娃娃了。

然而生生的资质到底有限，即便付出十二分努力，临时抱佛脚的结果，还是让她与第十五名失之交臂，看着那些残酷的分数，她除了无力，还是无力。

回家的时候路过那家商店，橱窗里，穿着舞裙的模特手臂仍旧高高地举着，生生的脸紧贴着玻璃，几乎要穿透过去。猛地一下背景布帘被人用力拉开，店员的手已经在脱那套舞裙，他身后站着的女子，面孔似曾相识，当看到那双充满挑衅、充满得意、充满嘲讽的眼时，生生一下子想起了她是谁。

那次比赛上，张君的舞伴。

她看得见生生，在接过店员手中的衣裳时，有意在自己身上比画了一圈，嘴角勾出一抹冷笑。

生生忽然想起来，那个女孩子叫嘉佳。

5

然而圣诞节的那场舞会，生生到底还是参加了。才在门口出现，张君便迎上来，在众目睽睽之下拉着她的手宣布，她是他今夜唯一的舞伴，而后的一整夜，他的视线便紧紧跟随着她，丝毫没有松懈。

也难怪，生生这一身雪白的舞裙同他的黑色舞衣实在太相称，而她的气质亦在舞裙的勾勒中无限散发，场内男生的目光灼灼，不安的人反而是他。

其实生生在被张君拉住手的那一刻也感受到周围的目光，不同的是，那些目光来自场内的女生。自己难以靠近的偶像忽然被半路杀出的名不见经传的女子所霸占，嫉妒是难免的。换做平日，她必然会自卑得只敢缩到角落里，可是今天不会。这一身舞裙令她信心十足，虽然她曾经差点就失去它。

是的，她还是要感激娃娃。

那一日她隔着玻璃看嘉佳将舞裙试穿之后潇洒付款离去，临离开时甚至还朝她示威性地扬了扬带子，她的心里便郁闷得很。回到家，娃娃已经现身，看着她闷闷不乐的模样也跟着苦恼起来："如果去不了舞会的话，岂不是便宜了嘉佳？"它的眉头皱得比她更紧，"不行，张君绝不能被抢走。"

生生一愣，看着那张同自己一模一样却比自己更愤怒的脸，心里微微渗出一丝不安。只见娃娃只蹙了一会儿眉头，便笑眯眯道："想要那一套舞裙也不是没有办法。"

听到此言，生生一把甩掉方才一闪而过的念头，抓紧它的手问道："有什么好办法，你能弄到舞裙？"转而又苦了脸，"怎么可能？虽然你比我有能耐，可是哪里会有钱买？别哄我开心。"

娃娃的嘴角依然泛着莫名的笑意，它说："你只管安心，舞裙一定会穿在你身上。"

"你要怎么弄？嘉佳也买了，到时候撞衫，我没她漂亮，没她身材好，肯定会被她比下来。"

"你放心，她去不了。"

娃娃说得胸有成竹，生生一激动，兴奋地抱住它道："你真是太好了。"

"当然了，我也不要张君和别人跳舞，不过是你就没关系，毕竟，你就是我。"

这一句话听起来理所当然，细细一想，却有些怪异，一时间偏偏又想不出到底不妥在哪里，加之娃娃的神色肯定，生生也没细想。

娃娃果然守信，圣诞节这一日下午，生生从美梦中醒来，见的便是她梦寐以求的裙子。

她兴奋得无以复加，渐渐也便忘了问娃娃是如何拿到手的。穿上它同张君翩翩起舞，大庭广众之下，她如愿看到张君诧异的俊脸，他赞叹道："你跳得真好。"

生生笑，神色羞赧，红红的耳根似乎要滴出血来。为了这一场舞，她耗费的心血只有自己知道，不，还有娃娃。思及此，她更加感激。

张君托着她的细腰，漂亮地在空中画出一道弧线，随着音乐将这段舞结束。如雷的掌声就像当日他与嘉佳在舞台上时一般。她恨不得他们不要停下来。

张君的脸色却微愠，扶稳她之后轻轻斥道："你轻了这么多，太不注意自己的身体了。"

生生却不在意，这几个月置衣，尺码同从前无异，她反而对另一件事感到惊愕，道："你怎么知道我多重的？"

他似笑非笑地看着她说："你忘了我们是怎么认识的？"

生生歪了歪头想起来，说："你被我摔了一下。"

张君但笑不语，只是轻轻揽住她，唇摩擦着她的额头，喃喃道："是的，幸好是你摔我。"

她沉浸在他的柔情中难以自拔，正待抱住他，却不料有一双手突然将她从他的怀抱里拉开，以迅雷不及掩耳之势给了她一巴掌。

她捂着脸愕然地看着眼前的人。

一脸怒气的嘉佳。

— 6 —

张君显然也被这突如其来的情况吓到，然而他反应更快，在嘉佳想要掴第二巴掌的时候，飞快地挡在生生面前，咬着牙也挨了一巴掌，而后忍着痛怒道："宋嘉佳，你搞什么！"

嘉佳先是一愣，随即理直气壮地说："你应该问她做了什么好事！卓生生，你告诉我们，你身上这套舞裙是怎么得到的？嗯？是不是偷偷溜进我寝室拿走的？"

生生才从疼痛中挣扎出来，这一段话又劈得她晕头转向，出不了声。只听张君替自己辩护道："生生又不跟你住同一个宿舍，怎么可能偷你的舞裙？"

"是啊，我也在奇怪。隔壁高中部的学生竟然也能潜入大学生的宿舍行窃。"

"你胡说什么，生生是大一新生。"

"是不是你问她。"嘉佳挑衅的眼神愈加肆无忌惮。

张君转过头，却仍旧见到一脸茫然的她，指印清晰的左脸让他不住地心痛，忍不住为她辩护道："舞裙又不是只有一套，你凭什么说就是你的？"

"我当然可以证明，张君，你应该知道我每套舞裙的衣领里边都会绣上一个'JJ'，那是我名字的缩写，是不是一验就知道。"嘉佳说着，忽然一把扯过生生，

拉高她的衣领。

张君面色泛白，"JJ"二字在领口处，无须言语，事实已经昭然。

面对嘉佳有凭有据的控诉，生生除了木然，已经做不出其他的反应了。她不知道自己是怎么从舞会上出来的。

因为是周六，校园里难得地冷清，她一个人跌跌撞撞地离开，竟也没人注意。左脸颊火辣辣的，想是已经肿起来了，冬天的晚风肆无忌惮地在她脸上刮过，更添了痛楚。

可是她没有落泪。

不是不痛，而是忘了怎么反应，直到踏进房间见到娃娃的那一刻，她的眼泪才哗啦啦地落下，像是见到阔别已久的亲人，却又带着怨恨。

"你真的偷了她的舞裙？"

"本来就是我们先看上的，当然不能被她抢走。"

生生忘了流眼泪，不可置信道："你为什么要陷害我？"

"害你的人是宋嘉佳。"娃娃理所当然道，"是她对张君纠缠不休，是她抢了舞裙，是她在舞会上让你难堪，都是她害的。"

"不是她，是你，你怎么可以偷人家的东西！"

"你难道不这么想吗？我根本不算偷，生生，是她害得我们这么难堪，不能原谅她。"娃娃脸上已经动了怒气，黑色的眸子忽然化做红色。

生生忽然开始感到恐惧，呵斥道："你什么都不准做，回去，不要出来。"

可是娃娃怎么会听？它早已不受控制。只听见它说："只要宋嘉佳没有了，就没这么多问题，你等着，我们很快就可以跟张君永远在一起了。"

娃娃说罢，飞快地消失，生生紧抓住它的手忽地悬空，她猝不及防，一下子栽倒，头重重地磕在地上，顿时失去了知觉。

娃娃到底去了哪里？它已经不受她控制了……

生生醒来的时候首先想到的便是娃娃，转身急急地寻找，见它安然挂在门上，担忧才稍稍放下。可是等等，怎么它的脸这么脏？腮边的暗褐色污渍是什么时候沾上去的？她竟然毫无印象。

那颜色……那颜色……

还来不及多想，手机铃声便骤然响起，她吓了一跳，颤抖着按下接听键，那边已经传来声音："是卓生生小姐吗？这里是公安局，有件案子需要你协助调查。"

7

生生走出公安局时，面上已不见一丝血色。

昨天半夜，宋嘉佳在宿舍里遭人袭击重伤入院，正在抢救中，凶手已被抓到，正是张君。他自己交代因为宋嘉佳在舞会上侮辱他女友，心里不平，为了给女友出口气才来教训她。宿舍楼内的监视器里的确有他浑身是血逃离案发现场的记录，且时间吻合。

故意伤害罪成立无疑，可是临走时，他笑得很欣慰，对她说："我很高兴为你做这些。"

生生直觉地认为事有蹊跷，脑袋里只有一个念头：找娃娃问个清楚，昨天晚上它到底去了哪里，做了什么事情。

娃娃已经在等她，头发凌乱，衣裳满是褶皱，一条污渍从脸颊一直延伸到脖颈，身上更甚，暗褐色的污渍，怪异地分布着，分明是凝结的血迹。

　　"我知道你很好奇，没错，嘉佳是我杀的。可惜声响太大，被人发现了，不过还好有张君，居然叫我千万不要跟任何人说，要我快跑。他不知道，其实监视器里根本不会出现我的样子，他这样做简直是多此一举。"它的语气很平静，嘴角甚至带着微微的笑意，"我觉得他是真的喜欢我。"

　　生生觉得喉咙打结，挤出来的声音干涩得不似自己的："他喜欢的是我。"

　　"我知道。"娃娃满不在乎地应着，然后又露出笑意，"不过你就要从这个世界上消失了，我不就是你？"

　　生生猛地想到一个事实：娃娃同她一样，也爱上了张君，它想取代她在这个世间的存在。所以之前它才会比她更担心张君被人抢走，所以它的行为才会比她更为激烈。生生很想忍住恐惧，可是声音已经开始止不住地颤抖："可你只是替身！"

　　"从前我只是个幻象，当然只能当替身，不过现在，我们什么都一样，就连体重也差不多，我甚至比你有能力，凭什么要当你的替身？"娃娃伸出手慢慢走向她，"让我们合为一体吧，我会替你好好地爱他。"

　　"不……别过来！"生生瞪大了眼，看着娃娃的手指逐渐变得通红，迅速冲向门口，却发现门怎么也开不了，"妈妈……妈妈救我……"

　　"别喊了，听不见的……"娃娃的脸庞变得狰狞，双手长成利爪，笑容已经扭曲。

　　生生步步后退，背部贴到门板上，去路已经被挡，她绝望地拿起触手可及的所有东西一样一样朝它砸过去，衣服、风铃、花瓶，却被它轻松避过。

　　已经必死无疑了吧！她陷入绝望的谷底，手的动作依然不敢停止，它的手已经够得着她的头发了，眼看就要被揪住……

　　忽然娃娃脸色一变，抬手似乎想要接住生生丢过来的最后一样东西，却来不及了……

　　嘭……是摔碎的声音，有东西擦过它的指尖，在墙上炸开了花，碎落一地的碴儿，娃娃的身躯骤然定住，渐渐地、渐渐地开始变幻，越来越透明，直至不见。

　　生生喘着粗气，颓然坐在地上，恍惚之间想起神秘人的话："如果你要找我的话，只要敲碎那个娃娃我就会知道。"闭上眼的一瞬间，她似乎见到一抹白色的影子出现。

　　他说："好久不见。"

8

　　再一次醒过来，她发现自己待在一个陌生的地方，一面巨大的电视贴在墙壁上，旁边摆满了奇奇怪怪闪着各色光亮的仪器。她还来不及惊讶，随即见到一张似曾相识的脸，一瞬间，她便想起来，下一个动作便是紧紧抓住他的衣摆说："求求你，张君不能坐牢！"

　　神秘人先是一愣，然后伸手扶住她，轻轻叹道："我说过，不到迫不得已娃娃不能随便乱用，也怪我，没有告诉你娃娃和人群接触得越多，它的自我意识就会越强烈，到最后你根本就无法驾驭。"

　　现在说什么也没有用了，生生听不进去，只是哀求道："求求你，救救他！"

　　神秘人张了张口，正欲回答，却有人先他一步开口："如果你想挽救他，也不是没有办法。"

　　说话间，那人已经出现在她面前，是位白发苍苍却十分健硕的老者，他慈眉善目，微笑地看她。

　　"不论要什么代价，求求您救救他！"生生也不知哪来的气力，伸手拉住他的手臂不放。

　　老者俯下身，眯着眼问道："你真的愿意付出一切代价？"

　　生生忙不迭地点头："只要可以挽回他，我愿付出一切，甚至是我的生命！"

　　闻言，神秘人有些吃惊，他转过头，见到老者示意，遂轻轻道："老师是有办法把一切变回原样，但前提是所有人必须忘记娃娃出现之后所发生的任何事情。"

　　生生怔住，问："所有的事情？我也会忘记？"

　　"应该是说，时间会回到你得到娃娃之前的那一刻，但之后的际遇仍然由你来选择，如果你选择拒绝娃娃，那么事情会变成另一种情况，之前发生的一切都不会存在。"

　　老者又缓缓补了一句："包括你和他相爱过。"

　　也就是说，他和她有可能成为陌路人？

　　那张眉目疏朗的年轻脸庞，那微微噙着笑意给过她最甜蜜亲吻的双唇，那双明亮得可以照进她心灵的眸子，那双一直紧紧牵着她不愿放掉的手，都将成为记忆里的一个梦，从此以后再也不属于她？

　　生生的心在剧痛，头却不由自主地点下来："好，我愿意从头开始，只要他不用坐牢，我愿意从头开始，谢谢你帮我。"

　　"不，别谢我。"那老者却比她轻松得多，"我受过你的恩惠，自然是要报答的。"

　　生生一愣，看向老者，再一次确定自己的记忆里从未有过这么一个人，禁不住困惑。

　　"生生，你总有机会知道。"老者微笑着说罢，又无限得意，"我总算可以叫你的名字了。"

　　生生愈加困惑，旁边的神秘人已经做好准备，朝她道："请闭眼。"

　　她依言而行，只听到莫名的嘈杂声，随即进入昏睡之中。

　　生生消失之后，神秘人这才道："老师，对不起，我没有把这件事办好。"

　　"也是我没算对时间。回去把娃娃改良，这种情况不能再发生。还有，记住下次穿越，千万不要再受人恩惠。"老者摆摆手，看着神秘人退出房间，忽然朝另一个门口道："舅舅，舅母，这样的安排，您二老可满意？"

　　门被缓缓推开，一对老夫妇相扶着走进来，那老婆婆开口笑道："小非怕水的毛病到底是没得治了。"

　　老者讪讪地笑，他只是想让学生回去一趟阻止小非掉进水里，本以为万无一失，却不料生出这般瓜葛来，只恨同个时空无法穿越两次，不然也不用受此奚落。

　　老婆婆又火上浇油："你个臭小子，刚才占了我便宜，大不敬。"

　　老爷爷轻轻搂住妻子："让他一回算了，怎么说他也修正了错误，现在我们不还在一起吗？"

　　老婆婆幸福地笑，似乎又回到年轻的时候，犹自带着回味的甜蜜道："阿君，

当时的柔道比赛，其实是你故意让我的对不对？？"

"你是女孩子，我怎么能下重手？而且幸好那样，否则就注意不到你了。"

老婆婆突发奇想道："你说如果我没有出手救小非，那我们还会不会像现在这样？"

"当然会，别忘了是我先注意你的。"

"后来那次你怎么跟我搭讪的？"

"不记得，不记得，都几十年了，你记这些干吗？"老爷爷哼哼着装傻，见电视上及时闪出画面，如蒙大赦般推了把妻子道："已经回去了，想知道就看看吧。"

9

这是在生生拒绝神秘人送她娃娃的一周之后。

她如往常般陪妈妈练完瑜伽，再匆匆忙忙赶去柔道馆。其实她之前已经很久没来这里了，但是在这段时间里，她从未缺席。馆内的玻璃窗依旧亮得耀眼，阳光从上面射下来，恰恰落到正在对练的学员身上。扑通一声，有人被摔在地上，随即爆发出阵阵掌声。胜利者微微扬起头，视线落到她身上，朝她微微一笑。

她一愣，热泪盈眶。

待她坐到角落里的榻榻米上，他已经凑了过来，熟悉的温度，令她的鼻子莫名地酸涩。只听耳畔传来低低的寒暄："今天有点迟？"

"嗯。"

他又问："你是大学生？"

生生一愣，骤然抬头，有了前车之鉴的她忽然有所顿悟，迅速应道："不，我是M高中的，我读高三。"

"咦，真巧，我读你学校隔壁的大学，要是有问题不懂，可以来问我。"

生生双眸泪光盈盈，脆声道："好。"

男子反而呆住，不觉深陷其中，耳畔有那女孩若有似无的轻叹："其实，我们认识很久了……"

【小锅点评】很多时候，我也希望有另一个我能帮我做一些事，比如上班打卡、排队买票之类的。不过，看完本文之后就打消了这个念头，这个替身娃娃也太恐怖了……

一见误终身

■文／鱼幼薇　　■图／飞霜

你是他的巳，她是妃子，这指遥是的深情厚爱，哪有不承认，才得以保护对方的安危。是我控了，一直以来误会了你的心。林世清到底是不爱我

【作者感悟】：写这篇文章之前，已经很久没有写过宫斗之类的文章，所以想写写宫廷里带了诸多利益争夺的爱情。有人面对富贵权力，可以无视爱情的存在，有人却宁愿放弃所有荣华，只求和心爱之人长相厮守。但最后的结局，往往都逃不脱悲情。这便是古代大多数女子的悲哀吧。

彤云久绝飞琼字，人在谁边？人在谁边，今夜玉清眠不眠？

香销被冷残灯灭，静数秋天。静数秋天，又误心期到下弦。

——《采桑子》

【彤云久绝飞琼字，人在谁边？】

晨曦微露，晓色轻寒。

深宫的灯火，依旧燃得鲜红，就好像这宫廷里的争斗和厮杀，在无边黑暗之中，染出一朵一朵的血色。

而你我，不过是这妖娆中最寻常的一抹浓色。那些明媚的光辉，各有各的鲜亮，却通常只有一个不变的结局。

到如今再回想那一场美好的相遇，我还是能独自对着清冷的秋风痴痴笑出声来。那时，你我之间，还不曾有这一扇扇薄薄的宫门和一道道冰冷的宫墙。

那是一个清朗的夏夜，皇城外清河畔的小小酒家里，你一袭布衣携着风尘，在淡烟软月中，把掌仰酒。而店门之外，人流如水，赏夜色，放河灯，酬神明，又是另一番热闹的景象。

是我非要拖着你去清河里放纸船的。

在河边放纸船的多半是些妙龄的女子，她们对着这夜色乞求上苍赐予智慧和姻缘。而我却将纸船轻轻放在你的手中，半是玩笑半是真诚地说："据说，只要把心愿写在这纸船上，诚了心去求，就能得到圆满。"

你并不讶异于我的唐突，目光始终是平和如水，望着那细小的纸船，小心地轻放在河面上。

你一定也看到了，才会对着我温和地笑。那烛火映照的纸船上，隐蔽地写了两行细小的字：今夕何夕，见此邂逅。

心底仿佛有笑容绽开，温煦柔软得好似这微明的烛火，又好似这轻缓淌过的河水，暗自流动，却不知最后要流往何方。笑声轻巧洒落的时候，银河两侧遥遥相对的牵牛星和织女星，绽出荧荧的光辉，格外清亮。

待到要回宫的时候，我问得了你的姓名，是那样好听的三个字，洛子扬。

洛，子，扬。

轻轻启齿，萦绕舌尖，音调上扬。没有来由地温和和亲切，就像是在唤一个再熟悉不过的故人。

我告诉你，我叫姝兰。

是第一次，和一个全然陌生的宫外之人，提及自己的小字，同时也屏弃了那些从一生下来便相伴而来的身份和册封。

在你面前，我只是我，不是当今太后最宠爱的惜宁长公主，只是姝兰。

我是大梁国的惜宁长公主，而你，却只是那平南王府里的侍卫。这样的故事，本就不会有结局。我比任何人都明白，你我之间隔着的，又岂止是一道宫门？那是万水千山的阻隔，我寻不得出路，而你也进不来。

那一场凤台选婿，是我求了母后半月才求来的恩宠。

宫中女子的婚配嫁娶历来都是由帝王来赏赐，只有我始终坚持着要为自己的终身大事做主。这一生，顶着惜宁公主的封号活了小半辈子，却还不曾真实地为自己活上一回。

母后，终归是宠溺我的。

汉白玉筑成高高的凤台，设在京城最为热闹的街巷口，四面都有珠纱帘幕隔着，我在帘幕之中只能模糊地看到台下黑压压的一片人头。

可我还是在这模糊之中，准确地搜寻到了你的身影。

想起半个月前，我告诉你我的公主身份之时，你的表情依旧平静如水，我便确信了你是真的可以托付终身的人。从你的目光之中，我没看到贪婪、恭敬和畏惧，有的只是一如既往的温和如水。

我知道，这便是我一直以来要找的人了。

这是我们一同策划的戏码——凤台选婿。此前，我实在是找不到适当的理由，说服母后和皇上，让我嫁给平南王府上一个身份卑微的侍卫。

而这一次，也许是你我争取未来的最后机会了。手心早已是沁出细密的汗水，却还是将你之前给我的那包药粉捏得紧了又紧。

缓步走到凤台之前，面前的珠纱帘幕微微开启，我便在千万人之中牢牢地注视着你，对着你嫣然而笑。这一笑，便惊起了四下一阵的呼声，我转了目光，随意地横扫过去，心中便有了几分了然。

这些在台下等候的人，显然是经过了皇上一番好心筛选的，一个个都是锦衣华服，面容俊俏。

不过，这些都不重要了，只要你在就好。

绣球抛下的瞬间，我轻轻地闭上了眼。

而在这之前，所有人都已然闪着身子四下躲避开去了。因为，在我戴着厚厚的手套拿起绣球之时，也打开了你给我的那包药粉。我依旧是笑得宛如银铃，对着底下温言软语道："这包是蚀骨的毒药，普通人只要沾上一些便会在瞬间七窍流血身亡。若想要当这驸马，便得先替我死上一回！"

我将药粉撒上了那鲜红精致的绣球，底下便是意料之中的一片哗然。

前一刻，它还是万众渴求的珍宝，只要得了它便得了富贵荣华；这一刻，它又立时转变成了大家避之不及的利器，唯恐碰了它便会失了性命。

绣球坠落的时候，我闭着眼睛都能看到那些人如猢狲般四散而去的狼狈样子。我们早就商量好了，这绣球，一定只有你敢去接！因为你给我的那包药粉，原本就不是毒药。而我相信，就算那上面是真的涂了毒，你也会义无反顾地接下。

我不看不听，却仿佛能感受到光芒轻轻地覆在我的身上，那么温和，那么柔软。所有的喧嚣霎时自耳畔退去，我只听到有脚步声，一步，一步，稳健而从容地迈上了玉质的石阶。

"惜宁公主千岁千岁千千岁。"有人跪下，行礼。那声音温和，平淡，却陌生。

陌生！我霍然睁开眼睛，只望见他从容地跪在我的身前，高举着双手，托着那个绣球，剑眉朗目，神色恭敬，却是丝毫没有喜悦之意。

我的脸色定是惨白惊恐的，我问："你！怎么会是你？你不怕死？"

他的语气依旧从容，道："若真能死在公主手中，也是在下的荣幸。"

随后，我看到众人齐刷刷地跪下，内侍太监用尖细的嗓音报喜道："平南王之子林世清得选驸马！即刻进宫见驾！"

是林世清，不是你洛子扬。

而我几乎要颤抖着跌下凤台，我从高处望下去，你竟跪在众人之中,俯首谢恩。

夜，深了又深。西风独自凉。

我将微寒的秋风拢在这宽大的袖筒中，却还是稀释不掉脑海中那一丝的苦涩想念。剪尽了灯花，望穿了秋水，只剩了再无处可寻的希望。

再见你，是在这深宫御苑之中，那一日，你是随了林世清一起入宫见驾。而

我只问了你一句话："为何不接绣球？"

你沉默半晌，才开口道："我也没想到绣球会落在他的怀里。他原本是不来的，因为这凤台外守卫森严，我只是个小小的侍卫，不得入内，才不得不拉了我家公子相随。"

"即便如此，你为何不先他一步去抢得绣球？"

"他是主子，我是奴才，他若有意要接，我便抢不得。其实……我不如他。"你的眉眼间有浓重的哀愁，"我是知道了这绣球不会要我的命才肯去接的，而他，却在绣球砸向他时丝毫不躲闪，他是真正肯为你舍弃性命的人。而且，我只是一个侍卫，他却是将来能世袭平南王爵位的公子，他才是真正配得上你公主身份的驸马……"

你竟是这样说了。

我的眼泪如断了线的珠子，再也止不住，哽咽着说："你该知道，我要的不是能为我死的人。我要的是能和我一起好好生活下去的人！"

你在我身前跪下，一如你跪在凤台下时神色歉然，却是那样决绝。我有些恍惚，这还是我认识的那个洛子扬吗？分明不是了。

你对着我叩首，说："公主，奴才该死。"

好一个"奴才"！

你忘了吗？在你面前，我从来都不是公主，我只是姝兰。

我的泪渐渐冷在风中，要知道，若是早知会是如此结局，我宁可那绣球上面涂抹的是真的毒药。

如此，便也干脆。

连着几日，都是心灰意懒。

直到那一日和林世清一同去清宁宫给母后请安，才终又在心底掀起了波澜。

看得出母后对林世清的喜爱。只是，他在我们面前恭敬谦和得过多，便让人觉察不出那其中的真意。我甚至从来都不曾看到他对着我笑过。

从清宁宫出来，一行人便又去了凌霄宫。

那里住着的，是皇帝哥哥并不怎么宠幸的一个妃子，淑妃。她正是平南王的小女儿，林世清的胞妹。淑妃娘娘入宫不过一年多的时间，也甚少得到皇上的临幸，据说性子也是淡泊无求，当初册封的时候，是她自己有意了这最远的最靠近西面林子的僻静宫苑。

原以为这样避宠的妃子肯定是相貌生得丑陋些，却不想是个品貌端庄的绝色女子，待人接物也都合宜有礼，的确是称得上"淑妃"的这一个"淑"字。

待林家的人开始说些梯己的话，我便自觉无趣地领着宫人们出去逛园子了。这凌霄宫虽是偏远了些，却也是风景秀丽，小小的园子中竟有一条涓涓的小河穿过。

见我望着这小河凝了神色，便有宫女上前告诉我，这河水是流到宫外去的。据说，这淑妃时常会独自在这儿放些小纸船。

正说着，便瞧见不远处一只小船被一个石块阻了去路，于是唤了宫人给捞了上来。这纸船并未完全打湿，显然是今日才放不久的。

船体上面那样娟秀的字体，一笔一笔清晰地写着三个字：洛子扬。

我曾经觉得熟悉亲切的名字，竟被皇上的一个妃子写在纸船上，随着河流四处漂流。沿着河畔往下走，又找到了几只一样的小船，船上竟是一样的字体、一样的名字。那纸船定是载满了她的哀愁和思念，沉重得无法自在航行，才会搁浅在这深宫。

那么，她如此拒绝皇宠，也是为你？

而你呢？待她又是怎样的情意？

你依旧是那样平静。

你说，你自小便在平南王府，和淑妃娘娘算是旧相识，娘娘待你宽厚，不拿你当下人看，你们之间也只是亲如兄妹的感情。你说你从来没有喜欢过她。

我便怔怔地问了："那你可有喜欢过我？"

你答得坦然，说："曾经有过，在你还是姝兰的时候。可是，你不单是姝兰，还是惜宁公主。今夕已不是往昔了。我洛子扬无能，承蒙公主错爱了。"

原来，这一往情深的情感，只是你眼中的一场错爱。

我却仍不死心地想要追问。而你先我一步，堵了我的口。你说："公主，明日我便要回乡下家中和我表妹成亲了。"

你说这些话的时候，是在我的宫苑之中。而你不知道，那时我已经邀了淑妃来我这儿小坐，我把那天捡到的纸船丢在她面前的时候，她的神色竟也一如她的兄长接到绣球之时，平淡而从容，让人难以捉摸。

她一直都隔着帘幕听我们说话。你走后，她也是神色平静地起身，和我告辞。

她说，这些纸船只是宫人们闲来无聊放着玩的罢了。上面的"洛子扬"三个字，也许只是她陪嫁入宫的哪个小丫鬟因为思慕府上相好的侍卫才写下的。

我又如何肯信你们？你是侍卫，她是妃子，这样违逆的深情厚爱，唯有不承认，才得以保护对方的安危。

可这些，都已不再重要了。因为，你要走了，要成亲了。

而我，也要出嫁了。

【香销被冷残灯灭，静数秋天。】

我的命运，早在那凤台选婿之时，就被牵系在了那一个小小绣球之上。这条路，是我亲手选择的。当我决然赌下这一生的幸福之时，便再没有了转圜的余地。

这无可避免的婚事，却又在被提上日程的时候，被悄然搁下。其中最重要的缘由是边疆叛乱，林世清随着平南王一起带兵征战沙场去了。

临行前，他来看我，只留了一句话给我：若是活着回来，便马上娶我；若是回不来了，也请我节哀。

我只能对着他温煦地笑，心里一阵空落。

此后的每一日，我都只安静地陪在母后身旁，看着她念经、侍弄花草。一晃也有五个月了。

这五个月来，林世清一直给我来信，报平安，然后，诉说对我的思念。他在信上，写着那么多细腻深沉的情感，一封接着一封，不曾断过。

我的心，也在这字里行间的深情中渐渐柔软。我不该怨他、恨他。是他愿意为我赴死，为我接下绣球；是他为了我们的朝廷尽忠，血溅沙场。

我该等他回来的。不管爱或不爱，我都该信守诺言，和他完婚。

而在这时，皇宫之中从天而降了一个喜讯：淑妃娘娘怀孕了，已有四个月了。

之前几个月，宫女们只说娘娘身子不适，卧床避不见人。这淑妃素来不与他人往来，又住得偏远，受皇上冷落，连宫女太监们也不把她放在眼里，这一病也

一见误终身

没有多少人在意。却不想这一转眼间听说她怀了龙裔了！

这下，原本冷清得无人到访的凌霄宫突然间变成了最热闹的场所。皇上每日都摆驾探视，封赏络绎不绝，这些，都让后宫中原本不安分的女人们妒红了眼。

可这淑妃也还是冷着性子，除了皇上和太医，其他人的探访一律以身体不舒服推托掉。

这个女人心里，到底有着怎样的清冷，才能如此不喜不悲，像一株野草一般悄无声息却又坚强地活着，活在这尔虞我诈的后宫之中？

淑妃生产的那一夜，边疆传来捷报。

平南王平定了叛乱，已经在凯旋回宫的路上了。

夜色如水，花月静好。

在这宁静安详之中，却刮起了阵阵森森的风。那廊檐上的烛火被吹灭了几盏。心绪缭乱之时，有宫人来报，是那样简单的消息：淑妃难产，诞下皇子之后，失血身亡。

那样宁静如水的女子，似一盏烛火，就这样悄无声息地灭了。

我起身，披了件衣裳，踏着这凉薄的夜色，恍惚出了门。整个皇宫仿佛格外安静，安静得仿佛只听得到那嘹亮的婴儿啼哭声，一声声划破漫漫长夜。

御花园里，隐约可见一个身影立在那湖边，一袭明黄色的龙袍被月光照得格外炫目。他听到了我的脚步声，却不曾回转身来，只无力地道："朕说了，朕想一个人待着。"

"皇帝哥哥，是我。"我轻声道。

他回转身来，眼神却是疲惫而惆怅的。第一次，竟觉得皇帝哥哥也有些苍老了。他说："朕身为皇上，坐拥全天下，却不能留住自己心爱的女人。有时候，朕也会羡慕那些寻常人家的生活，可以不用在乎身份，不用在乎得失，活得自在轻松。这些年，朕，真的累了。"

而第二日，平南王军队回京之后，欢庆的盛宴依旧是空前隆重，所有人都把盏言欢，喜气洋洋，仿佛那难产而死的淑妃，不是皇上的妾，也不是平南王的女，不过只是个与他们不相干的失宠女子，在这幽深的后宫里增添了一缕新魂。

却还是在当晚去找寻母后的时候，听到了一些令人心寒的话。

"鸢鸢，你变了。你怎会变得如此狠心决绝？"月色凉薄之中，我看到他负

手而立，眉目苍凉。鸾鸾是母后的小字，他竟这样喊她。可是，我没看错，这眼前的人，不是平南王又是谁？

母后背向我，我只听得见她沉静的声音，回荡在这柔软的夜里："你我的情意，早在我当年入宫之时已结了。我如今是太后，我要做的，只是保全我皇儿的江山社稷，平息这朝野纷争。你平南王的野心，未免也太张狂了！"

"野心？这一切都是你逼的！若不是你抛下我们的情分贪图这富贵荣华，入宫为妃，我也不会这样疯狂地追求名利权位！我只是想证明给你看，我从来都不比他差！你要江山社稷，我也能给！"平南王微有哽咽，"可你为何要杀了淑妃！她为他诞下龙子，又有何错！"

"嗬！正因为她诞下龙子，才非死不可！"母后的话语里，净是森然，"别以为我不知道！你安排她入宫的唯一目的，就是在众多妃子当中第一个生下皇子！你觊觎这皇位，也不是一日两日的事了。若不是我以杀她作为威胁，你们怕是早已勾结了那些边疆乱贼，起兵造反了吧！"

原来，哪里是什么难产而亡，不过是又一场暗中的厮杀罢了。我想起了那一夜皇帝哥哥独自惆怅伤心的样子。这杀戮里，一定也有着他的意思。他一定是爱她的，却因为她是平南王的女儿而不得不疏离。他也一定是想保护她的，可是，就因为他是皇上，他不能。

平南王的身体微微颤抖，紧握了拳，复又松开，他语气缓和下来："的确，我安排女儿入宫，是有目的而为之！可是，以我的实力，若要造反，也不会等到今时今日了。我始终是不忍……不忍那样狠心对你。"

母后仿佛是被他的话语镇住了，沉默良久，低声叹息道："我的心已经死了，早已没有了往日的念想。我杀了淑妃，自然也会还一个女儿给你。"她抬头望月，言语冰冷，"姝兰和世清的婚事，也该筹备了。"

【静数秋天，又误心期到下弦。】

最后，我还是从了母后的心意。

"吉时到。扶惜宁公主入彩舆。"尖细的声音回荡在清宁宫门前。母后轻握着我的手，缓缓放开。

她的笑，从来都是淡定平和，一如她身上常年礼佛所带来的檀香味，让人永远也无法猜透，那笑容背后深藏着怎样的杀气和冷漠。

　　她说，世间一切情爱本就是虚幻，爱或不爱，到底只是一场热闹清欢。你看开了，也便罢了。

　　母后一定是不曾这样深刻地爱过的。要知道，从来都是情缘易了，相思难断。我又如何逃得开这俗世的情爱纠缠？

　　可是，我嫁给他，本就不是因为情爱。在母后的世界里，我嫁去平南王府，不是为了自己，而是为了这天下苍生。她说，那林世清是个可用之材，若能真心归顺朝廷，便是极好；若是不能，就绝不可手软，以免留有后患。这一切，就得靠我嫁去平南王府之后努力劝服了。

　　我的心，在这秋风中凉透了。

　　轿帘缓缓垂下的那一刻，我深深回望了一眼这座气势宏伟的宫殿。砖墙依旧冰冷，而遥远的天色亦是阴沉黯然。有稀薄的细云聚合起又离散开，衬着这鲜红的喜字，竟是如此不应景。

　　轿身颠簸，那些深重的悲凉便不断地在夜色中翻涌上心头。闭上眼睛的时候，蓦地想起了那一夜皇帝哥哥说过的话，身为皇上，坐拥全天下，却不能留住自己心爱的女人。他一定是深爱她的，却还是赐了她毒酒。而我，身为公主，也无法从容自在地去爱自己心爱的人，要背负着这身份，嫁给另一个身份，完成一个又一个的重任。

　　起轿，抬舆，出宫。

　　旧时光，重叠在斑驳的月影之上，慢慢隐没在我的眼前。

　　所有的热闹散场，便只剩了我和林世清对坐在床头。

　　他，依旧是疏离而恭敬，目光平淡如水："其实，那日我决定跟随父亲征战沙场时，并没有想过要活着回来。"

　　"我也没有想过你会回来。"我知道，他不爱我，可想起那些字字情深的信，却还是不禁要问，"你，当真有爱过我吗？"

　　他迟疑片刻，说："若是按照家父的意思，我应该说有的。但是，我不想欺瞒公主。"

　　我心下一酸，道："那你当日为何要接我的绣球？"

　　他的目光渐渐暗淡下去，说："如果可以选择，我便宁愿不要生在这样的人家，而是去做个俗世里的自由人。"

　　如此似曾相识的话。

　　原来，我有我的无奈，他也有他的悲哀。

　　"从一开始，这便是一场计谋。那场凤台选婿的戏码，那个抛绣球的想法，都是我爹为了攀附皇室而设计的，为的是要我成为驸马。"

　　所以，你洛子扬，竟只是平南王为我安排的一个诱饵而已！我这样轻易地就上了你们的当，成了这局中的棋。

　　"那一日，我原本怎么都不肯去凤台，可是，我爹囚禁了我心爱的女人，若我不答应，他便会杀了她。"

　　我终于明白了他那样从容而冷漠的眼神从何而来。而淑妃，也是和他一样。

　　"我妹妹，也是为了保全她深爱着的洛子扬，才答应爹爹嫁入深宫。可是，她还是不肯邀宠，爹爹便一再拿洛子扬的性命相要挟，她才妥协了，怀了皇上的孩子。"

　　我的心恍若针扎般疼，只有那么孤清的女子，才能在心底深藏这样隐忍的爱。我眼眶竟有些泛红："他到底是狠心，娶了那乡下的表妹，便再无音信了。"

　　他神色恍惚，道："他哪有什么乡下表妹，他是孤儿，自小便被我爹收留了。他若是真的狠心，便不会为了救我而死了……"

　　心里忽然窒息般地疼，泪凝在眼角，再也听不见后面他说了些什么，只知道耳畔轰然作响，一阵阵地回荡着那一个字，锥心刺骨的寒意四散开来。

　　死。他说你死了。

　　是我错了，一直以来误会了你的心。

　　林世清到底是不爱我。他为了不娶我，才特意请缨上战场杀敌。我没想到，你也随着军队去了边疆。

　　你真傻！你又如何懂得我的心！你以为，谎称你要娶别的女子为妻，便可以消减了我对你的爱和恨，你未免太天真。

　　也只有这样傻的你，才会在敌人的箭射来的时候，不顾一切地挡在林世清的身前，用自己的性命保全他的安危。这一去，他本没有想要再回来。他也是那样

痴情的男子，宁死也不愿辜负那心爱的女子。所以，那一战，本没有任何的危险，他却有意快马加鞭，冲锋陷阵，迎着敌人射来的箭，只求一死。

是你，洛子扬，以命换命，保护了我的驸马。在那鲜血染红的衣襟里，藏着的，是你写好的未来得及寄出的数封信。那些信和之前已经寄到我手中的并无分别，信的抬头一如既往地写的是我的名字，而落款却永远是他。

那些一字一句的深情，都是你用他的名义在诉说，为的只是让我能够被他的真情感动，减少对他的抵触之意。

你临死时，最后的所求，竟还是为我。你唯一的要求，就是要林世清好好地照顾我。

你说，你这一生做过的最后悔的事，便是听从了平南王的安排。那时的你，原本不知道平南王的计谋，只是那样天真地想，我若是嫁给林世清，才是般配，不会委屈了我公主的身份。

我的泪簌簌地落下，那一句"今夕何夕，见此邂逅"到底不是虚情！只是如今，这些情深意重，却再也无法听你亲口告诉我了。

这一夜，红烛淌着泪，燃得伤心欲绝。那些情深意重，曾经真切地存在过，却像是初秋的月，圆过，终究还是转了缺。

我是公主，就得背负着这个名分带给我的责任，无从选择。就像母后慈悲之下深藏着的狠毒、平南王忠心之下藏匿着的野心，这些，原不是我们想要的，却又不得不要。便是皇上也好，林世清也好，淑妃也好，都逃不脱这最后的凄然。

于我们而言，觅得一段纯粹的爱恨情缘，到底是太过贪求。

佛说，缘起即灭，缘生已空。

如梦如醒，这一生的遭遇似真似假，待到误了心期，心字成灰之时，才终得彻悟母后那一句，世间一切情爱本就是虚幻。

今生早已缘尽，唯有等来生。再不会两相误，也再不会有那些令人烦扰的身份阻隔，只做最寻常的俗世夫妻。

我会等，一直等，等着来世再见你时回首嫣然，对你说那一句：

今夕何夕，见此邂逅。

　　【小狸点评】：这是一个将背景设定在深宫的极悲情的稿子，幼薇用短短几千字构造了一段段错综复杂的爱情关系，故事里的每个人背后都有一份无奈的感情，有人为了利益放弃爱情，如太后、皇上、平南王；也有人为了爱人而放弃爱情，如洛子扬、林世清、淑妃，可叹的是最终，他们谁也没能得到幸福。

小编好友印象

【小编们"好友印象"全揭秘！！】

俗话说：画虎画皮难画骨，知人知面不知心……所以，有的人闷不闷骚表面上是看不出来的（鬼妹：你是在说我吗？）。幸亏群众的眼睛是雪亮的，这个世界还有一种叫做"好友印象"的东西（花粉：你OUT了，早八百年就知道了……），想不想看编辑部小编们的好友印象啊？快围过来吧！！

【调姐的好友印象】

小锅：又是"萝莉"又是"御姐"！！调姐你是天山童姥吗？

调调：我可以理解为你是在嫉妒吗？！

小锅：……

【锅崽的好友印象】

调调：呵呵呵呵呵呵呵，又当爹又当妈的，锅崽你一定很累吧……

小锅：……

小狸：咦，锅崽，原来你爱喝酒啊，怪不得皮肤那么差……

小锅：你皮肤才差，你全家皮肤都差！！

【朵爷的好友印象】

橙子：这是我见过最混乱的好友印象了，话说，"贡丸"是啥意思啊？

小锅：其实就是（嘴巴被追杀过来的朵爷捂住）……

橙子：哦……我懂了……

> 驱除鞑虏，
> 恢复中华！真正的蜜
> 冷幽默至尊 糖007！！
> **风韵犹存** 一跪三尺高 不要和胖子
> 前面的人说 住了好不好
> 忧伤派掌门人 得太对了！
> **强迫蓝朵朵** **8个A**
> 做你孩子的妈

你们别说
了好吗！
小天使 乱在当下
孩子他妈 日答上来 吃完就拉！
绝下的是 看鸭拍瓦
大头！！
嗝儿嗝，贡丸，
榜杀啦是火寒 **真汉子**

【丐小亥的好友印象】

鬼妹："8个A"是指"A片"的"A"吗？

小锅：任性的小东西，好奇是会害死猫的哦……

鬼妹：算了，你不说我去问调调！！

小锅：调姐也不知道！！

【狸崽的好友印象】

调调：狸崽果然不负众望，表里如一，蕙质兰心，干脆下次就让她做我们组的形象代言人算了……

小锅：难道我不表里如一，我不蕙质兰心，我不贤良淑德吗？

调调：你哪里表里如一，哪里蕙质兰心，哪里贤良淑德了？！

小锅：……

调调：……

> 野性 可怜的 温情才女
> **才女** 大智如愚 公主才女
> 过路费 **好编** 含辛茹苦
> 嘿嘿—— 的乞丐小女人
> 美女啊， 拿得一手好菜
> ○水—— 写得一手好字

【橙子的好友印象】

鬼妹：老实说，那个"很温柔的姐姐"是你骗哪个小朋友添上去的？！

橙子（一脸的娇羞）：人家本来就很温柔啊……

众人：呸！！

> **敏感**
> 不知 **领导**
> 乱七八糟的人
> **痴情** 外表野蛮，内 **小妖**
> 心里藏来的小泼猫
> 懒天鬼狐子报 可爱，开心果
> 恶猫来的嘛怕他 大家都喜欢
> 和你在一起 欢喜冤家

> 乞丐装的代言人
> 让人嫉妒的才女 **才女**
> **俺家鬼** 挚友

【鬼妹的好友印象】

调调：鬼妹，你的这个最没爆点！！

鬼妹：有啊！！

调调：哪里？！

鬼妹：没有爆点才是最大的爆点啊！！

调调：……

如果某天你正在大街上闲逛，突然路边有个人向你表白，你会怎么样？

是立马扑上去，还是羞涩地掩面逃走？请看下面12星座面对突然而至的表白时，会做出怎样的举动……

12星座与路人甲

【水瓶座】（01/20—02/18）——特质：冷静神秘

路人甲：我爱你！

水瓶座：你想不想兼差赚一点钱，现在有一个好机会，有没有兴趣听听？

路人甲：没有兴趣……

水瓶座：这不是老鼠会，也不是什么传销，但保证可以让你月入数十万……

路人甲：去死吧你！

水瓶座：相信我，机会是留给懂得珍惜的人的……

路人甲：真是够了！！

【双鱼座】（02/19—03/20）——特质：敏感多疑

路人甲：我爱你！

双鱼座：你是谁？

路人甲：我是一个很爱你的人！

双鱼座：我认识你吗？

路人甲：认不认识并不重要，重要的是我爱你！

双鱼座：你不要耍我，你到底是谁？

路人甲：嘿嘿嘿……

双鱼座：喂喂喂……不要耍我……

【白羊座】（03/21—04/20）——特质：脾气暴躁

路人甲：我爱你！

白羊座：哈哈哈……

路人甲：我好好好爱你！！

白羊座：你去撞墙吧……哈哈哈！！

【金牛座】（04/21—05/20）——特质：固执急躁

路人甲：我爱你！

金牛座：神经病。

路人甲：是真的！！

金牛座：神经病。

路人甲：我是真的很爱你！！

金牛座：好好好，那我也好爱你，爱死了爱死了……可以别吵我了吧？

【双子座】（05/21—06/21）——特质：性格多变

路人甲：我爱你！

双子座：你打错了吧？

路人甲：没错……我……爱……你……每个字都对。

双子座：那我知道了……你……是……变……态……没错吧？

【巨蟹座】（06/22—07/22）——特质：温柔谨慎

路人甲：我爱你！！

巨蟹座：我吃过饭了。

路人甲：啊？

【狮子座】（07/23—08/22）——特质：自信正直

路人甲：我爱你！

狮子座：乱说什么？

路人甲：我爱你呀！！

狮子座：哦。

（过了一会儿……）

路人甲：喂喂……

狮子座：干吗？

路人甲：我爱你啦！

狮子座：我知道啊。

路人甲：哦。

【处女座】（08/23—09/22）——特质：追求完美

路人甲：我爱你！

处女座：真的？？

【天秤座】（09/23—10/22）——特质：十分自恋

路人甲：我爱你！

天秤座：我知道。

路人甲：为什么知道？

天秤座：因为你是第八十九个对我说这句话的人。

【天蝎座】（10/23—11/21）——特质：神秘冷酷

路人甲：我爱你！

天蝎座：我生前都没人跟我说过这句话……

路人甲：对不起，打扰了……

【射手座】（11/22—12/21）——特质：幽默奔放

路人甲：我爱你！

射手座：为什么？

路人甲：如果我找得出爱你的原因，我早就找到理由不爱你了。

射手座：你的盲目令我困惑，难道你还不明白我们之间是不可能的吗？

【摩羯座】（12/22—01/19）——特质：欠缺幽默感

路人甲：我爱你！

摩羯座：我揍你！

疯狂的便笺墙

QQ 签名类

心情很 DOWN……好想试试喝醉是啥滋味！可是，口袋里只剩七毛钱了——不对，晚上洗衣服的时候还洗出来一块五。加起来两块二，连买瓶菠萝啤都不够……BOSS 明天发不发钱！！——没钱花的姑娘雪人

小锅：你这种变相地催发工资的方法真是太给力了，膜拜！！

工资就像大姨妈，一个月来一次，一周左右就没了！——悲摧的小狸

小锅：那"痛经"呢？"痛经"是个啥情况呢？

我的兴趣爱好可分为静态和动态两种，静态就是睡觉，动态就是翻身。

——最近严重睡眠不足的鬼妹

小锅：鬼妹，你的爱好怎么可以和我的一样？！

188

骆驼之所以不哭，是因为知道水的珍贵。——环保达人调调

小锅：调姐，我要向你学习，把我昨天喝剩下的矿泉水给朵爷喝，这样可以节省水资源！！

诅咒不交稿子的人，来一辈子大姨妈！！——被写手拖稿拖得想去 SHI 的小锅

小锅：写手们，看到我字字泣血的诅咒了吗？不想一辈子来大姨妈的赶紧给我稿子，好吗？？

只怪我之前对你关注得太少，我发誓从此以后对你温柔。——心怀灭鼠大计的橙子

小锅：橙子，你家有多少老鼠啊？要是老鼠听到你这句，估计都会为你倾倒吧……

留言类——

TO 丐小亥 ：我在吃着腻死人的小笼包熬夜！我在写脚本！写策划案！写稿子！起标题！作为决定要合作写书销售百万册的你的同伴，我如此敬业，你睡得安心吗？诅咒你睡觉流口水尿裤子！——梦想一夜暴富的朵爷留

小锅：朵爷，赚了百万别忘了我好吗？！

TO 橙子：下次去 K 歌，我们的必点歌曲《纤夫的爱》你能不唱女声了吗？其实你唱男声就和原唱是一模一样的！！——唱歌走调的鬼妹留

小锅：没想到你们的嗜好这么特别！！

TO 抽风的 12X 路公交车司机：任性的司机欧巴桑，你到底要怎样？！你要么就半天不来，害我迟到；要么就不把轮胎喂饱气再来，老是半路抛锚；要么就把 12X 当轿车开，还飘移！！它是一台年久失修的公交车，不是迈巴赫！！——被 12X 路公交车折磨得精神分裂的橙子留

小锅：如果我说我也感受过 12X 路飘移，并且我觉得还不赖，你会杀了我吗？

TO 前任男友：上次回家参加同学聚会，听他们说起你现在过得不好，我就安心了！——其实放不下的狸崽留

小锅：狸崽，你的心脏长草了。

● 狸崽 ●

明天就是发工资的日子，真是好让人期待啊!

狸崽打开淘宝，开始疯狂地淘啊淘——信用卡真是好东西，工资花完的月底我最爱它了!

今天要发工资了! 于是狸崽很 HAPPY 地用身上最后十元钱打了个的上班……

盼星星盼月亮，望穿秋水，下班前一刻，BOSS 终于发话了：从今以后，咱不发工资了!

● 调调 ●

以后都不发工资了? 不用这么狠吧? 虽然 BOSS 每次开会都教育我们 "真正的团队是半年不发工资也愿意帮你做事的人，那些每天都计较工资多少的人只能算是团伙"; 也虽然每次在厕所门口偶遇 BOSS，他看调调的眼神都很慈祥，蕴涵着丰富的含意，但是没有工资，还搞个屁啊!!

稿子不看了，互动也不写了，赶紧打开文档，开始写辞职信：

尊敬的 BOSS：

我一直以为就算你拿扫把赶我，拿拖鞋揍我，我也会赖在这里不走，没想到啊没想到，你竟然有比这些更狠的一招! 俗话说，人之将走，其言也善，有句话藏在我心里很久了，那就是，上次你借给我买房子的钱，可以不还了吧?

每个月工资就那么一点，还要还那么多给你，真的很辛苦，没有工资发以后，更加还不了了……

话也就说到这里，你自己看着办吧，大不了上次去调查市场花费的几十块钱，我就不找你报销了……

● 小锅 ●

第九十九次心怀不轨地路过 BOSS 办公室门口……再加一次，我想下辈子就能和 BOSS 百年修得同船渡，千年修得共……算了，恶心兮兮的。不过，工夫不负有心人，我终于在厕所里……把

大 BOSS 堵 住 了，一手拖住 他，一手开始 拉开外套的拉 链——

BOSS：(捂 眼）小锅啊， 别这样，我们 是 合法企业 呢！

小 锅： BOSS，你睁眼 看看！

BOSS：不 要 啦……我会 害羞的呀！

小锅：啊！你拉链怎么开了！

趁 BOSS 低头看的时候，我把放在怀里已经捂得热乎乎的辞职信塞到了 BOSS 手中，并且飞快地 逃离了这个是非之地……

● 橙子 ●

没想到啊，真没想到，大 BOSS 这种断我们口粮的行径遭到了大家众志成城的反抗！看着大家一个 一个如下饺子般将辞职信塞到大 BOSS 的手上，橙子想，是不是应该采取点更为特别的手段？于是一 个惊天地泣鬼神的计划就这么在橙子的肚子里孕育而成！！

在下班后的千分之一秒内，橙子迅疾地跟上了大 BOSS 的步伐，看着大 BOSS 朝他那辆拉风的宝 马走去时，橙子扑通一声跪在大 BOSS 的宝马车门前，紧紧地拽住大 BOSS 的裤腿，一把鼻涕一把泪 地央求大 BOSS："就看在我上有八十老母，下有还没出世的孩子的份上……放我一条生路。"可是， 铁石心肠的大 BOSS 在看了橙子几秒钟后，说出一句让橙子万分震惊的话："要不，你去我家吃晚饭？！"

● 鬼妹 ●

目前为止我们组只剩下我一个人在了……中午去食堂吃饭的时候竟然连大师傅都莫名其妙地失 踪了，惊悚之余，我端着饭盒一路敲回公司，竟然看到橙子上了 BOSS 的 BMW，一时好奇的我用身上 最后十块钱打了个的士跟在他们身后。难不成将所有人逼走的主意是橙子想出来的？她和 BOSS 什么 时候这么默默无闻地勾搭上了？！我脑海中立刻浮现出了众多浮云神马的，但是最终的结果是，我 看到橙子中规中矩坐在 BOSS 家花园里那张已经腐烂的椅子上吃着四菜一汤，一个红萝卜一个白萝 卜一个腌萝卜一个酱萝卜还有一盆跟清水差不多的汤。这一刻，我彻底地悲催了，大吼道： "BOSS，以后你还是不要给我们发工资了，每人发两斤萝卜好吗？"

女孩的美丽是养出来的！

俗话说"一白遮百丑"，每一个女孩都是天使，没有不美的女孩，只有不勤快的女孩。爱美的女孩子们只要稍稍一动手，拿起身边随手可取的东西，就可以DIY一款美白面膜，让自己变得白皙无瑕哦。现在就让小编教你们两着"膜"法宝典吧！

Step1
将木瓜对剖成两半，用茶匙挖掉木瓜子。

木瓜面膜

材料：木瓜 1/4 个（约60克）、
酸奶5茶匙（约5克）、
果汁机、茶匙、面膜纸、小碗。

将木瓜去皮，每次取 1/4，切成7厘米见方的小块，剩余的用保鲜袋装好，放入冰箱冷藏室。

Step3
放入榨汁机打碎。操作前可根据需要放入适量清水。

Step4
将搅拌成泥状的木瓜倒入面膜碗。

Step5
加入5茶匙的酸奶（最好用原味酸奶），搅拌均匀。

Step6
避开嘴唇、眼睛周围，将该面膜敷在脸上，10分钟后用清水洗去，轻轻拍上爽肤水即可。

敷完以后，你就会觉得皮肤很清凉、紧致，大油田马上变得清爽无比哟！

TIPS：这款面膜比较适合在早上使用，夏季操作时，还可以先用保鲜膜把制好的面膜封起来，放在冰箱的冷藏室冷藏10～20分钟，再拿来敷脸，会觉得更加清爽，让皮肤更紧实。

将滤纸折成杯子口的形状置于杯子上。

将酸奶均匀地倒在滤纸上等待。

酸奶面膜

材料：酸奶 1 杯、杯子 1 个、滤纸 2 张、化妆棉 1 张。

约半个小时左右后可以看到如图的情况，取下滤纸。

将化妆棉过滤后在液体中充分浸湿，按照箭头指示方向拉开化妆棉，保持 20 分钟左右即可。

酸奶面膜可以活化皮肤，使皮肤恢复弹性，美白作用也很明显哦。

TIPS：在使用酸奶面膜前，可在耳后做皮肤测试，有过敏体质的人应在做完皮肤测试，确定没有异常反应后再用。

鬼妹：锅，这个主题我可是专门为你做的呢，有没有觉得很贴心？有没有感动得泪流满面？

小锅：我感谢你全家！

小狸：锅！如果你每天照着这个配方 DIY 一下，以后你就不用那么辛苦地擦那么多粉了……就算偶尔来不及化妆也不至于让我受到惊吓了！

小锅：老娘是有多黑！

调调（扶扶掉下来的眼镜）：啊耶！那我岂不是闻不到锅身上的粉味了？！锅，当你身上只剩下朵爷的爷们味……我会分不清你们俩的！好惆怅哟！

小锅 & 朵爷：调姐！

遇见 错过就不再

图书馆

爱情的路上，注定荆棘满布；背叛也许是偶然，也许是必然。只是背叛却是那么苦，苦得让青春变得苍白凄凉，苦得要用灿烂如花的生命去偿还；春天错了还会回来，有的人错过了便永远不再。

《独家星劫》
作者：荧之光
出版：春风文艺出版社
定价：20.00元

简介：夏忧是个从小没有享受过父爱的孩子，母亲因为父亲的背叛而疯疯癫癫，总是对她施以暴力，为了摆脱家庭的束缚，她将全部的希望寄托在学习上，因而结识了成绩优秀的插班生凌雪彻。伤痕累累的少男少女彼此吸引，却由于各自的心结，在感情的道路上跌跌撞撞，一直到夏忧将凌雪彻介绍给自己的父亲端木云时，凌雪彻才发现夏忧的父亲正是害得自己家破人亡的罪魁祸首。他义无反顾地离夏忧而去，而夏忧为了母亲的幸福答应父亲替同父异母的妹妹顶替入狱，两人的感情彻底破裂。

六年后，出狱的夏忧成了某剧组的打杂人员，在天王秦韬的提携下，夏忧成功进入娱乐圈，并成为当红偶像剧《晴空》的女二号，而男一号却是由当红偶像凌雪彻出演，凌雪彻的绯闻女友楚怜心饰演女一号，而楚怜心正是夏忧同父异母的妹妹。重逢的四人开始了一段纠葛重重的感情……

真实再现当红女星辛酸成名路的残酷青春小说，留学英国的天才少女荧之光为你讲述比《泡沫之夏》更令人痛彻心扉的娱乐圈爱情，《不得不爱》《醉清风》原唱、著名歌星弦子真挚共鸣，亲笔作序，看失身少女如何从卑贱女囚蜕变为超级影后。

熬夜将书看完后，狸崽双眼通红地跑去找荧之光……

狸崽（哭诉）：太过分了！你怎么可以将女主角写得这么惨！被男友背叛，被亲生父亲送去坐了六年牢，还被人XXOO了，爱她的男人还一个一个死去了……你太像后妈了！

荧之光（无辜的）：本来没有XXOO的……是你说不够劲爆！

狸崽（气势弱下来了）：有吗？

荧之光：本来我想让女二号跟男二号在一起的，你说"要虐就得把人虐死喽"！

狸崽：我……有吗？

众读者恍然大悟：靠！原来你才是最大的后妈！

狸崽（心虚的）：呵呵呵……

《暮光薄凉，夏了夏天》
作者：王晓露
出版：春风文艺出版社
定价：18.00元

简介：所有的故事从男孩苏嵩的失踪拉开了帷幕，所有的真相都在女孩沈轻忧与男孩凌暮光的帮助下慢慢被揭露开来。

而我们的女主角夏薄凉，起初并不知道，她和自己的初恋男友苏嵩，是以多么错综复杂的关系纠结在一起。她也不知道，所有的事情都被一个诈骗集团在幕后暗中操纵着。

她的世界，因为"拆白党"乔安的介入而完完全全丧失了纯粹的颜色，并因此失去了最好的朋友宛悦舞以及一直隐忍着不敢去爱的凌暮光。

而待到水落石出，结局早已支离破碎。

她不明白，为什么在她以为可以尘埃落定的时候，凌暮光无声无息地离开了。

她的人生，就总是这样马不停蹄地错过与寻找。

而那些曾经在她生命中出现过的人，都已被时光剪成了模糊的碎影，散落在天涯。

小锅：我哭了，这个故事真的是太感动我了，比我们出的所有书都要感动我！

深蓝（风一般地飘过）：比我写的《后来》还要感动吗？！

小锅（非常肯定的）：是的！

深蓝：不可能！！把作者找来，我要和她决战！

小锅（弱弱的）：你是要同她比谁更黑吗？那她肯定比不过你！

深蓝：……

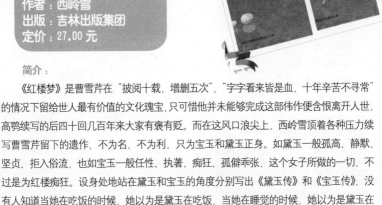

《宝玉传》&《黛玉传》
作者：西岭雪
出版：吉林出版集团
定价：27.00 元

简介：

《红楼梦》是曹雪芹在"披阅十载，增删五次"，"字字看来皆是血，十年辛苦不寻常"的情况下留给世人最有价值的文化瑰宝，只可惜他并未能够完成这部伟作便含恨离开人世，高鹗续写的后四十回几百年来大家有褒有贬。而在这风口浪尖上，西岭雪顶着各种压力续写曹雪芹留下的遗作，不为名，不为利，只为宝玉和黛玉正身。如黛玉一般孤高、静默、坚贞、拒人俗流，也如宝玉一般任性、执著、痴狂、孤僻乖张，这个女子所做的一切，不过是为红楼痴狂。设身处地站在黛玉和宝玉的角度分别写出《黛玉传》和《宝玉传》，没有人知道当她在吃饭的时候，她以为是黛玉在吃饭，当她在睡觉的时候，她以为是黛玉在睡觉，如在梦魇中疯癫痴笑般将自己渗入红楼，哪怕是做最卑微的一名小厮，她也甘愿。她写的是《黛玉传》与《宝玉传》，同时也是她的自传，空留了一双恨眼，谁曾看见。

民间红学第一才女——西岭雪，倾情再续《红楼梦》，她是黛玉的知己，亦是宝玉的现世红颜。

有谁，能比她对黛玉和宝玉更扼腕叹息？又有谁，能比她对宝玉和黛玉更知根知底？

《黛玉传》——从生到死，写不尽黛玉凄苦颠沛的一生。

《宝玉传》——从爱到恨，抒不尽宝玉痴傻情缠的一世。

热衷八卦的调姐：哇！把自己当成书中的人到底是怎样的一种生活啊？

西岭雪：有一次独自在家，忽然想起宝玉娶妻的场景，我莫名就号啕大哭起来……然后邻居还以为我怎么了，差点要破门而入！

调姐：—_—‖你果然是走火入魔了……不过我觉得，每个女人都是林黛玉，只不过发作的频率不一样罢了！

狸崽（目瞪口呆地望着调姐）：哇！调姐！看完《黛玉传》，你说的话真是越来越有气质了！

调姐：必须的！居家旅行，必备好书！大家不要错过哟！

随着生活、学习、工作的压力越来越大，人们越来越钟情于喜剧了。劳累了一天，下班后走进电影院，哈哈大笑上一个多小时，瞬间觉得轻松许多，对生活又充满了斗志！是的，我们需要喜剧，它是快节奏的生活中舒展我们神经的一剂良药——全民需要狂欢！

冯氏幽默的升华——《非诚勿扰 2》

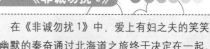

在《非诚勿扰 1》中，爱上有妇之夫的笑笑和幽默的秦奋通过北海道之旅终于决定在一起。在本片中，从北海道回来后，笑笑对方先生虽然已经死心，但是对秦奋还只是一种感激，没有产生爱情，不愿马虎的两人决定先住在一起试婚。一次醉酒后，笑笑终于承认自己对秦奋的感情不是爱情，两人于是日渐疏远。秦奋重回北京，当上了电视台的主持人。秦奋的好友、节目制作人李香山患上癌症，秦奋和他的好友们为他搞了一场"人生告别会"，这一契机让笑笑和秦奋明白了很多，于是两人再次走到一起。

在高速运转的社会上，每个人心里到底隐藏着什么样的秘密，遇见了什么人才敢渴望倾诉？厌倦了互相磨合这个漫长的过程，我们用最有效率的相亲来寻找另一半，只为最甜蜜的歌没有人一起唱便显得辛酸，只为最美丽的风景没有人一起欣赏便显得荒凉。可是那一个半圆是否能够正好与你相合？个中滋味只有自己琢磨。长路漫漫，谁人相伴？请君三思，非诚勿扰。相信《非诚勿扰 2》会给我们的生活带来丝丝清新的笑意。

流行乐坛大明星杜明汉虽然功成名就，风头无量，内心的空虚却与日俱增，爱情之树更是迟迟未能开花结果。一次车祸，让他邂逅了上海音乐学院民乐系的女孩宋晓青。明汉为晓青超凡脱俗的气质所吸引，更被她优美绝伦的琴声所打动。在此之后，他和乐团伙伴兼好友魏志柏经过一番乔装打扮，悄悄潜入音乐学院。在此期间，二人和宋晓青、陶丽组成四人乐团参加学校的演出，明汉还帮助晓青追求民乐系才子慕凡，闹出不少笑话。褪去繁华世界的虚伪装扮，明汉重返青涩纯真校园，收获了人生最为难得的礼物……

写给音乐的情书——《恋爱通告》

如果你是王力宏的歌迷，这部电影会让你了解一个真实生活里的他。如果你只是偶然路过，这部电影会让你一笑泯恩仇，发现和你有缘的那个人永远站在那里等着你。浓郁的绿荫，裙摆飘飘的女孩，在校园里，谁曾有过这样一段浪漫清新又无忧无虑的爱情？而我们能够做到的，唯有珍惜。无论是为了力宏哥哥，还是为了爱情，坐在影院里一手托着爆米花一手握着可乐，口里心里含着的，全是甜甜的爱情。

大老板李成功遇上挤奶工牛耿之后，旅途便频出状况。被情人逼迫回长沙老家跟老婆摊牌的李成功，在机场遭遇前往长沙讨债的乌鸦嘴牛耿。牛耿人如其名，不但耿直憨厚，而且透出一股傻气。先是登机前安检时一口气喝完一大罐牛奶，后来又在飞机上让乘务员开窗，好不容易折腾到飞机到达长沙上空，结果让他咒得因长沙大雪飞机被迫返航。无奈地挤上火车硬座车厢的李成功刚松了一口气，却又一次在人群中看到牛耿。牛耿就像李成功生命中的瘟神一样，只要他"金口一开"，便会出现如他所言的意外。由于途中的频频意外，两人从火车换乘巴士，又从巴士下来爬上拖拉机。尽管牛耿的乌鸦嘴让李成功吃尽苦头，但这个浑身透着傻气的青年却用自己的真诚与乐观感染着李成功。一路的颠簸之后，两人最终到达长沙，又回到各自的生活轨道中去，旅途中所遭遇的种种却影响着两人之后的生活……

当年《天下无贼》中的傻根给我们留下了深刻的印象，《人在囧途》中王宝强再次发挥了他憨傻老实的本性夺得了观众的青睐。影片在细节处让我们爆笑，也在不经意之中让我们感动，难能可贵的是，它也在给我们树立一种信念，让我们相信世间的真善美，在无意之中净化着我们的心灵。

被互动折磨得死去活来的锅崽：互动太不给力了！老娘要看点喜剧片找找灵感！

小狸：为了提升互动的品位，我觉得我们应该看点高尚的东西！

小锅：比如呢？

小狸（点开在线视频）：不如看这个——身残志坚，靠植入钢板的手臂飞出一片天！多给力啊！

小锅：哇噻！好感人！我们应该向读者宣传这种坚强的精神！

小狸颤抖着手点开后，《铁臂阿童木》熟悉的片头曲响起……

小锅默默地爬走了……

音乐盒子
爱的主打歌

　　每个人心中都有一首主打歌。知道吗？你便是我的主打歌。我们一起走过的某条路，一起读过的某本书，一起旅游过的城市，一起看过的某场电影，一起拍过的相片，就如一个个音符，组成了一首属于我们自己的歌，甜蜜、微笑、拥抱，四季轮回，一生一次，这首属于我们的歌，只愿唱给你一个人听。

歌手：王筝

《想把我唱给你听》

想把我唱给你听
趁现在年少如花
花儿尽情地开吧
装点你的岁月我的枝丫
谁能够代替你呢
趁年轻尽情地爱吧
最最亲爱的人啊
路途遥远我们在一起吧
我把我唱给你听
把你纯真无邪的笑容给我吧
我们应该有快乐的幸福的
晴朗的时光
我把我唱给你听
用我最炽热的感情感动你好吗
岁月是值得怀念的留恋的
害羞的红色脸庞
……

【橙子推荐】：

　　淡淡优美的音乐好像有微风吹来的味道，悠扬的旋律祭奠着我们那已逝去的无邪年华……

　　每次听这首歌，脑海中便会不自觉地有大学时期校园内的那些场景飘过。篮球场上奔跑的身影，足球场上飞扬的沙土，图书馆里看书的同学，教室内大家的吵闹……尤其是我那一次又一次错过的爱情。听着听着，不知不觉就会变得忧伤起来。

　　我的青春真的就这样慢慢逝去了呢，不留一丝痕迹。

　　调调：明明看起来是90后，写起东西来却非要装70后，还大学校园、图书馆呢！够了！撕下你深沉的伪装吧！

　　锅崴：呵呵……我想知道你那一次又一次错过的爱情，到底是多少次？看不出你已然身经百战啊……

橙子：悲摧的我只有过一次初恋……每当我想红杏出墙的时候都被初恋男友拉住，以致一次一次错过！我好忧伤！

调调 & 锅崽：……

歌手：张靓颖

《这该死的爱》

每次别人无意提起／有关于你的消息

我都会微笑地装作／一点都不在意

耳朵背着我收集你所有的点点滴滴

现在你在哪里／oh baby

那封没有寄出的信／直到现在还是锁在抽屉／

无处可投递

电话总是形影不离／害怕如果每次当它响起／

错过你的声音

让未来到来／让过去过去／做到谈何容易

有一天老去／有一天离去／遗憾还是在心底

我可以绝口不提／所有和你的曾经

如果这是你想要的／我会尽力

你忘了回忆／我忘了忘记

这该死的爱情／不能爱着你／不能爱自己

能不能再次相遇／我真的力不从心／也不再想骗自己

虽然你说过要幸福／我曾答应

后悔没让你了解我／有多爱你

【鬼妹推荐】：

曾经的某个时候，我将这首歌的歌词一个字一个字地打出来送给我自己，也送给这个用生命在唱歌的女子，纪念一段已经尘封的过去，也纪念一段颠沛流离的往昔。而青春的意旨，是在我们老去之时，不留遗憾在心底。不要为了追寻某个事物再和那个他周而复始地错过再错过……

调调（感动得泪流满面）：好让人心酸的一首歌！比你上次写的工作总结还要让人心

酸!

小狸（从键盘上慢悠悠地抬起头）：一个字一个字打下来，你手酸吗？

鬼妹：有点疼……

歌手：林依晨

歌曲：《你》

风轻轻 我听见你声音

你对着我叮咛 要注意自己的心情

雨轻轻 我听见你声音

你拿着伞靠近 为我遮着风挡着雨

一点点想哭泣 一点点想着你

你的爱很珍惜

我总依赖着你的记忆

你就像风在说话 顺着我方向

你就像海中的波浪 推着我成长

我明白你的回答 温柔的对话

爱情其实没有办法不被感动吧

我不说谎

【小锅推荐】：

林依晨的声音就如同她的人一样，不是特别漂亮，但是给人的感觉十分舒服，就像一个邻家小姑娘。歌词听下来，就像一个情窦初开的小女生躲在被窝里偷偷在日记上给自己喜欢的男生写信，甜蜜而胆怯，配上林依晨甜美的声线，显得格外青涩美好。

小狸：咦？锅，你最近不是在潜心研究佛乐吗？居然会知道这么典型的少女情歌！

小锅：姐是少女的代言人！

调调：锅，躲在被窝里偷偷地写信？这么矫情的人是你吗？你不都是生猛地当面告白吗？

小锅：呵呵……作为少女，我偶尔也会矜持一下的啦！

看着锅崽脸上那娇羞的笑容，狸崽和调姐莫名地颤抖了一下……